古典文獻研究輯刊

二六編

曾永義 主編

第 21 冊

桃李不言
——李生龍古典文學與文化論集（中）

李生龍 著　段祖青、李華 編

國家圖書館出版品預行編目資料

桃李不言——李生龍古典文學與文化論集（中）／李生龍 著
段祖青、李華 編 -- 初版 -- 新北市：花木蘭文化事業有限公司，2022〔民111〕
目 4+170 面；19×26 公分
（古典文學研究輯刊 二六編；第 21 冊）
ISBN 978-626-344-011-1（精裝）
1.CST：李生龍 2.CST：學術思想 3.CST：中國文學
4.CST：中國哲學 5.CST：文集
820.8   111009925

ISBN-978-626-344-011-1

古典文學研究輯刊
二六編 第二一冊   ISBN：978-626-344-011-1

桃李不言
——李生龍古典文學與文化論集（中）

作　　者 李生龍
編　　者 段祖青、李華
主　　編 曾永義
總 編 輯 杜潔祥
副總編輯 楊嘉樂
編輯主任 許郁翎
編　　輯 張雅淋、潘玟靜、劉子瑄　美術編輯 陳逸婷
出　　版 花木蘭文化事業有限公司
發 行 人 高小娟
聯絡地址 235 新北市中和區中安街七二號十三樓
　　　　　電話：02-2923-1455／傳真：02-2923-1452
網　　址 http://www.huamulan.tw 信箱 service@huamulans.com
印　　刷 普羅文化出版廣告事業
初　　版 2022 年 9 月
定　　價 二六編 23 冊（精裝）新台幣 62,000 元

桃李不言
——李生龍古典文學與文化論集（中）

李生龍　著　段祖青、李華　編

目

次

論漢代的抒情言志賦

　　一個時代，人們總有自己的情感、心聲需要抒發，因而不可能沒有自己的抒情文學。在先秦，《詩經》與《楚辭》南北輝映，代表了那一時代的抒情要求。那麼，漢代的抒情文學在哪裏呢？眾所周知，漢大賦是以狀物為主的，不是抒情之作。直到漢末古詩十九首的出現，漢代的抒情之作主要是大賦之外的那些擬騷之作，被劉勰稱為「雜文」的「對問」之作以及一些抒情小賦。這些作品才是真正的漢代抒情文學的主體，是上繼詩騷，下開百代抒情文學的中介環節。然而，對於這些作品的重要性，歷代的研究者都不怎麼重視。近幾年給予注意的人比較地多起來了，但也僅僅只是一個開端，很多問題尚需做更加深入的探索。筆者這裡討論到的一些問題，也只能表明自己在這方面做了一點膚淺的思考而已。深刻之論，還有待於方家。

一

　　漢代抒情言志賦的作家，除了劉邦（有《大風歌》）、劉徹（有《秋風辭》、《悼李夫人賦》）等少數帝王和班倢伃（有《自悼賦》）、班昭（有《東征賦》）、馬芝（馬融女，有《申情賦》，已佚）等少數婦女外，其餘絕大部分是文人士大夫。這樣的作家主體構成，決定了漢代抒情言志賦思想內容和情感的基本走向。

　　要研究漢代抒情言志賦的主導精神，首先應研究漢代文人士大夫的人生理想和人生道路。春秋時，叔孫豹曾概括出立德、立功、立言的「三不朽」的人生道路和理想。這一人生原則，後來成了中國古代文人士大夫的基本人生信條。先秦的士人正是沿著這樣的道路前進的。漢代的文人士大夫自然也不

能例外，或者說，他們的人生理想和人生道路，就是先秦文人士大夫人生理想、人生道路的繼續和延伸。早在漢初，陸賈就曾這樣提出：

> 夫播布革，亂毛髮，登高山，食木實，視之無優游之容，聽之無仁義之辭，忽忽若狂癡，推之不往，引之不來，當世不蒙其功，後代不見其才，君傾而不扶，國危而不持，寂寞而無鄰，寥廓而獨寐，可謂避世，而非懷道者也。故殺身以避難則非計也，懷道而避世則不忠也。（《新語·慎微》）

這種言論，既不同於先秦道家老、莊的觀點，也不同於儒家孔孟的觀點，倒頗同於法家韓非的觀點。它是站在國家的立場上，反對士大夫懷道避世，不為君用。陸賈本人也是士大夫，這種觀念，實際上也代表了在國家統一後士大夫積極用世的觀點。漢初，商山四皓隱而復出，大顯於時，當是受這種觀念的激勵；其後淮南小山《招隱士》呼喚：「王孫兮歸來，山中兮不可以久留！」同樣也是受這種觀念的激勵。按照時代與國家的要求積極投身現實，以實現個人的人生價值，這是漢代士大夫人生道路的基本趨向。

然而，現實的情況與士大夫們所憧憬的立德立功，揚名當世垂典後代的宏偉抱負是扞格難合的。他們中的絕大多數人的人生道路都是坎坷不平的。他們或因為政見不合受到排擠，或因為言語獲罪遭到打擊，或因為改朝換代之際於錯綜複雜的形勢之中投足失誤導致一蹶難振，或因為官僚集團日益龐大臃腫、人才隊伍日益過剩而長期沉屈下僚，或因為本人所從事的職業關係而被君主倡優畜之，得不到應有的重視和尊敬。因而，我們今天能讀到的漢代士大夫抒情言志賦，幾乎沒有表現人生得意、歡愉的作品，或者換句話說，今存的漢代士大夫抒情言志之賦，幾乎都是表現人生失意、憂鬱的作品。這是一個頗為值得注意的現象。

漢代的士大夫都覺得自己的命運頗近於屈原，因而他們總是喜歡把自己與屈原直接或間接地聯繫起來。漢代士大夫擬騷弔屈作品之多，足以可以說明這個問題。從賈誼開始，有《弔屈原賦》（託名賈誼所作的《惜誓》主題相近），接著有嚴忌的《哀時命》，東方朔的《七諫》，王褒的《九懷》，劉向的《九歎》，揚雄的《反離騷》（他還有《廣騷》、《畔牢愁》等，均已佚），再其後班彪有《悼離騷》，梁竦有《悼騷賦》，王逸有《九思》，應奉有《感騷》，蔡邕有《弔屈原文》等。這些都是明顯的擬騷弔屈之作。這些作品雖然藝術成就高下有別，對屈原的評論也說法有別，甚至對屈原故作批評，但借屈原以

自擬的用意卻是極為明確的。

　　漢代士大夫雖然幾乎人人都以屈原自擬，創作出了大量的作品以自喻志，然而在後世讀者看來，他們卻很少有人能真正地體現出屈原的精神。於是慨歎「屈宋逸步，莫之能追」者有之（《文心雕龍・辨騷》），認為那些擬騷之作「平緩而意不深切，若無疾痛而強為呻吟」者亦有之（朱熹《楚辭集注》），甚至稱「蹇澀膚鄙之篇，雖託屈子為言，其漠不相知，徒勞學步，正使湘累有靈，實應且憎」（王夫之《楚辭通釋》），批評指責之聲一代甚一代，不能說這些批評毫無道理。然而，值得我們深思的是漢代士大夫對擬騷弔屈的興趣何以能那樣經久不衰？他們既然未能體現出屈原的真精神，那麼，他們究竟又從屈原那裡汲取了一些什麼？難道能說他們真的是為了做一點文字遊戲而在那裡無病呻吟嗎？

　　漢代士大夫擬騷弔屈的興趣之所以歷久不衰，理由只能是我在前面談到的，是因為他們普遍處於人生坎坷境況，這境況又類似於屈原所致。但是，他們的著眼點與屈原又有很大不同，屈原身為楚王室的大臣，面臨著諸侯間的競爭，因而以忠君愛國、承受著時代歷史的使命感為其內在精神，較少地為個人之榮辱得失考慮。漢代的士大夫不然，他們多半地位卑微，又處在大一統的社會環境之下，他們躋身官場，面臨的是政治集團內部的爾虞我詐，你爭我奪，真正是自顧不暇，豈遑其他。因而他們的作品，更多地表現的是個人人生的憂患：抒發那種沒有出路的苦悶和憤懣。如果說他們從屈原那裡繼承了一點什麼的話，我以為那就是屈原的高潔的人格和憤世嫉俗作風。這一點是他們能夠做到的，他們也基本上是本著這樣的理解去學習屈原的。只要我們通盤考慮一下現存的漢代士大夫的抒情言志之作，這個結論是不難得出的。

　　另外還有一個現象我覺得也應當考慮。那就是，在屈原的辭賦裡，往往包含著政論和個人抒情雙重內容。漢代的士大夫則有別，他們往往喜歡作子書，上章表，他們的論著、奏章裡指陳時事、陳說大義往往激昂慷慨，條貫詳明，因而辭賦中則更多個人心緒的抒發。舉兩個例子可說明這一問題。一如賈誼。其《治安策》云：「臣竊惟今之事勢，可為痛哭者一，可為流涕者二，可為長太息者六」，憂時念國之心溢於言表。而他的《弔屈原賦》，體現的卻更多的是憤世嫉俗精神，且謂「歷九州而相其君兮，何必懷此都也」，顯然是為現實中無出路而發。他的《鵩鳥賦》則純粹為個人死生遲速而發。後人對

賈生的擬屈多無異議，是聯繫其身世、政論而論，若光看他的辭賦，也未必就能斷定他是個憂時念國的人。二如董仲舒。董仲舒是個大思想家，他為王朝所作的理論貢獻是盡人皆知的。他也是個關心民瘼的人，他揭露當時的情況是「富者田連阡陌，貧者無立錐之地」（《漢書‧食貨志》），可謂鞭闢入裏。然而看他的《士不遇賦》，也多是憤世嫉俗語，個人無出路語。其中云：「若伍員與屈原兮，固亦無所復顧，亦不能同彼數子兮，將遠遊而終古。」只強調屈原不肯與世苟合，飄然高舉的一面。由此二例，可知漢代之士大夫抒情言志，更多地帶有個人抒情言志的性質，與屈原之融政論與個人抒情於一體者不同。這大概也潛在著抒情文學與政論進一步分工的意識罷。若果如此，漢代的抒情言志賦又自有它值得重視的價值了。事實上也的確如此，我們從漢代士大夫所撰的子書、政論中所找不到、或難以找到的那種個人心靈深處的憂憤和苦悶，到這些抒情言志賦中卻很容易找到，它們使我們能看清他們的全人格，甚至洞悉他們的隱蔽世界，有著無法取代的存在價值。

二

近幾年的論者已經注意到，漢代抒情言志賦除了漢初和漢末有一部分作品抒情性較強以外，其餘大多理性色彩濃厚，很難直接激起讀者內心情感的波瀾。其實從漢初開始，抒情言志賦就已表現出很明顯的理性傾向。賈誼《鵬鳥賦》，本為抒寫人生死生不測之悲，讀起來卻像一篇闡發老、莊死生觀的論文，其結尾處說：「細故蒂芥，何足以疑！」顯得相當達觀，似乎內心已完全趨向於平衡。此後的大量作品，如董仲舒《士不遇賦》，司馬遷《悲士不遇賦》，揚雄《反離騷》、《太玄賦》，劉歆《遂初賦》，崔篆《慰志賦》，馮衍《顯志賦》，班彪《北征賦》，班固《幽通賦》，張衡《思玄賦》、《歸田賦》等都程度不同地表現出理性化傾向，而且其傾向愈往後愈強烈，至東漢末才稍有轉化。以《太玄賦》、《幽通賦》、《思玄賦》三賦為例可以看出其大致發展線索。《太玄賦》雖然闡發《易》、《老》損益倚伏憂喜吉凶之理，但理性之中還包含著很強的憤世嫉俗精神。例如它說「薰以芳而致燒兮，膏含肥而見炳。翠羽嫩而殃身兮，蚌含珠而擘裂。聖作典以濟時兮，驅蒸民而入甲。張仁義而為網兮，懷忠貞以矯俗。指尊選以誘世兮，疾身滅而名滅」，其中就包含著強烈的憤世嫉俗精神，包含著對黑暗現實強烈的不滿情緒。《太玄賦》只有七十幾句，《幽通賦》則有一百七十幾句。它「或聽聲音，或見骨體，或占色理，或視威儀，或

察心志，或省言行，或考卜筮，或本先祖」（《文選注》），來論證「自然之道」，「性命之理」；其感情已隱伏得非常之深，幾乎看不出它有什麼大的波瀾。《思玄賦》更長達四百二十多句，在主人公的上天下地的求索中，我們似乎可以看到作者感情潛流的奔騰，但最後終於沒有噴湧出來，而是穩穩地流入了寂寞無為和樂道守志的理性淵潭之中，顯出一片沉靜和平的景象。

如果說上述提到的一系列作品還基本上體現著抒情的特徵，則被劉勰稱為「對問」的那一系列作品連抒情的特徵也不那麼明顯了。其實這類作品本質上也是抒情言志之作。這類作品在漢代數量不少，從東方朔《答客難》開始，後面有一大批繼作者。揚雄的《解嘲》，班固的《答賓戲》，崔駰的《達旨》，崔寔的《答譏》，張衡的《應間》，蔡邕的《釋誨》等等，都屬於這一系列。這類作品的寫法，通常假設主客雙方對話，通過對話來抒情言志。在這些作品中，主客雙方實際上都是作者個人內心矛盾方面的反映。客方通常是提出一個引發牢騷的話題，揭示的是作者內心矛盾的焦點。然後主方針對客的問題來答辯，趁答辯之機順便引出自己的滿腹牢騷，抒發自己的滿腔憤懣。抒情的本質，就表現在這些地方。這類作品往往以言志告終。言志，也就是作自我的排解，調和矛盾衝突，使自己內心趨於片刻的緩解和平衡。所以它通常以抒情始，以說理終，使感情服從於理性。它們可謂是理性化了的抒情言志之作。

漢代抒情言志賦的理性化傾向產生的原因是多個方面的。它可以從儒家「發乎情，止乎禮義」的溫柔敦厚的詩教影響中找到原因，也可以從道家的萬物一體、清靜無為的達觀主義哲學影響中找到根據，但歸根結底還是與漢代的特殊社會歷史條件和士大夫的思想特點有關。漢代處於中國漫長封建社會歷史的開端階段，在這個階段，儘管人人都被置於繁密的封建網結之內，失去了自己把握自己命運的條件，但它畢竟是一個新生的、充滿活力和希望的時代。為了它的鞏固和發展，很多士大夫都曾嘔心瀝血，為它出謀劃策，提供良方，至少他們就是這個社會的擁護者。像賈誼、董仲舒、司馬遷、揚雄、班固、張衡這些人，他們都可謂是封建國家的積極的理論建設者。他們對這個社會的熱心比起他們對它的怨憤來，顯然要強過百倍。在這樣的心理對比之下，他們能以理性的態度來對待牢騷，以不以個人得失為懷的超脫態度來諒解社會對他們的不公，就是自然而然的了。一個新的社會的確立和前進，不僅需要積極的建設者，也更需要能夠為之忍辱負重、作出自我犧牲的

人們。漢代寫抒情言志賦的士大夫，大多都是這樣的人。不然，我們就很難理解，一些士大夫為什麼竟在賦中責備屈原的沉江（如揚雄的《反離騷》）。

漢代的士大夫大都喜歡研究歷史和哲學。他們中的很多人都是歷史學家和哲學家，或者是對這兩個領域涉足較多的學者。這種好尚培養了他們思想的深湛，同時也擴大了他們的心胸和眼界。在對歷史和哲理的思索和開拓中，他們瞭解過去，洞悉現實，能夠用理性的鋒刃解剖種種現象，當然也能用理性的態度來對待人生的種種坎坷和不幸。理性，使他們能夠對任何人生風險有足夠的思想準備，同時也使他們變得老成、沉著、豁達、雍容。他們的抒情言志賦中大量歷史典故的鋪陳和哲理的闡說，都足以證明他們把自己對歷史和哲理的思考引入了情感世界，他們借歷史和哲理來抒情言志，也借歷史和哲理來剖析現實，為自己謀求人生的出路。

漢朝士大夫重理性，他們的抒情言志賦表現了自己的這一特點，這就足以證明他們的作品乃是他們心靈的寫照。有了這一點，它們就足以有了自身存在的根據和值得尊重的價值。我們不必要求漢朝人去追蹤屈宋的逸步，就像不必要求好理趣的宋人去追蹤唐人的飄逸一樣。那樣，也許反而是沒有出息的。

三

接觸漢代文獻較多的人，大約都會有一個感覺：漢朝人喜歡模仿。劉安的《淮南子》模仿《呂氏春秋》，揚雄的《太玄》模仿《周易》、《法言》模仿《論語》，班固的《漢書》模仿《史記》；枚乘作《七發》，傅毅就作《七激》，崔駰作《七依》、劉廣世《七興》也相繼而來；班固有《兩都賦》，張衡就有《二京賦》。抒情言志賦也是如此。模仿屈騷，這是一路；東方朔《答客難》模仿宋玉《對楚王問》，揚雄以下，就都模仿東方朔，這又是一路。

有兩種不同的模仿。夫子步亦步，夫子趨亦趨，這是一種，這種模仿可謂邯鄲學步，結果是未得國能，又失其故步；脫胎換骨，點鐵成金，這也是一種，這種模仿可謂以故為新，結果可能超越前人，自成一家。

漢代士大夫抒情言志賦兩種情況都有。王逸《楚辭章句》所選的《七諫》、《哀時命》、《九懷》、《九思》等作品，從總體上說屬於第一種。雖然他們對屈原的哀悼表明著自己與屈原情感的共鳴，有借他人酒杯，澆自家塊壘之意，但他們在形式上也跟著楚辭亦步亦趨，成就就有限了。當然，也不能說這些

作者絲毫也沒有想出新的意思。他們也想在模擬的同時出一點新。他們一邊仿照《九章》用組詩的形式來抒情，另一方面又企圖融入大賦的鋪張敷衍手法，以宏大取勝。然而，他們的嘗試的確又失敗了。他們學《九章》，採取的是直抒胸臆的表現方法。而《九章》雖為九章，實際上卻是由九篇各自獨立的小賦組成，每篇都「隨時感觸」，也未必作於一時一地。因而內容顯得十分豐富，含蘊十分深厚。這些賦所表達的情感一般比較單一，卻洋洋灑灑地演成宏篇巨製，章與章之間勢必顯得重複，整個節奏顯得平緩、單調，本來較為動人的情感反而被淡化了，讀來就覺冗長、拖杳，令人生厭了。《七諫》長達四百多句，《九歎》長達六百多句，比《離騷》（373 句）、《九辯》（255 句）都長得多。作者們沒有考慮到散體大賦雖以騁辭為能事，卻多鋪排名物，故尚能使讀者為其才思所驚倒。直抒胸臆之作不宜太長，太長了反而達不到預期的效果。這是一個教訓，值得後人吸取。

絕大部分學楚辭的作者都屬於第二種情況。他們學楚辭，雖然也時時師承其意，但主要是隨時隨事具體地寫出自己感觸的內容，並不空泛地把自己假定為屈原來代他立言。例如同是弔屈，賈誼的《弔屈原賦》、揚雄《反離騷》、梁竦《悼騷賦》內容就各不相同。賈誼重在寫出自己的遷謫之意，揚雄重在抒發對昏君俗世的不滿，梁竦則強調要堅定自己捨生取義的氣節。劉歆的《遂初賦》，班彪的《北征賦》、《覽海賦》，曹大家的《東征賦》，蔡邕的《述行賦》都是學習屈原《涉江》、《哀郢》而作，但是他們都根據各自的所行所見所聞所想，有為而發，讀來就各有特色。同樣學《離騷》，班固的《幽通賦》和張衡的《思玄賦》也各有不同。《幽通賦》紆徐婉轉，含而不露，《思玄賦》則寄情於奇詭幻象之中。

大部分學楚辭的作者都曾師法其辭而有所變通。他們大多不是楚人，於是就不再執著於楚語、楚物，而是以自己最熟悉的語言辭彙來寫作，因而他們寫出來的作品像楚辭卻又不是楚辭。在擬騷的過程中，騷體也在一步步地發生變化。從司馬遷的《悲士不遇賦》中，我們即可看到騷體已在演變。它共有四十二句，其中十二句六言，二十八句四言，二句雜言。六言句中都有「而」、「之」等虛詞連接詞組或舒緩語氣，但沒有「兮」字句。四言句中只一句有「兮」字，兩句雜言都有「兮」字。如果給這篇賦所有應加「兮」字的地方都加上「兮」字，那它就是一篇騷體賦。但司馬遷是北方人，對「兮」字句可能並不怎麼習慣，與其形式主義地寫上，倒不如不寫。這樣就必然會引起「兮」

字句的消失，而「兮」字句的消失又是騷體賦向非騷體賦轉化的關鍵。

班彪的《覽海賦》、《冀州賦》嬗變的形式更加清晰。《覽海賦》三十六句，除一句七言二句四言外，其餘均是六言。句間有「而」、「之」、「於」等虛詞聯結詞組或舒緩語氣，「兮」字已全部消失。《冀州賦》全係六言，「兮」字也完全消失。更加值得注意的是《覽海賦》中已出現了相當多的俳偶句。如：

> 曜金璆以為闕，次玉石而為堂。葖芝列於階路，湧醴漸於中唐。
> 朱紫彩爛，明珠夜光。松喬坐於東序，王母處於西廂。命韓眾與歧
> 伯，講神篇而校靈章。願結旅而自託，因離世而高遊。騁飛龍之驂
> 駕，歷八極而廻周。

這一段中有五個俳偶句，整齊的句式中又夾有兩個四言句，一個七言句，顯得錯落有致，靈活而不呆板。不過，它的基本句式，仍然保留有騷體的痕跡。

至張衡的《歸田賦》，則完全擺脫騷體而另成一體了。它大大地發展了對偶的形式，但注意長句與短句的錯綜搭配，整句與散句的交互為用，且於轉關處用「於是」、「爾乃」、「於時」等虛詞加以聯結，有意顯出一個散體的框架，顯然吸取散體大賦的行文方式。至趙壹的《刺世疾邪賦》，長短句的變化更加自由靈活，對偶的技巧也更加圓熟而不露痕跡。至此，一種新的被我們稱之為抒情小賦的文體終於形成了。抒情小賦，是漢代人學騷而又不拘於騷的產物，是他們以故為新，以故出新的必然收穫。

漢代的抒情言志賦中還有一種體格，全用四言句式，它是從屈原的《橘頌》、《天問》那兒學來的。如賈誼的《鵩鳥賦》、揚雄的《逐貧賦》、趙壹的《窮鳥賦》等。他們都學騷而不拘於騷，作了創造性的發展。它們都是代言體，且吸收了文賦對問的形式，又都帶有寓言性質，在漢代抒情言志賦中別具一格。

最後談一談「對問」一格。東方朔《答客難》雖從宋玉《對楚王問》發展而來，但仍然具有很大的獨創性，其突出表現就是善於借助議論以抒情，且更多地吸取了散文的章法和句式。它用韻語，因而仍然保持了賦的特色，故有人稱之為文賦，稱為文賦是恰當的。東方朔的這篇賦後來擬者很多，雖然它並沒有演化出新的體式，但擬作者卻都寫出了自己的特色，這也是很難能可貴的。劉勰《文心雕龍·雜文》評論說：

> 自《天問》以後，東方朔效而廣之，名為《客難》。託古慰志，
> 疏而有辨。揚雄《解嘲》，雜以諧讔，迴環自釋，頗亦為工。班固《賓

戲》，含懿采之華。崔駰《達旨》，吐典言之裁。張衡《應間》，密而
兼雅。崔定《答譏》，整而微質。蔡邕《釋誨》，體奧而文炳。……
雖迭相祖述，然屬篇之高者也。……原茲文之設，乃發憤以表志，
身挫憑乎道勝，時屯寄於情泰，莫不淵嶽其心，麟鳳其采，此立本
之大要也。

劉勰對這些賦的評述是極準確、精當的。漢代之後，續擬者仍然不少，如曹
植《客問》，郭璞《客傲》，庾敳《客諮》，夏侯湛《抵疑》，盧照鄰《對蜀父
老》，李華《言醫》，韓愈《進學解》，柳宗元《起廢答》，蘇東坡前後《赤壁
賦》等，其中佳作亦復不少，說明漢人所熱衷擬作的這一體式還是頗有吸引
力，且大有開拓餘地的。

　　總而言之，對模擬之作應具體分析，既要看到它的侷限，也要看到它所
創獲的新的東西，如果用這樣的態度來對漢代的抒情言志之賦，那麼就應當
對它們作更深細的研究了。

原載《求索》1991 年第 2 期

近幾年的漢賦研究

　　近十年漢賦研究的進展可以說是空前的，取得的成績也是頗引人注目的。可以這樣描述從 80 年代初到現在的研究情形：1984 年以前，由於賦學研究界尚受極左思潮的影響，研究者們的精力主要放在對漢大賦的思想藝術價值及其在文學史上的地位等問題的論爭上。這期間，出現過對漢賦全面否定的意見。例如有人就認為：漢大賦是受命於帝王，填補統治者精神空虛的御用文學。它們缺乏真情，有形無神，唯求辭之華豔靡麗，即使從狀物技巧講，也毫無可取。因此漢大賦是我國文學發展長河中的一段不光彩的歷史。當然，也有人對漢賦持肯定態度。關於這一階段的各種相互對立的觀點，1984 年朱一清寫過一篇《近年漢賦研究綜述》〔註1〕，介紹較詳，此不贅述。這裡重點講講 1984 年以後的漢賦研究概況。

　　1984 年以後，關於漢賦研究有專著數部，論文近 50 篇，研究的狀況有了五個方面的變化：

　　第一，對漢賦從各個不同角度進行肯定的人多了，完全否定它的人已沒有了（也許有人心裏尚持此態度，但這方面的文章尚未見發表）。有的同志對漢賦的評價是很高的。如龔克昌〔註2〕就認為：漢賦確是一代之文學，是漢代文學的正宗。漢大賦不管寫什麼，都浸透著強烈的時代感，表現出嶄新的精神面貌。出現於篇中的是一個環顧四海，雄視天下的大漢帝國的形象，漢大賦有諷諫，但諷諫味很淡薄，與其要求掙脫儒家經典的束縛，擺脫儒家經典的附庸地位有關。換句話說，也就是文學藝術（當然包括漢賦）已處在覺醒階段，已要

〔註1〕見《文史知識》1984 年第 12 期。
〔註2〕龔克昌《論漢賦在中國文學史上的地位》，《文史哲》1987 年第 2 期。

求成為一個獨立的學科。漢賦力圖在文學領域裏率先舉起義旗，宣告自立，為曹魏時代整個文學藝術的「自覺」獨立定了基礎。漢賦在藝術上的貢獻是把浪漫主義表現手法大大地向前推進了一步。它把自己的注意力由詩人內心轉向外界空間，使視野無限的擴大，題材無限的增多，內容無限的豐富，這是文學藝術表現力的躍進。作者高度肯定了漢賦的思想藝術價值，肯定了它在文學史上的重要地位，雖然其中某些觀點（如漢賦究竟是力圖掙脫儒經的束縛，還是不斷地向儒經的要求靠攏）不無可議之處，但總的說來，它是對長期以來否定漢賦價值的一個大突破。馬積高〔註3〕認為：漢賦作者不以模擬為滿足，而能從現實生活的要求出發，在內容和形式兩個方面不斷地有新的發現、新的開拓、新的創造。漢大賦所表現的社會生活和所描繪的事物，有的雖是前人寫過的，但具體內容不一樣，有的則前人根本沒有接觸過。在體物上下工夫，力求做到形似，這是漢賦作者取得的一個突出成就。漢賦對我國古代文學的發展作出了不可磨滅的貢獻。康金聲〔註4〕則從文學語言、修辭等幾個方面深入挖掘了漢賦的語言藝術成就並肯定了它在文學發展史上的地位。總的說來，人們對漢賦的思想藝術成就，對它在文學史上的重要地位已越來越重視，對它持虛無主義態度，不加分析，一味抹煞的情況已沒有市場了。

第二，在肯定漢大賦的同時，很多研究者還深入地、實事求是地分析了它在思想藝術上的不足和缺陷。例如，馬積高〔註5〕說：諷和勸，暴露和歌頌的關係，一部分漢賦中確實處理得不好。有些本是應該加以揭露和批判的事物，在作者的筆下卻充滿了頌揚的意味。這與作者缺乏批判的勇氣有關，也與作家所處的歷史條件有關。的確有些賦羅列名物，堆砌詞藻，而客觀事物的形象並不鮮明。但這種現象在漢賦中並不是普遍的。漢賦長期未能克服的缺點是堆垛雙聲、疊韻形容詞。尉天驕〔註6〕針對李澤厚的《美的歷程》中提出的「（漢賦）儘管呆板堆積，它在描述領域、範圍、對象的廣度上，卻確乎為後代文藝所再未達到」的觀點提出了自己的看法。認為：漢賦語言形式上的對稱、排列，

〔註3〕 馬積高《賦史》第四章《漢賦的成就及其在文學史上的地位》，上海古籍出版社1987年版。

〔註4〕 康金聲《論漢賦的語言成就》，《山西師大學報》1986年第1期。

〔註5〕 馬積高《賦史》第四章《漢賦的成就及其在文學史上的地位》，上海古籍出版社1987年版。

〔註6〕 尉天驕《「恐龍」的笨拙——對李澤厚論漢賦的不同意見》，《南京大學研究生學報》1987年第1期。

實際上表現了思維的求大、求多、求全、求細緻。貪多務得以致成為繁瑣的展覽、羅列。再加上賦家不融入自己的情感，只是客觀地堆砌景物，一弄到賦裏就成了呆板不靈的物事聚集。漢大賦「以大為美」的美學思想是帶有拘謹性和保守性的觀念，是屬於藝術的初期階段的。「以大為美」並不完全符合藝術規律。後代不再時興漢賦那樣囊括萬物的鋪陳，不能證明後人認識範圍的縮小，倒是表現了美學思想的發展，這些觀點對人們是有啟發意義的。

第三，從研究視野來看，人們對漢賦的考察遠比以前寬闊了。除了像《賦史》、《漢賦研究》這樣的專著對漢賦作全面綜合、分作家進行系統研究外，相當一些論文的視野也有擴大。以前人們提漢賦，首先想到的就是漢大賦，對漢代的抒情言志賦、詠物小賦往往談得較少，甚至忽略不談。近年來，發表了一些質量較高的探討漢代抒情言志賦的研究論文。如曹明綱〔註7〕對西漢抒情賦中文人抒寫自己的坎坷的經歷和不平是感慨的作品、以悼時念喪為題材的作品、以「宮怨」和「閨怨」為題材的作品都進行了考察，指出了它們產生的社會根源、思想和藝術淵源，以及對後世的深遠影響。何天傑〔註8〕指出：從先秦的楚辭到漢代的抒情賦由情勝於理發展為理勝於情，這種情況的產生與漢王朝統一的中央集權統治的不斷鞏固加強，儒、道二學特別是老、莊禁慾主義理論的影響有關。李生龍〔註9〕探討了漢代「賢人失志」之所以成為一個普遍性社會問題的原因，指出他們失志後在作品中抒情的特殊方式以及在作品中所表現出來的各種不同的人生態度。葉幼明〔註10〕論及了漢代詠物小賦的內容和價值。王朋〔註11〕則對漢代的賦論進行了系統的勾稽、剖析，填補了漢代賦論研究的一大空白。

第四，從研究角度、研究方法來看，也出現了一些可喜的探索。不少文章不只是把眼光停留在漢賦本身，而是從縱的方面考察了漢賦與後世某些描寫題材、表現方法所存在的淵源關係，指明了某些文學承傳線索。如章滄授〔註12〕系統地描述了漢賦中山水風光描繪的各種表現內容，指出了它大量地

〔註7〕 曹明綱《西漢抒情賦概論》，《文學遺產》1987年第1期。
〔註8〕 何天傑《由「情勝於理」到「理勝於情」——論漢代抒情賦》，《學術研究》1987年第4期。
〔註9〕 李生龍《論兩漢的「賢人失志之賦」》，《中國文學研究》1987年第3期。
〔註10〕 葉幼明《六朝文學的歷史地位——兼論唐詩繁榮的原因》，《湖南師院學報》（哲學社會科學版）1982年第3期。
〔註11〕 王朋《漢代賦論淺探》，《中國文學研究》1986年第2期。
〔註12〕 章滄授《漢賦與山水文學》，《安慶師院學報》（社會科學版）1987年第3期。

把山水風光作為描寫對象的各種原因,指出漢賦對後世山水文學在題材、寫景抒情、既寫山水又寫人以及創作經驗和技巧等方面的深遠影響;畢庶春〔註13〕則從枚乘、司馬相如運用「巧似」手法體物的特點入手,探討了「巧似」手法在後世的大賦、小賦、詩歌、遊記和山水散文中的深遠影響和發展變化,為我們理解各種文體之間表現手法的相互貫通提供了思考成果。

此外,還有人從審美的角度作了有益的探索。何新文〔註14〕指出漢大賦作家追求的是一種以「大」為美的審美觀點。這表現在漢大賦不僅追求大的體制形式,更是追求大的描寫對象和內容,他們是懷著對自己時代、自己所存在的現實環境充分肯定和津津玩味的熱情,是按照「凡大必美」的規律,來創造形象,鋪摛文采的。黃廣華、劉振東〔註15〕闡明了司馬相如在中國審美發展史上的主要貢獻和主要缺點,研究的深度也有所開拓。謝明仁〔註16〕試圖用系統論來揭開漢大賦興盛的黑箱,勾畫出漢大賦興盛和消亡的系統網絡結構,也是一種有意義的嘗試和探索。總的看來,目前漢賦研究方法的基本趨向是:向微觀開發,向宏觀延展,角度在逐漸更新,縱觀橫觀,錯綜為用,正在逐漸打破過去那種單打一的純社會學考察方法。

第五,在對漢大賦具體作家作品的研究方面,也取得了可喜的成果。首先,對司馬相如的辭賦創作成就,研究者給與了充分的肯定。如曹明綱〔註17〕就認為:司馬相如拓寬了辭賦創作的題材範圍,豐富了辭賦創作的藝術手法,奠定了辭賦創作的理論基礎,影響深遠,功不可沒。龔克昌〔註18〕稱司馬相如為「漢賦的奠基者」,可見研究者對他的重視。對司馬相如辭賦中的缺點,也有不少人指出。其次是揚雄。王以憲〔註19〕把揚雄和司馬相如作了比較,指出了他們的共同之處,也指出了他們的不同之處:相如賦雖有諷諫但更多

〔註13〕畢庶春《試論「巧似」與大賦的影響》,《河北師範大學學報》(社會科學版) 1985 年第 4 期。

〔註14〕何新文《賦家之心芭括宇宙——論漢賦以「大」為美》,《文學遺產》1986 年第 1 期。

〔註15〕黃廣華、劉振東《從審美角度看司馬相如的賦》,《文史哲》1987 年第 3 期。

〔註16〕謝明仁《試從系統論看漢大賦的興盛和消亡》,《文藝研究》1987 年第 1 期。

〔註17〕曹明綱《司馬相如對辭賦創作的貢獻》,《社會科學戰線》1987 年第 3 期。

〔註18〕龔克昌《司馬相如論——〈漢賦研究〉之一》,《社會科學戰線》1983 年第 3 期。

〔註19〕王以憲《試論揚雄在漢大賦上對司馬相如的因革與發展》,《江西師範大學學報》1985 年第 1 期。

的是頌揚之辭，而揚雄賦的諷諫之意較相如更率直明白；相如賦風格清峻豪放而揚雄則莊重深沉。並指出了揚雄賦在結構形式方面不乏個人的獨創與改革。對揚雄的賦論，研究者也指出了他的偏激和合理因素。對他的為人，前人頗多爭議，許結〔註20〕指出《美新》雖對王莽新政的功德有很多歌頌，但也有諷喻性的表露。他看到新王朝的政績使封建社會產生興旺氣象，而予以頌揚，看到新統治者可能蹈前朝覆轍，出於保護心理而予以諷喻規勸，這種矛盾的對立統一，正是《美新》的精神實質。劉周堂〔註21〕指出張衡《二京賦》為了較好地解決鋪采摛文和諷諫勸誡的矛盾，在諷諫藝術手法的運用上明顯地超過了他的前輩，為提高漢大賦的諷諫藝術水平，發揮漢大賦干預政治的作用，作出了重要貢獻。

總的說來，近幾年的漢賦研究成績是引人矚目的。從發展趨勢看，取得更大的成就也是可以預期的。但是，也還有一些問題需要提出來供研究者參考。

其一，漢賦作為一種文學現象，不是一個孤立的存在物，而是文學發展史，特別是韻文發展史、辭賦發展史上某一階段的產物。因此，我們要正確地評價漢賦的歷史地位和作用，就必須把它放到文學史、韻文史，首先是辭賦發展史上作前後左右的比較考察，才能得出比較合乎實際的、科學的結論。而對於辭賦發展史的研究，可以說從古至今都是相當薄弱的。前人由於歷史偏見和好尚偏見，把漢賦作為辭賦取得最高成就的代表，而對漢以下辭賦發展情況則研究不足。學術界還存在著就漢賦論漢賦的傾向。這樣，就勢必會在肯定和否定的兩板上滑動，不容易把握它在辭賦史上應當佔有什麼樣的位置。馬積高《賦史》在通盤研究的基礎上，提出辭賦發展的最高成就在唐代，唐賦才是辭賦發展的最高峰！這個觀點，正確與否，可以進一步研究，但它向漢賦高峰論者提出了挑戰，逼著我們要把眼光放得更寬更廣一些卻是毫無疑問的。

其二，像任何文藝現象一樣，漢賦的產生、發展，同樣是有其複雜的原因的。它有與同時代其他文藝現象相同的大文化背景，更有它自身的特殊邏輯規律。多角度、多層次的探討自然有益於研究的深入，現在還有一些文章談漢賦相當籠統，能夠精確地指出漢賦在其發展歷程上各階段的不同形態、

〔註20〕許結《〈劇秦美新〉非「諛文」辨》，《學術月刊》1985年第6期。
〔註21〕劉周堂《論張衡〈二京賦〉對漢大賦諷諫藝術發展的貢獻》，《中國文學研究》1987年第4期。

特徵差別以及形成這些差別的內、外原因的文章還不多見。

其三，新方法，新理論有待進一步吸收和引進。漢賦研究以前受庸俗社會學的影響似乎特別深重，近幾年研究者力圖突破這種影響，但還沒能擺脫方法陳舊、單一的缺憾，因而觀點也往往是停留在對前人的左右修正上，較難有重大突破。我們要使自己的研究有時代感、現實感，合理地、及時地吸收和引進新方法，新理論，是當務之急。

原載《求索》1988 年第 6 期

全國首屆賦學討論會觀點綜述

　　1988 年 4 月 25 日至 29 日，由全國韻文學會賦學研究會、湖南省古典文學研究會、湖南師範大學、衡陽師範專科學校（現為衡陽師範學院）聯合發起的賦學討論在衡陽市召開。這是建國三十多年來第一次賦學討論會，出席會議的有來自 15 個省市的專家、教授、中青年研究者共 80 人，提交論文 40 餘篇。會議期間，大家就辭賦研究領域內的很多問題展開了熱烈的討論，人人各抒己見，在近幾年辭賦研究的基礎上進一步拓開了思路，展示了新的成果。

一、關於辭賦的概念、源流演變

　　（一）關於「辭」與「賦」的關係。主要的看法有兩種：（1）「辭」和「賦」是同一種體裁，本無區別，可以辭賦並稱或以賦統辭，稱辭為賦。持這種觀點的論證角度也有不同。有人認為：「辭」與「賦」在總體特徵上是一致的，它們都源於詩的「不歌而誦」，都具有不用於配樂歌唱而用於誦讀的特點。有人從漢賦和楚辭的關係作了考察，認為：無論漢賦還是楚辭，都有詠物或言情（志）的篇章；漢賦具有「鋪采摛文」的特點，楚辭也具有這方面的特點。劉勰給賦下的定義，說賦包含了體物、言志、鋪采摛文三個特點，既符合漢賦，也符合楚辭。楚辭和漢賦都是賦，但有詩體賦與文賦之別，楚辭中有這兩種形式，漢賦中也有這兩種形式，漢賦本是從楚辭而來。（2）「辭」、「賦」是兩種不同文體，不應混淆。有人認為：先秦時代，辭與賦尚未作為專稱來使用，且兩者在詞義上並無內在聯繫。賈誼《弔屈原賦》實為騷體，卻以賦名，最早將兩者混合起來。司馬遷首稱「楚辭」，似有意避免與「賦」混同，但並未作為原則貫徹到底。揚雄分「詩人之賦」與「辭人之賦」，已有了由「賦」

統括「楚辭」的文體觀念。班固承劉向父子在《詩賦略》中將「楚辭」正式納入「賦」之範疇。王逸《楚辭章句》儘管在稱謂上存在「辭」、「賦」區分不徹底的現象，但屈宋辭作和並非楚人的漢代作家模仿這種體裁所寫的作品被編集成一書，不曰「賦」而名為「楚辭」，這客觀上是對西漢以來，尤其是班固「以辭為賦」觀點的巨大衝擊；它的出現，宣告了以屈原作品為範式的特定文體——「楚辭體」與「賦」的分離及其作為文體的真正獨立。在文體分類日趨縝密、精確的今天，「辭」、「賦」不分的觀點不應提倡。也有人認為：現在「楚辭」研究已蔚為大國，成為一種專門的學問——「楚辭學」。賦學研究如果把「楚辭」也納入自己的研究領域，勢必顯得重複。因此，應當劃清「辭」與「賦」的界線。

（二）關於辭賦的起源。（1）起源於詩的「不歌而誦」說。有人認為詩與賦的根本區別就在於詩是合樂的，辭賦是不合樂而誦讀的，因而劉向說「不歌而誦謂之賦」符合由詩體發展出賦體的實際情況，可以把它作為賦的一個基本定義。也有人提出不同看法：第一，「不歌而誦謂之賦」的不只是賦，也不只是散文，詩樂分離後詩歌本身亦然。因而不能把詩樂相依轉向詩樂分離的普遍運動，縮小為產生賦體文學的特殊規律，片面地以「不歌而誦」解賦。第二，「不歌而誦」只是一種誦讀方式，它本身非任何文學形式的構成因素，更不能代表賦體的本質特徵，因而作為定義是極不確切的。還有人認為，「不歌而誦謂之賦」的「賦」是個動詞，是誦讀的意思，它不是名詞。賦的最初意義是誦讀，後來創作詩歌也叫賦，並發展成為詩「六義」之一，最後才成為文體的名稱。因此，不能把賦的最初的意義當作賦的定義。（2）起源於表達的需要說。有人認為：前人的關於賦起源於「不歌而誦」、起源於詩六義之一，起源於諸子、縱橫策士之言等說法，都在一定程度上揭示了賦體起源的某些原因。但一種文體的形成，最重要的原因是當時社會生活的不斷變革、日益豐富引起了人們對大千世界和自我的重新發現，引起了人們審美觀念的改變，從而也刺激著人們去追求新的表現形式，追求在繼承基礎上的革新，這樣，新的文體才有可能產生。一句話，辭賦的產生與當時人們的表達需要有關。劉熙載說「賦起源於情事雜沓，詩不能馭，故為賦以鋪陳之」，是很有道理的。（3）也有人認為，對賦體的起源，僅僅從作品的體制、模式、結構等方面去找繼承關係遠遠不夠，還應當從更廣闊的視野去考察。第一，應從語言、句式等方面考慮。第二，應從作家的思想、寫作動機的發展變化去考慮。第三，

可以從文學的表現手法和文體演進的總特徵去思考。例如描寫，是辭賦的一種重要表現手段，這種表現手法在漢賦中大量運用，是先秦《詩》、《騷》及諸子的描寫技巧不斷演進的結果。又如先秦文體的發展，是先有敘事散文（神話），然後有抒情散文（詩歌），再然後有議論文，這些不同文體的發展必然從不同方面影響著辭賦特點的形成。第四，可以從題材、主題系列的繼承和發展去考慮。辭賦中同題材、主題的很多，它們不斷積累，逐漸形成系列，相互間有明顯的繼承演變關係。例如紀行、悼屈、答難等就是如此。同題材、主題的作品創作多了，容易形成一定的格式，往往類型化了。前人的各種文學選本（如《文選》、《文苑英華》、《歷代賦彙》等），辭賦中同主題、題材的作品往往編在一起，說明前人也已認識了這個特點，它對我們追溯辭賦源流意義很大。

（三）關於劉勰「賦者，鋪也，鋪采摛文，體物寫志也」的定義。主要有兩種意見：（1）認為劉勰的說法是合理的。有人從辭賦體物、抒情所採用的基本手法肯定了劉勰的定義符合他以前和同時代辭賦創作的實際情況。也有人認為：辭賦中雖然有些抒情小賦不那麼鋪采摛文，但代表辭賦的應是漢代的散體大賦，劉勰的定義正是抓住了辭賦創作的主導面和主要特徵。（2）認為劉勰的定義不合理。有人認為：在眾多的辭賦作品中，劉勰的定義只符合一小部分賦作，他僅僅把鋪采摛文這種表現方法作為賦的文體特徵是不科學的；「鋪采摛文」即使可作為文體特徵，也並非為賦所專有，別的文體如詩、文同樣也可以鋪采摛文，相反，很多賦卻並不鋪采摛文。有的人認為：賦本是詩的一種。第一，從內容看，詩言志，有諷有頌，賦也是如此；第二，從形式看，詩有四言、五言、七言、雜言等，賦也有這些形式；第三，從前人的論述看，前人詩賦連稱，同屬一類。在漢人看來，詩賦的區別只在於合樂不合樂，後來詩也走向與音樂分離，情形就更加複雜了。

二、關於漢賦的思想、藝術成就

（一）關於漢賦的思想成就。主要有兩種意見：（1）認為漢賦的主導面是揭露現實，它揭露現實的成就很高。有人把漢賦同漢樂府作了比較，認為它們是從不同的角度和側面來反映當時的社會現實：漢賦重在揭露上層社會的腐朽，樂府詩重在描寫下層民眾的疾苦。這兩者的結合正好是它們反映社會生活的深刻性所在，所以兩者在漢代文學中是相反相成，不可缺一的。但

是，漢賦的思想認識要比樂府詩深刻得多。具體表現為：漢樂府只擺民眾的疾苦的表現，漢賦則揭示了造成這種苦難的根源；漢樂府詩只訴苦難，漢賦則有具體的解救措施。漢賦作家的批判現實、改良現實的思想與儒家的民本思想、仁愛思想有關，這些在當時有很大的進步意義。（2）認為漢賦的主導面是歌頌，而它所謳歌的對象是值得歌頌的，因而同樣具有很高的價值。有人指出：不能把是否揭露和批判了現實作為衡量漢賦有無價值的依據，漢賦雖然也有揭露現實、批判現實的一面，但這不是它的主導面，它的主導面是歌頌。從主題來看，它包括史詩性主題、征服世界、歌詠生活的主歌和歌頌與諷諭雙重主題並存三種情況，諷諭只占很小比重。漢武帝時疆宇擴大了，社會經濟文化發展到當時世界的最高水平，成為首屈一指的統一強盛的帝國，人們心胸開朗，氣勢宏闊，充分顯示了漢民族昂揚奮發的精神氣概，「王者無外」正是中華民族氣質與精神風貌的概括。這一切固然是全民族的創造，但作為漢代統治者自有不可磨滅的功績，他們也是歷史的創作者和推動者。作為文學作品的漢賦把對統治者的頌揚集中體現在統治階級的代表人物──皇帝身上，是順理成章的事，實在沒有什麼可非議的。統治者是否值得歌頌，唯一的標準就是看他們對社會發展是否真正作了貢獻，我們不能把對統治階級的讚頌一概都說成要不得的。我們肯定《詩經》中史詩的價值，然而漢代的那些煌煌大賦，也是史詩性的，是漢代的史詩，似乎也可以與《詩經》的周民族史詩同為中華民族史詩系列的一部分。

（二）關於漢賦的審美價值。有的人指出：漢賦的審美價值著重表現在四個方面：（1）漢賦「以大為美」，表現了蓬勃向上的時代精神，它對「大」自然、大功業所作的描寫和讚美，印證了馬克思「人也按照美的規律來建造」、「人再生產整個自然界」、「通過實踐創造對象世界」的真理，也使我們體會到「人的有目的活動」的絕對偉大，引起我們強烈的崇高感。（2）漢賦注重「侈麗」是中國文學自覺追求審美價值的開端。（3）漢賦樸拙而奇譎，顯示了漢代特殊的審美風尚。漢賦作為一種新生的文學體裁，有其渾樸、古拙的一面，它雖然不及十分成熟的藝術作品靈巧精緻，卻自有一段厚重古樸之氣惹人喜愛。除此以外，漢賦還具有「把神話─歷史─現實打成一片」的浪漫主義特徵。（4）漢賦以儒家的善政德教為美，體現了美善統一、情理統一的特點。漢賦反覆宣揚的儒家的仁義之道包含政治、倫理兩方面的內容，它們雖然是為鞏固封建統治服務的，但由於體現了古代的一些人道主義思想、民

本思想等進步內容，因而獲得了一定的審美價值。然而，漢儒把「美」與倫理兩者等同起來，無異於把一個階級的美充作全民的美。包含在這種「美」裏的「善」與「真」的若干內容，會隨著階級關係的改變而改變性質，因而它的美學價值越是到後代越會貶損。在審美王國裏，漢賦還未能成為一塊無瑕的完璧。

（三）關於漢賦的藝術成就。有人從描繪性角度肯定了漢賦的藝術成就，認為漢賦中的描繪手法較先秦有了質的飛躍：（1）對先秦文學常見的兩種描繪形式，即細節的具體的描繪和宏觀的、寫意的描繪不僅各有取捨，而且有新的發展；（2）整體意識更趨於自覺，整體性的描繪比先秦進步。如果說先秦文學就對象整體只是勾畫出了大致的輪廓，散體賦則是把這個框架變得更加完善和充實，構建出一個富於空間感和時間感的對象整體；（3）動態描繪。對於動態之物，散體賦常不惜筆墨，萃集其凡可能有之的運動形態，突出其變幻於瞬間的運動節律。以動寫動、以靜寫動等方法，都增添了散體賦的生動性和形象性，豐富了先秦以來的描繪手法。還有人對漢賦中的誇張、比喻、擬人、排比、襯托、設彩、假設、對比、層遞、對偶、借代、用典、迭字、示現等各種修辭手段進行了深入細緻的分類研究，從而肯定了漢賦的修辭藝術成就。

三、關於其他作家作品的研究及賦論

（一）關於其他作家作品的研究，涉及的面較寬，從先秦屈、荀到清代王船山，都有人撰文論述。這裡只略舉數例子。（1）關於荀卿《賦篇》寫作時地的考證。有人認為：《荀子·賦篇》本係兩篇合成，一篇為《讔》，一篇為《賦》，《賦》只應包括佹詩（並其小詩）部分。它們是不同時期不同地點的兩篇作品，《讔》作於齊宣王朝初至齊稷下時；《賦》作於初次適齊，又去而至趙國期間。（2）關於傅毅《舞賦》。有人認為：《舞賦》中肯定了當時民間新興音樂舞蹈藝術，肯定了它們的娛樂身心的作用，對傳統的音樂美學觀是一種突破，在音樂舞蹈藝術理論方面有新的貢獻。（3）關於王粲的辭賦成就。有人認為：王粲的辭賦創作，開拓了賦體文學的主題和題材，回歸了賦體文學的抒情特徵，發展了賦體文學的表現形式，對賦體文學的發展有重要貢獻。另外，對張衡賦中所體現的人生態度的分析，對兩漢紀行賦系列的發展變化的探討，對潘岳、陸機賦的比較，對庾信賦的考索，對王船山賦的發掘等等，也

構成這次會議論文的重要內容。

　　（二）關於賦論研究。主要論及的賦論作家有班固和劉熙載。（1）班固。有人認為：班固在肯定辭賦有諷諭作用時，表現了比較客觀的態度，他一再認為辭賦有社會作用，來自他對辭賦的認真考察和全面分析。他對屈原辭賦的認識，主要有二：一是咸有惻隱古詩之義，一是其文閎博麗雅，這是對屈原作品的全面而深刻的認識。班固沒有失去先秦儒家的積極精神，也不是一個只求明哲保身的人，而是一個不務空論的歷史家、批評家和辭賦理論家，是一個敢於批判也善於批判的人。他的觀點全面、妥貼、不偏不倚，務求公正，自成一體，在他那個時代難能可貴。（2）劉熙載。有人指出：劉熙載的《藝概‧賦概》，從賦的淵源流變、文體特點，到賦的審美特徵、表現方法、賦家的審美趣味、才學志尚等等，都有深入的闡述，頗多「前人所未發」的意見。例如：他論述賦的產生，不是像前代批評家那樣只從文體本身的發展形成去尋根索源，而是注意到了社會生活對賦的產生的重要影響，考慮到了形式和內容之間的辯證關係；他認為作為文學作品的賦本來就是客觀事物激起作家主觀感受的產物，是主觀和客觀的辯證的統一；他把漢賦的「巨麗」之美與屈騷的「纏綿」、陶淵明詩賦的「高逸」相提並論，給以充分的肯定；他認為「賦兼敘列二法」等等，都是「闡前人所已發，擴前人所未發」的精妙之論。

四、關於辭賦在文學史、文化史上的地位及其與新文學之間的關係

　　（一）辭賦在文學史上的地位。有人指出：詩詞曲賦歷來是我國韻文創作的四大樣式，雖然它名次排在最後，但從發展歷史的悠久和對整個古典文學的影響來看，其地位的重要僅次於詩，而遠非後起的詞曲所能相比。現存賦的數量相當可觀，品類也很豐富；它題材廣闊，大可以「苞括宇宙，總覽人物」，小可以洞微索隱，細及毫髮。它取材之巨之細，不但為一般文體所罕見，而且在很多方面還為後代或同時的其他文學創作拓寬了題材範圍，或成為某一題材的先導。它的注重鋪陳描寫、形式上亦詩亦文的特殊性，與我國古典文學中的多種體裁如詩、文、戲曲、小說等都有著極為密切的聯繫。還有人從文學意識的發展、演進來肯定辭賦在文學史上的地位及進一步研究辭賦的意義。先秦時代的幾種文體，如歷史散文重在紀實，諸子散文重在議論，詩

尚與音樂、舞蹈緊密結合，都不是純文學。真正的純文學是從辭賦開始的，它逐漸擺脫實用的矩範，與音樂、舞蹈相分離，而代之以作家自覺的、對自己主觀情感、主觀意識的抒寫和對外部客觀世界萬千事物的描摹。至漢賦，創作風起雲湧，千流匯注，使自古而來的文學長河第一次出現了波瀾壯闊的局面。漢賦的創作之盛，決非偶然，而是伴有作家強烈的自覺意識。例如司馬相如講「賦家之心」，揚雄「心好沉博絕麗之文」，張衡「精思傅會」，以至於後來蕭統編《文選》，以「事出於沉思，義歸乎翰藻」為標準，且推漢賦為首，這些都說明辭賦在文學意識演進長河中有不可忽視的作用，與中國文學史基本格局的形成有著何等密切的關係。

（二）辭賦在文化史上的地位。很多人指出：由於很多辭賦作品對當時的社會歷史、政治體制、朝廷典禮、民風民俗、地方出產、宮室建築以及音樂、舞蹈、繪畫、器物等描繪得相當具體、精細，不僅可資考證之用，而且在我國古代文化史上也有很高的價值和地位。辭賦又是一種最具民族特色的文學樣式，通過它我們可以更深入地理解我國的漢民族審美心理。

（三）古代辭賦創作與現當代新文學的關係。很多人不贊成那種把辭賦說成「死文學」，把辭賦研究說成「絕學」的提法，認為古代辭賦在很多方面與我們現當代的新文學創作仍有著不可割裂的聯繫。從文體看，現當代的一些作品，如《白楊禮讚》、《秋色賦》、《茶花賦》、《荔枝蜜》、《古戰場春曉》、《星・雲・月》等等，都可列入現代白話賦體的範圍，它們在構思主題、選材、形式上的韻散結合或比較注意音律節奏、手法上的鋪摛文采、託物言志等方面都與古代辭賦在精神上一脈相通；很多白話賦體採用問答結構（如《雪浪花》、《荔枝蜜》等）也可看作古代辭賦「述客主以首引」結構方式的延伸。從更廣的意義上說，古代辭賦中所表現的審美意識和反映社會生活以歌頌、揭露為主的傳統，也為今天的文學創作特別是白話賦體的創作所繼承。至於它的表現方法、技巧，更對我們發展新文學具有借鑒意義。總之，古代辭賦的生命力並沒有結束，而是作為一種傳統被融匯、消化、發展在新文學創作之中。

對於如何進一步把賦學研究提到一個新的高度，大家也發表了很多具體的意見。第一，要組織力量整理、編纂、出版辭賦研究資料，以彌補目前研究資料嚴重不足之缺陷；第二，要有一批功底深厚的學者從事選本注釋工作，因為這是研究的基礎，由於一些辭賦文字較艱深，涉及的典章制度、名物知

識較多，好的注本對青年研究者尤為急需；第三，應當不斷更新目前辭賦的研究方法，既要作宏觀考察，也必須作大量的、深入的微觀研究，把宏觀和微觀緊密地結合起來，要做到研究的多層次、多角度、多綜合比較、橫向和縱向考察。特別還要注意觀念的更新，不要總是停留在庸俗社會學、政治學的觀察層面上。第四，應加強賦學研究者的信息交流，及時通報研究成果，避免重複勞動。

原載《中國文學研究》1988 年第 3 期

近十年來關於宋玉賦
真偽問題研究綜述

　　關於宋玉的作品，《九辯》是沒有爭議的。但對《九辯》以外的其他作品，近十年來研究者們爭議頗大。如袁梅在《宋玉和他的〈九辯〉》(《文史知識》1985 年第 5 期) 中列舉了八條理由證明《文選》、《古文苑》所錄各篇題為宋玉所作者「均係後人偽託」。李世剛的《宋玉及其〈九辯〉》(《遼寧教育學院學報》1985 年第 4 期) 也是如此說。但曹明綱的《宋玉賦真偽辨》(《上海師院學報》1984 年第 2 期) 列舉了七條理由作為「《文選》所收宋玉五賦不偽的主要依據」，1987 年上海古籍出版社出版的馬積高《賦史》也從三個方面基本肯定《文選》所收《風賦》、《高唐賦》、《神女賦》和《登徒子好色賦》不偽。但他認為《高唐賦》末段提到羨門、高溪等人，「也可能有後人的附益」。為了述說方便，現將有關《文選》所收宋玉賦真偽的意見根據綜述如下。

　　持否定意見的根據有：

　　1.《文選》所錄的賦非騷體，而是散體賦。這種散文賦體不是宋玉所處的戰國時期所能產生。

　　2. 這些作品中稱「楚王」、「楚襄王」，宋玉既是楚人，就不能在稱本國國君時冠一「楚」字，更不能在國君生前預稱其諡號。

　　3. 這些賦多是明顯地以第三者口吻寫的，宋玉不應在作品中直呼己名，如「問於宋玉曰」、「宋玉對曰」等等。

　　4.《高唐賦》述曰「昔者，楚襄王與宋玉遊於雲夢之浦」，顯係後人追記之詞。

　　5.《高唐賦》、《神女賦》、《高唐對》共敘一事；《風賦》、《登徒子好色賦》

內容相仿，氣格雷同，尤其《高唐對》文字與《高唐賦》首段基本一致。宋玉緣何重複同一題材？

6. 這些作品所用多非周秦古韻，而是漢代以後的音韻。

7. 宋玉賦高唐之事始見於傅毅《舞賦》，次見於曹植《洛神賦》及孟康《漢書‧司馬相如傳》注，在東漢以前無人提及，《風賦》則晉以前無人提及，晉以後始有人作《風賦》，《登徒子好色賦》與司馬相如《美人賦》相似，必模仿《美人賦》而作。

持肯定意見的根據有：

1. 散文中的問答體盛行於戰國，至秦際始趨衰微。人們在問答體中運用韻語以便誦讀，因而成文賦一體，是順理成章的，至漢代以後才產生文賦體，於事理反覺不可思議。況且在《離騷》中早已有包含問答的寓言出現，進而由此獨立成章，敷衍成篇，亦是賦體本身發展的自然之勢。

2. 先秦因文字流傳不易，後人對前人著作的態度也不嚴肅，加字減字的情況都有，如孟子與梁惠王同時，著書時惠王之子襄王尚未死，而《孟子》中稱「孟子謂梁襄王曰」，這「襄」字自然也應是後人所加。所以宋玉賦中稱「楚襄王」的問題，也可能係後人所加。

3. 《史記‧屈賈列傳》言宋玉等「皆祖屈原之從容辭令，終莫敢直諫」，可證戰國末期宋玉確有賦作名世；現存宋玉《風賦》等作即有「譎諫」的味道。

4. 《漢書‧藝文志》：「宋玉賦十六篇。」說明宋玉賦東漢時仍在流傳。

5. 傅毅《舞賦》提到「賦高唐之事」，他應曾親見。

6. 王逸《楚辭章句》未收《風賦》等作，是限於體例關係。

7. 曹植去王逸不遠，他的《洛神賦序》提到宋玉對楚王神女之事，可見他見過《神女賦》。

8. 孟康注《子虛賦》，認為司馬相如的賦引用了宋玉賦高唐的典實。晉人徐廣注《子虛》時，也說「宋玉曰：『楚王遊於陽雲之臺。』」證明孟康看法不孤。

9. 這些賦在漢代少有人提及，更不足為否定其存在的根據。因為一則西漢之賦今存者已不及什一，未可臆斷其中是否有人提及；二則現存西漢賦的題材多與這些賦不相因襲，東漢賦亦然。傅毅《舞賦》若非有意模擬《高唐》、《神女》的某些寫法，恐亦未必提及宋玉賦高唐之事。司馬相如《美人賦》明明模擬《好色賦》，而論者偏偏顛而倒之。推其意，大概是認為司馬相如是大

賦家，不應寫得比宋玉差，殊不知擬作往往不及原作，大家更可有不成熟的作品。

10. 這些賦所用韻實則皆周秦古韻，如《風賦》中「冷」、「醒」、「人」為韻，這種「耕」、「真」通協在屈賦中常見，如《離騷》即以「名」、「均」為韻。

另外，姜書閣的《先秦辭賦原論》（齊魯書社1983年版）論證了《風賦》、《高唐賦》和《神女賦》為宋玉所作的可信性，其理由有：（1）不能因為這些賦的「文體」、「情調」、「結構」與《九辯》不同，就肯定它們是偽託。（2）這些賦一開頭便說「楚襄王遊於……」甚至「昔者，楚襄王與宋玉遊於……」，是係他人或後人記敘或追記之語。這三篇都有或長或短的序，序可以是賦作家用第三人稱來敘述問對過程的，也可以是輯錄者寫的，但皆有可能在流傳中被改字或增字。（3）不能因為劉向、王逸沒有把它們收入《楚辭》，就斷定當時宋玉沒有這許多作品流傳。因《楚辭》體例，自宋玉以下，則只收其追念屈原之作，此外不錄。

除《文選》所錄題為宋玉的賦作外，成績的《從曾侯乙墓的竹笛看宋玉〈笛賦〉的真實性》（《江漢論壇》1986年第7期）和龔維英的《宋玉作〈招隱士〉考辯》（《江漢論壇》1986年第3期）則論證了宋玉《笛賦》、《招隱士》的真實性。

成文的意見大致是：

1. 曾侯乙墓中，出土的兩件七孔竹笛，係用天然竹管加工而成，證明春秋戰國時期，中原地區就有笛這一樂器了。

2. 曾國（即古隨國）從很早起一直是楚的附庸，兩國文化近似，並有密切的聯繫。屈、宋的活動時間都晚於曾侯乙。

3.《詩·小雅·何人斯》的「仲氏吹篪」與《楚辭·九歌·東君》「鳴鷈兮吹竽」的篪、鷈都是笛，只是南北寫法不同。

4. 就笛的發源地說，可能來自西部少數民族西涼或羌。所以《笛賦》說：笛出自西涼。篪、鷈二者都是笛的譯音。宋玉《笛賦》不作《鷈賦》，可能有兩種解釋：其一，宋玉時已譯為笛了，而後人不知；其二，漢人認為笛在漢代才在中原出現，因而宋玉《笛賦》被看作不能成立。

5. 從形制上說，宋玉所賦之笛是三孔，比較長，而出土竹笛是七孔，這一區別有兩種解釋：或者當初這一樂器在流傳過程中各地形制發生變化；或者宋玉所賦之笛實際上是篪。《禮記·少儀》謂笛三孔，《穆天子傳》六也說篷

三孔，《說文》說籥七孔，羌笛三孔。可證笛、籥是同一類型的樂器。

龔維英認為《招隱士》為宋玉所作的理由有七條：

1.《楚辭章句》對《招隱士》的作者敘述含混不清，但它肯定了《招隱士》和先秦楚國偉大愛國詩人屈原存在著某種關係。

2.《文心雕龍·辨騷》已把《招隱》掛到宋玉賬上。

3.《招隱》有「王孫遊兮不歸」，依王逸「小山之徒」說，殊覺牽強，歸之宋玉，即無此弊。

4.《史記·屈原列傳》贊「余讀《天問》……《招魂》……」，《招魂》可能是《招隱》之誤，魂、隱聲近，傳寫時容易造成差錯。

5.《招隱》寫作習慣頗類《九歌》，《九辯》「悲憂窮蹙兮獨處廓」而下十八句句法與之相同。

6.《招隱》寫山林之險惡以喻朝內鬥爭傾軋，則楚懷、襄朝內之鬥爭傾軋更勝武帝時。

7. 據《招隱》之「春草兮萋萋」與屈原《懷沙》「滔滔孟夏兮，草木莽莽」，二文一春一夏，季節相連，可能同在一年寫成。

原載《文史知識》1989 年第 4 期

近十年的賦體源流研究綜述

　　關於賦的起源，舊說主要有四：（1）劉向謂源於詩的「不歌而誦」；（2）班固謂「賦者，古詩之流」，左思進一步說是出於詩六義之一的「賦」；（3）章學誠謂賦原本詩、騷，出入戰國諸子；（4）姚鼐、章太炎、劉師培均謂出於縱橫家言。自八十年代初以來，論賦者進一步暢開思路，展開討論，探討賦之源流，使問題逐步深化，提出了新的說法。現根據本人接觸到的一些專著和專題論文，綜說如下。

一、關於「不歌而誦謂之賦」

　　駱玉明的《論「不歌而誦謂之賦」》（《文學遺產》1983 年第 2 期）從賦的本義上尋找它與「不歌而誦」的關係。他認為：「賦」本有不歌而誦的意義。大致詩脫離了弦樂，都可稱為「誦」、「賦」。但它們又不是平直的讀法，而要求有一定的聲調。本來，詩可以絃歌之，也可以賦誦之，「賦」只是詩的一種誦讀形式，並不能由此變成一種新的文體。到屈原的作品，情形便有了改變。除了其他特點，「其文甚長」也是重要的標誌。至少像《離騷》、《天問》這樣的宏篇巨製，恐怕是不適於配樂演奏的了。於是，至漢或稱為楚辭，以其產地名；或稱為賦，取其不歌而誦之義。在漢人心目中，屈賦正是「不歌而誦」的。賦的意義被解釋為鋪陳，與漢代的賦日趨誇飾鋪張的事實有直接的關係。傅剛的《賦的來源及其流辨》（《上海師範學院學報》1984 年第 3 期）也說：前人對漢以前賦的解釋大約有三種：（1）六詩之賦原是詩體；（2）是作詩的分法；（3）是稱詩的方法。他認為「不歌而誦」之賦是稱詩的方法，後來發展為一種體裁，這個體裁乃是不合樂的詩；因為不合樂的關係，這種實際上是

詩歌的賦，便發展為屈荀之賦，後又發展為漢大賦。總的說來，當今研究者對賦具有「不歌而誦」的特點大致還是承認的。

然而，楚辭是否仍與音樂有關，還可以進一步探討。丘瓊蓀的《楚調鉤沉》（《文史》1984 年總第 21 期）說：「《楚辭》被稱為賦之祖，當然可以誦了。《周禮‧大司樂》注：『以聲節之曰誦。』可知誦確是有聲調節奏的。我想，至少像現代的『朗頌』一樣，或許更進一步與音樂有直接的結合，亦未可知。在誦時又和敲擊樂器以為節奏，如釋家的誦經、誦偈等似。」「《楚辭》未必完全不可以被絃管，試審其篇章，《九歌》、《九章》、《九辯》都是正式的樂章，應該可以絃歌，《九歌》、《九辯》且是很美的樂舞曲。……《九辯》亦似舊曲，本有聲無詞。宋玉為之補亡，宜亦可入樂。我疑心當時的楚國尚保存一部分古曲古調，其中有夏樂，有商樂，所以屢次提到它。楚之《勞商》、《九辯》、《九歌》，極可能是古樂《賓商》、《九辯》、《九歌》的遺聲，是舊曲被新詞的形式。」《九歌》與音樂有關，多數人都是承認的，《九章》、《九辯》與音樂的關係究竟如何，丘文雖多想像推測之辭，卻的確可以刺激研究者進一步探本求源。

二、關於「賦者，古詩之流也」

賦作為一種文體，究竟和古詩有著怎樣的關係，是大家爭論較大的問題。李伯敬的《賦體源流辨》（《學術月刊》1982 第 3 期）、褚斌傑的《論賦體的起源》（《文學遺產》增刊 14 輯）都對「賦者，古詩之流」、賦由詩六義之一的「賦」轉化演變而來的觀點提出了異議。李伯敬的意見大致是：（一）根據范文瀾《文心雕龍注》的意見，「若荀屈之賦，自六義之賦流衍而成，則不得賦中雜出比興」，因此，劉勰把鄭莊、士蔿的詩當作賦，從而把賦體的濫觴期上推至春秋初年，是不對的；（二）賦字本身含有鋪陳之義，這是辭賦之賦與六義之賦所相同的。但辭賦之鋪陳與六義之賦之鋪陳，其具體含義並不相同，二者不能混為一談。六義之賦所說的鋪陳，是「鋪陳直敘」的意思，辭賦之鋪陳是指文辭上的鋪張揚厲，盡情描摹，而不排斥使用比興手法。二者名同而實際涵義不同，談不上有什麼必然的源流關係。（三）《詩經》用韻很嚴，因為它是一種適合歌唱的音樂性很強的文體。賦也用韻，但卻不很規則，原因是它的音樂性不強，只適合口頭朗誦，聲調也有別於詩歌。（四）賦作為一種文體名稱，始見於荀子的《賦篇》，它已具備了「設客主以問答」和「鋪陳排比」

兩大特點，開了後來辭賦，特別是漢朝新體大賦之先河。屈賦當與荀賦差不多同時創體，荀、屈都是賦體的開創者。荀卿的《賦篇》寫成於楚。那麼，荀、屈所開創的賦體形式，是否與楚國地方民間文學有一定的淵源關係，還可以進一步探討。賦體在其形成和發展過程中，當然會受到《詩經》一定的影響；但它們之間沒有直接的源流關係，更不是「專取詩中賦之一義以為賦」，這是可以肯定的。褚斌傑認為賦與詩六義之「賦」無關，一是「賦」這一文學體裁和名稱出現在先，而《詩經》「六義」的說法在後；二是如果賦這種文體和名稱是由於繼承或模仿了《詩經》中「賦」這一表現手法而出現的，那麼賦體作品的特點就應該不兼比興等等。李文出後，孫堯年撰《〈賦體源流辨〉駁議》（《學術月刊》1983年第10期）與李伯敬商榷，指出（1）班固的賦源於詩說，是根據史實，並無錯誤，賦和詩的原始關係，賦只是作為詩的一種口頭表達方式，其意義為朗誦或誦讀，是個動詞；而這種詩原就不合樂歌唱的，就可稱之為賦，已兼有名詞性質。（2）說賦的特徵為鋪張揚厲，盡情描寫，與事實不盡相符。荀《賦》均係短篇，多用比興隱語，後人評其工巧深刻，遠遠談不上鋪張揚厲。所謂鋪張揚厲者，僅適用於以漢大賦為代表的一部分辭賦。漢賦中也多短篇小賦，如宋代文賦也不以鋪張揚厲見長。劉勰說辭賦的特徵為鋪采摛文，這是概括從屈賦到齊梁賦而言。鋪采摛文不能與鋪張揚厲劃等號。（3）荀賦與屈賦都是賦體始祖，但兩體存在明顯區別。荀賦韻散結合，屈賦句式和用韻都較規則，它的性質與古詩有血肉聯繫。（4）荀賦雖以賦名篇，但仍以四言為主，除了個別句子，其餘全部協韻。這種形式，顯然是繼承《詩經》的。後來李伯敬又以《賦體之源不在古詩內部——答孫堯年同志》（《教學與進修》1984年第4期）為題，進一步肯定了自己的觀點，並對孫堯年的駁議提出反批評。認為「孫文混淆了文體源流與文學源流這兩個概念」，「我們所要探究的賦體淵源，主要屬於藝術形式上的問題，故其侈談賦與古詩在思想內容方面的『繼承關係』，貌似全面，實則無的放矢。」還指出「孫文說：賦體與詩的性質原無不同，用賦這種方式表達的詩原就不合樂歌唱的，就可稱之為賦」的觀點也是錯誤的。曹明綱的《論賦與詩六義之「賦」的關係》（《江海月刊》1984年第5期）對褚斌傑和李伯敬的觀點都提出了批評，他的結論是：「賦與詩六義之『賦』的源流關係是存在的；不過不像傳統觀念所認為的那樣，表現為賦在體制形式上源出於《詩》，而是表現為賦體作品繼承了詩的鋪陳手法和口誦傳統。賦這種文體的表現手法、名稱由來，乃至形體特

徵的確立，都與此有著不可分割的密切聯繫。」徐宗文的《試論古詩之流——賦》（《安徽大學學報》1986 年第 2 期）認為：從詩的意義功用——頌美、怨刺、事君父；題材內容——言志抒情、多識；表現手法——賦、比、興；語言形式——四言、押韻等方面來看，詩與賦都有相同、互通之處。班固謂「賦者，古詩之流也」，信未為過。

三、關於賦原本詩、騷，出入戰國諸子及出於縱橫家等說法

羅庾嶺的《論賦「興楚而盛漢」》（《懷化師專學報》1985 年第 2 期）說：戰國諸侯中只有楚國才真正稱得上「頗有文學」，賦所具備的「寫物圖貌，蔚以雕畫」的特色，只有在楚風文學裏才歷歷可見。賦的產生與縱橫之學密切相關，在《戰國策·楚策》中體現得尤其清楚。楚詩中有些詩由於篇幅較長，不適宜合樂歌唱，只能「不歌而誦」了。詩離開音樂而獨立存在於人們的朗誦之中，才可以突破篇幅的侷限，採用較長的篇幅和優美的詞藻來發揮想像，傾訴感情；才可以由抒情（言志）為主向描繪景物（體物）方面轉移；才會由呆滯僵化的四言逐漸朝著參差錯落，乃至夾雜散句的趨向發展；體物寫志、韻散結合的賦體才會應運而生。康金聲的《漢賦「拓宇於楚辭」質疑》（《山西師大學報》1984 年第 2 期）認為：說賦「原本詩騷」的觀點是值得商榷的。因為第一，賦體名稱的來源和賦這種文體淵源是兩個有些聯繫但畢竟不同的問題。第二，「漢賦」和「辭賦」是兩個不同的概念。漢人把賦、騷當作一類作品，因而考究起賦體起源時，就自然而然地要和楚辭聯繫起來。當然，兩者的聯繫是存在的，最直接的聯繫是由楚辭發展出漢代的騷體賦。但是當我們探討「漢賦」文體起源的時候，其文體顯然不是指上述漢代騷賦，而是指漢代的散體賦，即以《七發》等大賦為標誌的散體賦。第三，我們仔細研究漢賦（指散體賦）的體制、構思、題材、結構方式、語言運用等，發現它和楚辭作品的聯繫，除了詞采華美這一點外，別的方面遠不相似。而漢賦同先秦散文、秦及漢初散文倒有許多相似之處，有著明顯的傳承跡象，可以證明漢賦主要是源於散文而不是源於楚辭。黃樣興的《略處〈戰國策〉對漢大賦的影響》（《上饒師專學報》1986 年第 1 期）也認為「漢大賦的創作精神、文章結構、鋪陳手法、句法組織都與《詩經》、楚辭大相徑庭」，「認為荀子《賦篇》為漢大賦之源，這就更顯得牽強了。」他引用章太炎的說法：「縱橫家的話，本來有幾分像賦，到天下統一的時候，縱橫家用不著，就變作詞賦家。」（《章

太炎的白話文》）認為「在先秦眾多史籍中，最直接地、最大程度地影響漢大賦的當推《戰國策》了」。以下他從體制和結構、鋪陳、對偶、排比、誇張及音韻五個方面分析了《戰國策》對漢大賦的影響。

四、關於賦體源流的綜合考察

　　從上述所引的各種不同觀點可以看出，研究者們雖然在一定程度上仍受前人各種觀點的影响和啟示，但畢竟把問題大大地引向了更深的層次了。其中有很多問題都已提了出來，雖尚未能得到完滿解決，但問題的提出就意味著解決的一半，終究是令人欣喜的。我們可不可以把視野再擴大一點，從前人的全部辭賦創作實踐出發，根據賦的不同特徵來加以溯源別流？馬積高的《賦史》正是循著這樣的途徑去探討的。他從兩千多年全部辭賦的創作實踐出發，對前人的各種意見進行了剖析甄別。他認為「不歌而誦」的說法具有合理因素，但又有缺點，因為如用此說，則舉凡一切不能合樂的韻文都得稱賦，弊在太濫。劉勰的「賦者，鋪也；鋪采摛文，體物寫志」之說也無法概括全部辭賦的特點，因為很多賦並不鋪采摛文。他指出：賦的形成主要有三種不同途徑：（一）由楚歌演變而來的形成騷體賦，漢人稱騷為賦關鍵在於騷不合樂、「不歌而誦」。（二）由諸子問答體和遊士的說辭演變而來的形成文賦。（三）由《詩》三百篇演變而來的形成詩體賦。在以後的流變中，騷體賦和詩體賦的變化都較少，文賦則有漢代盛行的逞辭大賦，魏晉南北朝盛行的駢賦或俳賦，盛行於唐，綿延及清的律賦，伴隨唐代古文運動而產生的新文賦等嬗變。從體制上說，賦的發展在宋就停滯了。經過這樣的考察，他最後得出結論說：「賦是一種不歌而誦的文體，它既不包括具有某種特定社會作用的詩體如箴、銘、頌等，也不包括具有某種特殊的社會作用的韻文如誄、祭文（有韻者）等，更不包括後起的五七言詩。」馬積高的分類溯源可以避免籠統和夾纏不清，在前面列舉的一些當代研究者的觀點中，也孕含著要把荀卿的賦同屈原的賦加以區別，把騷體賦同散體大賦加以區別進行探討的思想，是一種能為人接受的新見解。

原載《中國文學研究》1989 年第 2 期

近十年來的魏晉南北朝辭賦研究

　　對魏晉南北朝辭賦的研究，相對於楚辭漢賦的研究來說，歷來就顯得薄弱。近十年的情況有所改變，研究論文、論著的數量比以前有較大的增加，無論是注意面還是研究深度都有所拓展，例如馬積高的《賦史》就專以兩章六節的篇幅探討了這一階段的賦作特點、作家、作品的詳細情況；高光復撰有《建安辭賦述略》〔註1〕、《建安時期賦風的轉變》〔註2〕、《晉代辭賦述略》〔註3〕、《南北朝辭賦述略》〔註4〕等文，對這一階段辭賦的情況作了鉤稽和概述；曹道衡的《試論漢賦和魏晉南北朝的抒情小賦》〔註5〕指出了魏晉後抒情小賦較之漢賦在抒情、風格、聲律對偶等方面的進步；劉樹清的《我國古代文苑中的珍珠玫瑰——試論漢魏六朝抒情小賦的藝術特色》〔註6〕指出了漢魏六朝抒情小賦的四大藝術特色等等，這些都體現了研究界對這一階段辭賦的廣泛注意和宏觀把握。對這一階段的一些重要作家如曹植、王粲、陶淵明、江淹、庾信等人的辭賦創作及其特色，除《賦史》外，也有不少論文作了不同程度的探討。總的說來，對這一階段的辭賦研究雖然仍有待於進一步開拓、深入，但成績是斐然可觀的，研究的進程也正在加快，前景是令人樂觀的，這裡我只拈出兩個研究得比較深入的例子，以示一斑。

一、對建安時期的賦風特點及其形成原因的研究

　　馬積高：「這一時期的辭賦創作不僅在數量上很可觀。現存的尚約有二百

〔註1〕　《佳木斯師專學報》1984 年第 1 期。
〔註2〕　《光明日報》1985 年 2 月 5 日《文學遺產》總 6732 期。
〔註3〕　《佳木斯師專學報》1984 年第 3 期。
〔註4〕　《佳木斯師專學報》1984 年第 4 期。
〔註5〕　《中古文學史論文集》，中華書局 1986 年版。
〔註6〕　《南寧師院學報》1983 年第 2 期。

篇；而且在思想內容和藝術表現上，也取得了一些新的成就。」具體表現在：
1. 雖然還有模擬之作和描寫京都、宮殿、器物等蹈襲漢人蹊徑的篇章，但針對現實的抒情言志之作較漢時大為增加。這類作品的描寫一般比前此的同類作品更為細膩，更加考究一些，但由於抒情色彩的濃鬱，又與堆砌詞藻、典故之作顯然不同；2. 這時的抒情賦體式多樣，而以駢賦（俳賦）居多，其題材亦較過去有較大的擴展。首先引人注目的是出現了大量的景物抒情賦；其次是出現了相當多的寫愛情和婚姻問題的賦，其中寡婦、出婦都是以前賦家沒有寫過的；再次是寫征行之感的賦也頗多；3. 出現了高度形象化的詠物抒情賦或諷刺小賦〔註7〕。高光復說建安時，辭賦的創作既承兩漢傳統，又發生了一系列具有重要意義的變化。其特點是：1. 打破了「勸百諷一」的賦頌傳統，更為廣闊地接近社會生活，抒發真情實感，使辭賦這種文體獲得了更為充實的社會內容，並在社會生活中真正發揮實際作用。這一時期的抒情小賦包括一些抒情色彩很濃的詠物小賦大批湧現，其突出特點便是在抒發真情實感中從不同角度多方面地反映生活，接觸時代矛盾；2. 這些作品又普遍具有很強烈的抒情性，那些為人們所熟知的抒情之作不必說，即使是那些詠物之作，也往往帶有濃厚的抒情色彩，堪稱為「以情緯文」之作；3. 打破了千篇一律、千人一面的公式化創作，顯示出鮮明的個性風格。在每一篇賦裏，差不多都可以看到作家的自我形象。在當時的賦壇上，這種具有個性風格的辭賦作品已經佔據了主導的地位，這實在是前所未有的。在辭賦發展史上，可以說這是一個由模式化進入個性化的轉折時期，具有劃時代的意義〔註8〕。

　　關於建安抒情賦發展的原因，馬積高認為：1. 與曹氏父子的獎掖有關；2. 這是文學發展的一種必然趨勢：戰國以來，我國的記事散文（以記史事為主）和說理文已高度發展，並且它們的實用性很強，很難有容納藝術形象和藝術描寫的餘地；而抒情言志之作，則尚未得到充分的發展。所以到漢代，辭賦便成了文章的正宗。但抒情言志之作卻始終是重要的一脈，而且到東漢後期，終於在賦壇上佔了優勢。高光復認為：1. 時代把大批作家從原來狹小的生活圈子中卷到動盪的社會生活的廣闊天地裏，他們於社會環境，於個人遭遇，都往往不能不生出許多深切的感慨，因而出現一些「志深而筆長，梗概而多氣」的抒情之作；2. 敘事大賦那樣的形式顯然很不適應作家抒寫彼時

〔註7〕詳參馬積高《賦史》，上海古籍出版社 1987 年版。
〔註8〕《光明日報》1985 年 2 月 5 日《文學遺產》總 6732 期。

彼地的真感情，因而源遠流長的抒情小賦就自然要繁興起來〔註9〕。

另外，周茂君、康學偉的《賦頌之宗，作者之師——略論曹植在建安賦風轉變中的地位》〔註10〕指出建安辭賦較漢賦有四大變化：1. 從不同角度多側面地反映豐富多彩的現實生活，抒發對社會人生的真情實感。辭賦由宮廷走向民間，走向廣闊的社會生活；2. 注重對作家主觀情性的抒發，由漢大賦的繁辭寡情向《楚辭》的辭麗多情方向轉變；3. 打破了漢賦程式化的僵硬模式，求「同」傾向，更多地顯示出「異」的風格和「異」的個性；4. 打破了漢大賦艱深的語言風格，提倡明朗剛健、華美自然的語言風格。作者指出：曹植「以其橫溢的才華和豐富的創作為這些轉變做出了巨大貢獻」。

從上面列舉的各種見解可以看出，研究者們雖然對建安賦風特點及其形成原因尚無爭議，說法卻也有同有異或同中有異，或異中有同，這些說法有相互補充，相互發明之妙，正可以豐富和深化我們對建安賦風特點及其形成原因、在文學史上的地位等問題的認識，推動研究工作的進一步開展。

二、關於陶淵明《閒情賦》的研究

眾所周知，陶淵明作為一個「隱逸」詩人，卻寫出了對男女之情毫不掩飾的作品，在文學史之上成了頗為難解的斯芬克斯之謎，蕭統以封建眼光視之，謂陶君「白璧微瑕者，唯在《閒情》一賦」〔註11〕；後來蘇軾為它辯白，說它「與屈、宋所陳何異」〔註12〕；魯迅又稱陶潛先生「有時很摩登」，「那些胡思亂想的自白，究竟是大膽的」〔註13〕。看來，如何理解《閒情賦》對理解陶淵明的思想人格關係甚大。近幾年對這篇賦的主旨爭議頗大。概括起來，有「愛情」和「比興」二說，但二說之中，「比興」說中又見仁見智，各有側重。

（一）愛情說。持這種現點的有周振甫、許延坦、楊魯溪、李文初等人。周振甫的《發乎情止乎禮義——讀陶淵明〈閒情賦〉》說〔註14〕：從這篇賦的

〔註9〕分別見馬高積高《賦史》和高光復《建安時期賦風的轉變》。
〔註10〕《信陽師範學院學報》1987年第2期。
〔註11〕《陶淵明文集序》，見袁行霈《陶淵明集箋注》附錄一「誄傳序跋」，中華書局2003年版，第614頁。
〔註12〕許偉東注《東坡題跋》卷二題《文選》，人民美術出版社2008年版，第95頁。
〔註13〕《「題未定」草》（六），見《且介亭雜文二集》，人民文學出版社1977年版，第246頁。
〔註14〕《名作欣賞》1984年第2期。

序看，它是仿照前人同類的作品寫的。這類作品，開始是寫對美人的胡思亂想，最後是抑制邪心，歸向正路，這是以前的作者之意。他這一篇，也是這個意思。從他序裏所講的看，沒有什麼愛情的失敗，更沒有什麼政治理想的破滅。在政治上，有沒有一位政治家像那位美女，對他顧盼含情，要接膝交言呢？沒有。賦中所寫的美人是不是他的政治理想呢？也不是。他的政治思想還是「秋熟靡王說」和「俎豆猶古法」。賦中表現的是情和禮的矛盾，情和智的矛盾，願望和實際的矛盾，最後歸於閒情守禮，抑制情和願望而服從實際，他想變成的只是美人所服用的東西，連一點要佔有的意思都沒有，這種思想是比較高的。許延坦、楊魯溪的《描寫愛情心理的傑作——〈閒情賦〉》〔註15〕說：魏晉時期精神生活的理想，這種擺脫束縛求得天性解放的傾向，在「十願」裏抒發得最為突出。就「十願」講，是恰當的：脫略了封建的傳統觀點的鉗制，越出了森嚴的禮制藩籬；然而就該賦最後一部分和賦前的序看，卻又極不恰當，它說明封建的「世故」是怎樣的滲透在周圍，而硬逼著覺醒的詩人將自由戀愛當作邪惡來防範矯正啊！李文初的《陶淵明〈閒情賦〉的評價問題》〔註16〕認為：《閒情賦》從總體構思上看，似與以往情賦基本相同，但從內容和形式上看，它都有明顯的突破。①塑造了一個不但形貌曠世，而且志趣高潔的美人形象；②大膽而細膩地表現了男性對女性的熱戀和追慕的心理；③表現由「放」到「抑」的感情變化比以往賦來得真實、自然。該賦寫愛情寫得空前的坦白，流露出真情實感，反映了陶淵明任真率性的個性。

（二）比興說。持此說的有許結、劉宜芝、李健、王振泰、高光復等人。至於比興的內容及理由，各人說法不盡相同。許結的《〈閒情賦〉的思想性及藝術特色》〔註17〕說：《閒情》之志，明顯地表現在揭露社會黑暗和抒發內心惆悵方面，不過這些都在主客現矛盾的交織之中進行，所以顯得含蓄、婉曲。「才華不隱世」與「逃祿而歸耕」的矛盾正是情與閒情的矛盾。它雖然繪情飾采，但畢竟不是一首單純的情歌而是充斥著憂愁之感。它以追求愛情的失敗象徵政治理想的幻滅。劉宜芝的《略論我國古代辭賦中的戀情描寫》〔註18〕說：辭賦中的戀情描寫，往往言近指遠，是一種比興手法的運用，它所表達

〔註15〕 《文史哲》1984 年第 2 期。
〔註16〕 《暨南學報》1986 年第 2 期。
〔註17〕 《江漢論壇》1983 年第 8 期。
〔註18〕 《衡陽師專學報》1984 年第 7 期。

的意思常在戀情描寫之外。浪漫主義是辭賦中戀情描寫的顯著特徵，其中必然有豐富的想像和大膽的誇張。《閒情賦》寫的是一種虛幻的男女戀情，不是作者的實際愛情生活的描述，它把情思寫得淋漓盡致，是為了更深地表達政治理想的追求幻滅。李健的《追求者的苦悶——談〈閒情賦〉的思想內容》〔註19〕說：《閒情賦》是別有寄託的。無寄託的作品，必然與事實相關聯，而有寄託的作品，則並無事實的線索。從《閒情賦》的具體描寫來看，寫追求對象和戀愛過程的地方都帶有一種虛幻和象徵的性質，那曠世而獨立的佳人，顯然不像一位實有女子；而那求愛和失戀的過程，更是朦朧恍惚，很像屈原筆下求愛於有娀氏之佚女的描寫。其實，陶淵明在《閒情賦》中並不想表現一種明確的思想，其託意也並不如謎語似的只有唯一的謎底，他只不過要表現他的某種心境，從那些竭誠而又悲哀的「願」來看，作者是在被一種追求的苦悶折磨著，既知其不可實現，卻又不能不強烈地願望。我們一旦瞭解了陶淵明一生的遭際，就會發現，《閒情賦》中那位「願必違」的失戀者，多麼像陶公自己。那十願所表現的切切深情，那失戀後的惆悵，不正是陶淵明在追求理想過程中所經歷過的嗎？王振泰的《〈閒情賦〉主旨新探——紀念陶淵明逝世 1560 週年》〔註20〕說：淵明好德，重人格，貴理想，故以好色喻一己之好德，抒發其人格追求，政治理想，寄託「願」而「悲」之獨特情懷。寫「佳人」寫成了「我」，寫「我」也就寫成了「佳人」，此即審美意義之「認同感」或「求同感」。以佳人自況寄不遇之志抒痛悼之懷，是魏晉時代的普遍風氣；陶淵明詩文尤喜自況；《閒情賦》之佳人，形象、格調、神韻，完全與淵明一致，其所用描摹人之女性文字，皆完全服從自況需要而設，不應膠柱鼓瑟，過囿於男女之界限而一分為二。作者還說到「閒情」之「閒」，歷來解作「防閑」，實當作幽閒貞靜解。《閒情賦》，即「園閭多暇」而賦情志之謂也。考淵明平生甚喜歡用「閒」字，而且自成系統，皆毫無防閑之義。《閒情》之「閒」恐怕亦多少有反其意而用之意，十「願」而又十「悲」，請問何「閒」之有？豈不是身似閒而心神不閒也。高光復的《論〈閒情賦〉的意旨兼及陶賦特色》〔註21〕說：本篇傾訴的乃是對理想人格的追求以及事與願違的苦悶與悲哀。賦中美人的高潔沖淡、超凡脫俗的人格，是一種人格的象徵；十願

〔註19〕《山西大學學報》1985 年第 3 期。

〔註20〕《鞍山師專學報》1987 年第 2 期。

〔註21〕《北方論叢》1987 年第 4 期。

所表現的是對理想人格的追求，十悲所表現的則是這種追求的不易。作者在序中曾明確提出有「作者之意」，而且希望人們「不謬作者之意」。如果本篇的意旨就是作品表面所寫的情愛，那麼似乎就毫無必要作這樣特殊的強調，以美人寄託追求，這卻是屈原以來的古代文學作品所習用的手法。

原載《雲夢學刊》1990 年第 1 期

評葉幼明著的《辭賦通論》

　　湖南師範大學葉幼明副教授的專著《辭賦通論》，是在近年來賦學成果不斷湧現的歷史狀況下，由湖南教育出版社 1991 年 5 月出版問世的。這是一部繼往開來，獨闢蹊徑的著作。全書共分五章，內容分別為：（一）什麼叫賦，（二）賦的淵源與流變，（三）辭賦發展概述，（四）辭賦的輯錄與整理，（五）歷代辭賦研究概述。具體地說，有如下幾個方面的特色：

　　第一，搜羅前說、掌握資料完備、系統，能夠為讀者提供一個較為完整的辭賦研究全貌，一些資料的利用還解決了一些重大問題。例如在「賦的淵源與流變」章的「賦體淵源的不同探索」一節中，列舉了「源於『不歌而誦』」、「受命於詩人」、「拓宇於楚辭」等七種說法。其他各章節中搜羅前人之說者，不勝枚舉。每列一說，必探其源，這樣就真正起到推本溯源、總結前人成果的作用。對研究者深入瞭解辭賦研究史上的各種既存見解、避免重複勞動大有幫助，對初學者，也可成為入門之津梁。對一些重要的地下發掘資料，作者也給予了充分注意。如對 1972 年山東臨沂銀雀山漢墓出土竹簡古佚書中的《唐勒》賦，作者也加以著錄分析，指出它證明了相傳為屈原所作之《卜居》、《漁父》和宋玉所作之《神女》、《高唐》諸賦那種散體的形式在漢初以前即已形成，從而解決了辭賦研究界這一長期懸而未決的大問題。

　　第二，重視量的統計和分析。對各個歷史階段今存辭賦的數量以及各種保存辭賦典籍所收的作品數量，作者都有一個基本的數字統計分析，力圖從量的方面給讀者一個明晰的認識。這種量的統計分析突出地表現在「辭賦發展概述」、「辭賦的輯錄與整理」等章中。前章對先秦至清代各歷史階段所存辭賦的總數都有數量統計，有的還列出所存篇名目錄。後章，分別對騷體、

七體、對問體、賦體文、賦的輯錄與整理作了詳細的考證，都有數據統計，並附有存目。文學研究要重視量的分析，這是大家都知道的一個常識，但真正做起來卻是不容易的，而辭賦的搜集統計由於歷史原因，尤其不易。作者在這方面做了長期的大量繁難工作，表現了極嚴謹的治學態度。

第三，注重比較、鑒別，剖析精嚴，持論公允。如前所述，作者在書中搜羅了大量前人和今人的各種觀點。但作者絕非純客觀地加以介紹，寫成綜述性質的東西（其實，就是綜述也並非易事），而是有嚴格的剖析、判別的。對於前人的結論，作者總是採取一種極審慎的態度，不掩人之非，也不掠人之美。例如，在講到清代辭賦的時候，作者對日本學者鈴木虎雄《賦史大要》、臺灣學者張正體《賦學》對清代賦體的看法也加以介紹並提出了異議。這兩書都認為清代有八股文賦，或稱股賦，是一種不同於騷賦、詩賦、散體賦、駢賦、律賦、文賦的新形式。鈴木虎雄說：「就清代賦與前代賦之關係看，可由其句法、股法、押韻以及股法與押韻互相關係，作為區別賦的時期，余謂清賦可以為八股文賦時代。」把清代賦稱為「八股文賦時代」，這涉及到一個怎樣認識清賦特徵的重大問題。作者本著實事求是的精神，對辭賦的歷史發展情況作了細緻的考察，認為重視破題，講究股對，限定字數等現象在八股文出現之前的辭賦中即較多運用，是辭賦中的這些表現手法影響了八股文，而不是相反。鈴木虎雄和張正體顛倒了兩者的相互關係，是以流為源，以枝為本。從用韻看，賦用韻的變化與八股文全無干係，因為八股文是文，不用韻，說不上對賦的用韻有什麼影響。清賦中詩賦、騷賦、駢賦、律賦的用韻與前代詩賦、騷賦、駢賦、律賦的用韻是相同的，多為兩句一韻或四句一韻，其文賦不規則的用韻也是對散體賦與唐宋文賦用韻特點的繼承，沒有什麼獨特之處。因此，將這種用韻情況作為清賦的特點而認定清賦為八股賦，也是不符合辭賦發展的歷史實際的。

第四，擴大領域，向研究的廣度深度開拓。本書的第三章「辭賦發展概述」，敘述了從先秦到元明清辭賦發展的基本線索和大致軌跡。作者將它們分為五個時期：先秦辭賦，為我國辭賦的發軔期；兩漢辭賦，為我國辭賦的發展期；魏晉六朝辭賦，為我國辭賦的轉變期；唐宋辭賦，為我國辭賦的高峰期；元明清辭賦，為我國辭賦的衰落期。每寫一個時期，作者都非常注意它的全貌，突出它的主要特色以及形成此種特色的內外原因，特別注意辭賦歷史上下的聯貫性，把握它的走向。這一部分在全書雖僅占五分之一，卻是一

部簡明扼要、綱舉目張的小賦史，它表明了作者對整個辭賦史的宏觀把握，與一般的只注意斷代研究者有所不同。

本書最具開創性的部分我以為在書的第五章「歷代辭賦研究概述」。早在1987年，在南嶽召開的全國首屆賦學會上，就有人提出，要重視歷代的賦論研究。此後數年內，也有同志在這方面留意，並有少量斷代性的賦論研究論文先後問世。這一方面，港臺的學者先走了一步。1975年，香港萬有圖書公司就印行了香港大學中文系何沛雄教授編的《賦話六種》，收有王芑孫《讀賦卮言》、魏謙升《賦品》、劉熙載《賦概》、浦銑《復小齋賦話》，饒宗頤《選堂賦話》與何沛雄的《讀賦零拾》6種。這些可算是歷代辭賦研究之研究的先聲。但迄今為止，能對歷代辭賦研究作出搜羅、整理並加以評述者，葉幼明副教授恐怕還是第一人。從事賦學研究的學者都知道此項工作的難度。作者積數年之功，多方訪求，收羅有歷代賦話十餘種，準備印行問世；在搜羅的同時，又展開深入研究，其成果就是書中的這一章。這一章共分七節：第一節，是關於漢魏晉南北朝的辭賦研究，第二節，是關於唐宋的辭賦研究；第三節，是元明的辭賦研究；第四、五節，是關於清代的辭賦研究；第六節，關於現當代的辭賦研究；第七節，辭賦研究在港臺及海外。僅此，讀者就可看出作者所注意的廣度，稱它是一部簡明的賦論研究小史我看是完全當之無愧的。就這一部分的深度看，也是頗值得讀者細心體味的。對每一個歷史階段的賦論，作者都有總評敘，有分階段評敘，還重點地評析了一系列重要論著，做到有點有面，條綱分明。由於是通觀，評析也就往往能瞻前顧後，左右權衡，探隱索頤，臧否得當。例如對清代賦話的分析。作者認為，由於清代出現了一批專門研究辭賦的專著——賦話，因而將辭賦研究推向一個高峰。作者詳細開列了今存的清代賦話目錄，指出它理論體系的系統性、豐富性與深刻性都是空前的，而且也指出了它們與清代整個詩文創作、文學批評的密切關係，指出了它們語錄式、評點式、資料性為形式與方法的主要特點以及清代賦話興盛的原因。除此以外還專闢一節，對清代的重要賦話、賦論加以詳細評論。作者對歷代辭賦研究的研究，不僅擴大了辭賦研究的領域，填補了賦論研究的部分空白，而且也擴大了古代文學批評研究的領域，開發了文學批評園地中一塊較少受人們重視的處女地，其意義是多方面的。

原載《湖南師範大學社會科學學報》1991 年第 6 期

馬積高先生治學特點述略

　　馬積高先生是一位享譽海內外的著名學者。我作為一位曾受過他耳提面命的學生，自然受益良多。但要我較全面地總結他留給我們的寶貴遺產，卻深感力不從心。這裡只能就他的治學特點談談個人的一些粗淺理解，以略表懷念之忱。我想，學術乃天下公器，總結前人的學術遺產以惠溉後人，是學者的共同責任。因而，我希望有更多的同行來從事這一工作。

　　我認為馬先生治學的最大特點之一，就是注重通觀。所謂通觀，首先是指對研究對象本身作比較全面的考察研究，其次是指對與研究對象相關的東西作不同層次、不同方向的考察、分析和比較。只有通觀，才會有開闊的視野、獨到的理解、恢弘的氣勢，也才能得出比較靠得住、比較經得起同行乃至後人反覆檢驗的結論。司馬遷所說的「究天人之際，通古今之變」，就是講的「通觀」二字。通觀是史學家必須做的最基本的事情，然而又是一件最費力、最艱苦的工作。不全面佔有史料，不閱讀大量的原典，不長期坐冷板凳潛心仰觀俯察、提要鈎玄，哪裏談得上什麼通觀！馬先生的著作，如《賦史》（1987 年上海古籍出版社出版）、《宋明理學與文學》（1989 年湖南師範大學出版社出版）、《清代學術思想的變遷與文學》（1996 年湖南人民出版社出版）、《荀學源流》（2000 年上海古籍出版社出版）等，就真正體現了通觀的工夫。這裡以《賦史》為例。這部著作寫成於 1983 年，四年之後，即 1987 年，由上海古籍出版社出版。據《後記》，此書寫作的時間並不長（只是利用了三個假期加上別的零星時間），但實際上，早在青年時代，馬先生就已在醞釀、準備。所以說它是窮馬先生畢生精力之作，應不是誇張之詞。這部著作，被譽為「千年賦史第一部」（1987 年 9 月 15 日《古籍書訊》），其學術成就早已為

學術界同行所認定。這裡我要說明的是這部著作所體現的馬先生的「通觀」這一治學特點。比如就什麼是辭賦這一基本問題而言，前人早已根據楚辭、漢賦下過不同的定義。馬先生並沒從前人已有的定義出發，而是下大工夫全面地考察了自先秦至清代的賦作，從而得出了自己的結論。他認為，《漢書·藝文志》的「不歌而誦謂之賦」具有合理因素，但弊在太濫；劉勰《文心雕龍·詮賦》的「賦者，鋪也，鋪采摛文，體物寫志也」的定義也並不適合於所有的辭賦作品。他在通盤研究的基礎上指出，賦的形成主要有三種不同途徑：（1）由楚辭演變而來的騷體賦；（2）由《詩》三百篇演變而來的詩體賦；（3）由諸子問答體和遊士說辭演變而來的文賦。在以後的流變中，騷體賦和詩體賦變化較少，而文賦則有逞辭大賦、抒情小賦、駢賦、律賦、新文賦等嬗變。這一嬗變自先秦綿延至唐，直到宋代，賦體的發展才告停滯。這種來自全面考察的結論，我相信是經得起同行推敲的。在論述辭賦的發展歷史時，馬先生並沒有僅僅對辭賦本身作靜態描述，而是把它放在文學史、學術史、文化史的廣闊背景下來加以考察、定位，並力圖找出它與文學、學術、文化發展的某些共同規律。在《賦史》以後的研究中，馬先生尤其重視對思想史、學術史同文學史交互關係的考察。他的《宋明理學與文學》、《清代學術思想的變遷與文學》等，都是著眼於思想史、學術史與文學史的關係探討，是他通觀特點的具體體現。

　　獨立不群，不趨時隨俗，是馬先生治學的另一特點。獨立不群，這本是傳統知識分子的可貴人格品性。然而要做到獨立不群，卻談何容易！獨立不群的品性來自於深層次的獨立思考，而非有意偃蹇反俗、標新立異。治學也是如此。一個有獨立品性的學者，總是慎思明辨，反覆權衡，不到深心孤詣，洞然於懷之時，絕不形之於言，筆之於紙。他們既不會迷信古人、趨奉今人，但也不會刻意菲薄古人、跳脫今人，而是本著實事求是的精神，是則是，非則非，可從則從，不可從則絕不去湊熱鬧、趨時髦。劉勰說：「及其品列成文，有同乎舊談者，非雷同也，勢自不可異也；有異乎前論者，非苟異也，理自不可同也。同之與異，不屑古今；擘肌分理，唯務折衷。」（《文心雕龍·序志》）是對學術獨立精神的最正確的表述。馬先生撰寫的一系列專著，主編篇幅浩繁的《歷代辭賦總匯》、《中國古代文學史》等，顯然是以傳統文化的整理者、繼承者、弘揚者自任，與撥亂反正後要求弘揚祖國優秀傳統文化的時代精神相一致。但是他在整理、繼承、弘揚優秀傳統文化的同時，始終也沒有淡化

自己的另一角色意識,即作為傳統文化的鑒別者、批判者、揚棄者的角色意識。比如他的《宋明理學與文學》。寫這部著作時,學術界對宋明理學所包含的合理因素挖掘較多,持肯定態度的較多,馬先生卻在肯定理學的某些合理因素之後,集中筆墨對宋明理學進行了嚴格的剖析和不留情面的批判。他認為理學是「宋朝重內輕外的制度在思想上的反映」;「理學家的這個『存天理,滅人慾』確實是很反動的,因為它的實質是要使人的一切思想感情、言行都合乎『天理』,也就是要符合被理學家弄得極端化了的封建倫理道德,這就不僅窒息了人的創造力,也窒息了正常人的生機。其結果,要麼就是使人成了像木雕泥塑一樣的偶像,要麼使人無法實踐,只好矯情飾性,弄得言行不符,表裏不一,成為偽君子、偽道學,而後者是大量的」;「理學的出現,雖有著歷史的必然,卻是我們民族和國家的不幸」;「如果說理學的整個體系中尚有某些可取的思想資料的話,那麼,理學對文學的影響則幾乎難以找出什麼積極的東西」(《宋明理學與文學・前言》)。又如他的《荀學源流》,他在闡揚荀子的「天人相分」的積極因素的同時,也把筆墨重點放在了對「天人合一」觀點的剖析和批判上。他在《〈荀學源流〉成書有感並序》中說:

> 近數年來,天人合一之說聲價日高,幾乎雅俗共賞。雅士或倡
> 導回歸自然,俗人則奔鶩相、卜。至於借之以張揚環境保護之說,
> 其義尤嚴正。而天人相分之說,罕有人過問矣。竊謂天人雖相聯繫,
> 其運行、發展規律亦有類似處,然不等同於合一。天人合一論者或
> 以天知人,或以人測天,雖精粗高下不同,然非謬託鬼神,即多涉
> 玄想。玄想之中,間有精義,究非科學,神學迷霧,尤當掃去。即
> 以人與自然之關係而論,自古及今,亦未嘗合一。古之洪水滔天與
> 今之環境破壞,雖有在天與在人之別,皆不一之證。今固當使之協
> 調,而不能自毀家園。然不知天人相分,致力於自然規律之研究,
> 焉能規利避害,求之適宜之方?

這些觀點,顯然體現了作者的獨立思考。其內在精神是崇尚民主,反對封建專制主義;崇尚科學,反對迷信。這既是對「五四」精神的繼承和發揚,也是新時期文化反思要求的體現。然而,作者是在一般人講得少或不講的時候大講特講,於是便顯得有點「不合時宜」。用馬先生自己的話來說,這兩部書是他的「孤憤」之作。我認為,他的這種「孤憤」,是基於對歷史教訓的反思,基於一個學者的時代憂患意識,同時也是基於馬列的唯物史觀。

　　平實，也是馬先生治學的一大特點。所謂平實，就是言必有徵，不為空言；論必有據，不作泛論。直陳己見，不須假借；表述觀點，簡潔明白。平實是一種美，因為真理總是樸素的、實在的。平實的東西，看似樸拙，其實最需要功力。古人論作詩，有「絢爛之極歸於平淡」之說，我以為也可以用於形容做學問。馬先生曾親炙於駱鴻凱先生，受章、黃樸學和湖湘學派經世致用傳統的影響都較深，加之他本人終生勤勉，手不釋卷，博覽群籍，掌握了許多現代學科的知識，尤其熟悉史學，精通音韻訓詁之學，因而學殖深厚，識見宏通。他談問題的時候，說到大處，不會有拉人作證、捉襟見肘之嫌；說到細處，更常有畫龍點睛、出精入微之妙。能出能進，能伸能縮，前瞻後顧，左右逢源。他的每一項研究成果之所以都有分量，原因就在於此。他的《賦史》，不僅是一部辭賦史，同時也涉及到歷代的其他文體、政治制度、教育制度、文化思潮乃至宗教、音樂、地理、風俗等方方面面；他的《宋明理學與文學》、《清代學術思想的變遷與文學》，既是一部宋代到清代的學術史，也是一部宋代到清代的文學史；就是那看起來比較單純的《荀學源流》，其實也是一部荀學研究史和中國古代唯物主義思想史。馬先生在動筆寫作之前，縱觀馳望，無遠不屆；而具體著筆時，則要言不煩，惜墨如金。這就是我所說的平實。唯有平實，才能由博反約，化繁為簡，變難為易，以小見大；也唯有平實，才便於檢驗，經得起檢驗，歷久而不汨沒。

　　馬先生平生還用了很多精力從事社會活動。他擔任過全國賦學會理事長，湖南省古代文學學會會長、湖南省文史館館員等職務。在他的領導下，全國賦學會工作有聲有色，賦學不僅越來越受學術界重視，而且正在走向世界；在他的領導下，湖南省古代文學研究者同心同德，團結一心，研究事業蓬勃發展。在身兼數職的情況下，還兼任我們編委會主任，關心本刊的成長。他的學術成就、出色工作以及同全國各地乃至海外學者的頻繁交往，不僅極大地促進了我校中文系古代文學學科本身及《中國文學研究》的發展，而且也極大地促進了湖南乃至全國學術事業的發展，提高了湖南師範大學的聲譽。他為學科、為期刊、為學校、為湖南學術事業所作出的巨大貢獻，永遠值得我們銘記！

　　馬先生平生為人謙虛，不慕榮利，淡泊自處。他曾被評為全國教育系統的勞動模範，獲得過國務院發給的政府特殊津貼和其他種種榮譽，可他從未露出過自得之色。他一直過著比較清淡的生活，並把這作為自己道德修養的

一個組成部分。他的為人，永遠值得我們懷念！聯曰：

得湖湘正脈，成一代宗師，道德文章人共仰；

失嶽麓精魂，泣四方俊彥，山川日月物齊悲。

原載《中國文學研究》2001 年第 3 期

《歷代辭賦總匯》之編纂、特色、
價值與有待完善之處

　　本人有幸參加過 1988 年的全國首屆賦學討論會，在《歷代辭賦總匯》編委中擔任唐宋分冊副主編，實際負責編纂唐代部分，並參加了明清部分辭賦的點校。因對《歷代辭賦總匯》的編纂情況比較瞭解，故借「『辭賦與中國文化』暨紀念馬積高先生誕辰九十週年學術研討會」之機，談談自己的看法與相關情況。

一、辭賦的價值

　　辭賦的價值，上世紀八十年代以來大家都已談了很多，當今治賦學者更有深知，本無庸多言。但因為這個問題與《歷代辭賦總匯》的意義和價值相關，所以我仍想談談個人的思考。

　　辭賦的價值，我用「辭章之淵海，文化之庫藏」兩句話概括。

　　說它是「辭章之淵海」，可以從這麼兩個方面來理解。

　　一是辭賦本身是辭章之淵海。辭賦是美文，作賦者不僅需要有包括宇宙，總覽人物的胸襟，還得有「合纂組以成文，列錦繡而為質，一經一緯，一宮一商」的技巧，謀求作品布局的合宜，章法的有致，文采的華美，音律的和諧。辭賦特別重才學，以至於從辭賦作家到讀者都把能創作辭賦視為有才學的表現。所謂才學，從文學角度說，就是要有牢籠萬態、刻雕眾形、體物寫志、鋪采摛文的嫻熟技藝。辭賦的表現技法非常豐富，其中鋪陳與對偶兩種尤為重要。鋪陳是文賦的標誌性特點。劉勰論賦，說「賦者鋪也，鋪采摛文，體物寫志也」，就是把鋪陳作為文賦的標誌性特點。對偶是駢賦和律賦的標誌性特點。

駢賦為魏晉六朝辭賦之大宗，律賦是唐以後辭賦之大宗。鋪陳與對偶，加上比興、用典等各種手法的綜合運用，辭賦作家把漢語形、音、義及其所蘊涵的物象美、色彩美、故實美、思致美、凝練美、含蓄美、對稱美、音律美、和諧美等種種美感開掘到非常精深完足的境地。因此可以說，辭賦是辭章的淵海，裏面沉積著無窮無盡的精金美玉，等待我們去披沙見寶。

二是古今創作各體文學都可以從辭賦取法。詩文是辭賦近親，固不必說。《歷代辭賦總匯》把大量採用辭賦手法、韻律的頌、文、說、論、移文、歌、謠等等收入辭賦，就是因為它們兼有辭賦的雙重身份。即使是小說、戲曲，也往往從辭賦取法。這一點，近幾年已有不少研究者注意到了，發表了不少文章。我上知網查了一下，在「高級檢索」中找到研究辭賦與古代小說關係的論文（包括期刊論文和碩、博學位論文）共計 61 篇，論戲曲與辭賦關係的有 14 篇，大多從辭賦對戲曲小說的影響立論。從《中華辭賦網》、《中華辭賦》雜誌、《中華辭賦報》等可以得知，當今創作辭賦的人仍非常之多（《碑賦文化網》載 2011 年孫繼綱先生在中華辭賦北京高峰論壇上的發言統計，中國境內從事辭賦創作的人員近千人，比較有影響的百有餘人，重點作者不下 40 人）。大家都明白，要寫出優秀的、具有個人品牌效應的作品，應下大工夫學習、研究歷代辭賦。再延伸點說，就是創作其他各種文體，想把作品寫得美一點，辭賦也是非常值得重視的取法之源。

說辭賦是「文化之庫藏」，我是從這麼三個角度考慮：

一是辭賦創作本身就是一種非常複雜的文化現象。古人作賦目的很多，其中很重要的一個目的就是「顯才」、「逞才」、「炫才」。為什麼作賦可以「顯才」、「逞才」、「炫才」呢？除了作賦本身確實需要才以外，還與社會輿論有關。在看重辭賦的時代文化語境下，大家都認為能作賦是有才的表現，於是就有「會須作賦，始成大才士」（《北齊書‧魏收傳》）之類的說法。才往往同地位聯繫在一起。「升高能賦，……可以為大夫」（《毛詩正義‧鄘風‧定之方中》傳），「詩賦之學，亦出於行人之官」（劉師培《論文雜記》）等說法，就道出了這一奧秘。大賦作家如枚乘、枚皋父子、司馬相如、左思等，都曾名滿天下。在歷史上，士人獻賦、科舉試賦，都可以改變一個人的命運，就是因為「能賦」被視為有才的標誌。辭賦同當時社會的人才判斷標準、政治外交文化需求、社會文藝審美心理等緊密相關，所以說辭賦本身就是一種非常複雜的文化現象。

　　二是學習、研究辭賦需要豐富的文化知識和深厚的文化底蘊。也可以反過來說，沒有深厚的文化功底，解讀、研究辭賦是非常困難的。上文我們說過，古人常把創作辭賦看成逞才、顯才、炫才的方式。而所謂才，除了擅長鋪摛麗藻、體物寫志以外，還需要廣博的知識。班固《漢書・敘傳》說「多識博物，有可觀採」，就指出了賦家之才包括「多識博物」這一內涵。賦家喜歡堆垛名物故實，敷陳典章制度，不「多識博物」是做不到的。從題材角度說，歷代辭賦所涉包括天象、地理、歲時、都邑、治道、典禮、禎祥、農桑、宮殿、室宇、器用、音樂、舞蹈、服飾、飲食、花鳥草蟲、歷史掌故、文化遺跡以及儒、釋、道各種思想等，要正確解讀它們，需要研究者具有廣博的歷史文化知識儲備與深厚的文化精神修養。

　　三是辭賦不僅具有重要的文學史價值，也具有重要的文化史價值。例如，許多辭賦都同科技有關。許結曾作過《賦的地理情懷與方志價值》、《文學與科技的融織——論科技賦的創作背景與文化內涵》、《說〈渾天〉談〈海潮〉——兼論唐代科技賦的創作與成就》等文章，注意到了古代科技文化同辭賦的關係。就辭賦本身的科技史價值而言，我可以舉出很多的例子。這裡只舉一個自己的研究例證。我曾參與山東大學姜生教授主持的《中國道教科學技術史》課題，負責六朝天學部分的撰稿。在「天象觀測」一節中，我分析了北魏張淵的《觀象賦》。我把賦中描寫的星象同甘（德）、石（申）、巫咸諸家星經及《晉書》、《隋書》等書的《天文志》對比，發現他所寫到的星象，或與三家異名，或為三家所未論及，某些星數與《晉》、《隋》兩書也有不同。因此，我指出，三垣、二十八宿三十一星區名目雖然要到隋代丹元子《步天歌》才最終確立，但張淵在這一過程中做了重要的基礎性工作〔註1〕。

二、《歷代辭賦總匯》的編纂

　　關於《歷代辭賦總匯》的編纂緣起，凱迪網發布過黃瑞雲先生所撰《〈歷代辭賦總匯〉輯錄紀事》一文。黃先生從他所帶領的湖北師院團隊的角度回顧了《歷代辭賦總匯》編纂過程的艱難。黃先生說此書起於1987年（此為誤記，詳下）的南嶽賦會，在會上他向馬先生提議整理中國歷代辭賦。最近我查看了當年我撰寫的、發表在《社會科學戰線》1988年第4期上的《全國首

〔註1〕姜生、湯偉俠《中國道教科學技術史》（南北朝隋唐五代卷），科學出版社2010年版。

屆賦學討論會綜述》一文。全國首屆賦學會討論會於 1988 年 4 月 25 日至 29 日在南嶽衡山召開。這是改革開放後第一次大規模全國賦學研討會，名家雲集，盛況空前。《綜述》最後談到大家對今後賦學研究的建議，其中就有「要組織力量整理、編纂、出版辭賦研究資料」、「應當組織人力搜羅、整理、編纂出版《歷代賦總匯》之類的大型資料集」等意見。黃先生確實是這項工程的積極倡導者之一。後來黃先生成為了全書兩個副主編之一。我又從齊魯網上看到湖南文藝出版社劉茁松的文章《「中國賦」盡展絕代風華——〈歷代辭賦總匯〉整理出版記》。劉先生是出版社方面《歷代辭賦總匯》編輯小組的組長。他的文章從出版社的角度回顧了出版過程的努力與艱難，與黃先生的文章恰好構成一個《歷代辭賦總匯》編纂出版的總體情貌。由於有二文在前，這裡僅就他們未曾談到的作一些補充。

　　首先是關於馬積高先生。關於馬先生的辭賦研究，我曾寫過多篇文章，或專門介紹，或部分提及。《中國文學研究》2001 年第 3 期發表了我的《馬積高先生治學特點述略》一文，談了對馬先生治學的理解。馬先生不僅有廣博的知識，還有深厚的學術文化精神，有強烈的文化道義感、責任感與使命感，不斷追求卓越，開闢新境。他生於 1925 年，儘管他青年時代練就了深厚的學術功底，但中年時代遇上一個接一個的政治運動，文革中又受到衝擊，到晚年才有重展學者情懷的機會。然而，1987 年《賦史》出版時，他已經 62 歲。南嶽賦學討論會召開時他已 63 歲。1990 年《文史哲》第 5 期發表了他的《編輯〈歷代辭賦總匯〉芻議》一文，可視為工程啟動的標誌。他當這個主編，從組織隊伍、決定體例、查閱圖書、搜集資料到申請籌集經費、協調各種關係等等，要投入多少時間精力，可想而知。而就在他編纂《歷代辭賦總匯》的前後，他還撰寫、出版了《宋明理學與文學》（1989）、《清代學術思想的變遷與文學》（1996）、《歷代辭賦研究史料概述》（2001），還整理、出版了自己的少作《荀學源流》和駱鴻凱先生的《文選學》等。我個人理解，馬先生的個人學術追求，就是要將學術史與文學史打通，做一個通古今之變的文學史、文化史方面的學者。因為年齡的原因，編纂《歷代辭賦總匯》可能開頭並沒有列入他晚年的工作規劃。但為了賦學研究的需要，他毅然承擔了此項重任。這就是他作為學者的道義感、責任感、使命感所在。

　　我認為馬先生組織的編纂團隊是一個不錯的團隊。兩個全書副主編之一，湖南師範大學葉幼明教授出版過《辭賦通論》，他不僅要協助馬先生做全書的

組織隊伍、搜輯文獻、編纂全書等工作，還兼任清代分冊主編。清代辭賦占全書總篇幅的三分之二以上。葉先生還代馬先生寫作了全書總序，他一直在從事全書的輯佚、補遺工作，發現漏收即及時安排人複印、點校，趁書稿尚未交付出版社及時補入。黃瑞雲先生說，此書雖為馬先生所主導，但葉先生貢獻之大，堪稱「第一功臣」。副主編之二的湖北師範學院教授黃瑞雲先生1986年即主編、出版過《歷代抒情小賦選》，是一位有多方面成就的學者、作家。他兼任了第一分冊副主編。他帶領他的湖北師範學院團隊所作的艱苦工作，在上文我提到的他的回憶文章中講得十分具體，真實可信。

就分冊主編、副主編而言，也多是當時或日後在賦學研究方面有成績的學者。唐宋分冊主編、四川師範大學萬光治教授，出版過《漢賦通論》、《蜀中漢賦三大家》等多種辭賦研究著作；金元分冊主編、山西大學康金聲教授，出版過《漢賦縱橫》、《金元辭賦論略》等多種辭賦研究著作；明代分冊主編湖南師範大學曹大中教授，出版過《屈原的思想和文學藝術》等著作。副主編中，先秦到魏晉南北朝副主編、當時在湖南師範大學任教的郭建勳教授、現在已經成為辭賦研究方面有突出成績的學者。先後出版了《漢魏六朝騷體文學研究》、《楚辭與中國古代韻文》、《先唐辭賦研究》等多種，還主持了國家重點課題《中國辭賦通史》；金元分冊副主編、安徽大學章滄授教授，出版過《漢賦美學》、《歷代山水名勝賦鑒賞辭典》。他們都為本書的各分冊的編纂做了大量工作。萬光治、康金聲、章滄授等都遠在外地，他們都各自組織過一批參加搜集、點校工作的隊伍。在經費極端困難的情況下，他們都克服了很多困難。副主編中常書智是湖南省圖書館領導，陳振華是上海市圖書館領導，他們為明、清兩分冊的圖書資料查閱、搜集作了很大努力。另外，參加點校的近60人中王毅教授（後進入編委會）、黃仁生教授（搜集與整理元代辭賦）、伏俊璉教授（搜集、點校敦煌辭賦）等也做出過很大貢獻。

《歷代辭賦總匯》從1990年正式啟動到2013年正式出版，歷時凡24年。

三、《歷代辭賦總匯》的特色與價值

《歷代辭賦總匯》的特色與價值，許結先生最近在他推介《歷代辭賦總匯》的文章中談了不少〔註2〕。這裡我只是談談自己的理解。特色與價值往往

〔註2〕許結《體物開佳境新編集大成——〈歷代辭賦總匯〉出版推介》，《書屋》2014年第3期。

是聯繫在一起的，因此，我把二者結合在一起談。

1. 本書根據主編馬積高先生對賦體的理解，所收除以賦名篇者外，還收了大量未標賦名而實為賦體者、騷體、七體以及對問、文、頌、傳、論、說、移文、歌、琴操諸體之近賦者。楚辭與賦的關係如何？從漢代開始，就或以為是賦，或稱之為辭，後世各有所見，眾說紛紜，莫衷一是。此書以「辭賦總匯」稱名，包容了辭與賦的爭論。七體、對問，劉勰《文心雕龍》將它們與連珠一起歸入雜文。還有以頌、傳、論、說、移文、歌、吟、謠等文體名篇而寫法實類賦者，算不算賦？以七體為賦清人已開其端（如姚鼐《古文辭類纂》、張相《古今文綜》），今人多已認同，不少文學史著作（如袁行霈主編之《中國文學史》）都將枚乘《七發》放在漢賦中一起評論，爭議較少。為了既保持己見又涵容爭論，馬先生主張借鑒前人，採取分內、外編的方式來解決。把明標為賦或辭者（不包括哀辭）、只標題意之騷體及七體、九體等收入「內編」。而把以對問、文、頌、傳、論、說、移文、歌、吟、謠等文體名篇而寫法類賦者（凡七類，具體詳《編校凡例》）統統歸入「外編」。把對問歸入辭賦，姚鼐《古文辭類纂》已開其例。卷六十五收東方朔《答客難》，卷六十六收揚雄《解嘲》、《解難》，卷七十二收韓愈《進學解》，即是例證，曾國藩《經史百家雜鈔》也把這類作品歸入「詞賦之屬」。所以以對問為賦是有根據的。唯對問有二體，一有韻，一無韻，姚氏把對問中無韻者（如宋玉《對楚王問》，《戰國策·楚人以弋說頃襄王》）也歸入賦，馬先生認為，賦乃韻文，把無韻者歸為賦不妥，其有韻者方可歸入賦類。收入以文、頌、傳、論、說、移文、歌、吟、謠、操等名篇而寫法實類賦的作品的具體理由，馬先生在《編輯〈歷代辭賦總匯〉芻議》、《歷代辭賦總匯·前言》等文章中都有詳細說明，這裡不一一說明了。我認為這樣處理是比較合適的。把有爭論的作品收入《總匯》不僅不會削減它的價值，相反地還會增益它的價值。你贊成馬先生對賦的看法，此書所收固然對你有用；你像《歷代賦彙》、《賦海大觀》等只認題中有賦字者為賦，這一部分作品照樣還在那裡。你要單獨研究騷體、七體、對問及類賦的文、頌、傳、論、說、移文、歌、吟、謠等類賦之作，本書也為你提供了資料。有意思的是，曾棗莊、吳洪澤主編之《宋代辭賦全編》（四川大學出版社，2008）所收辭賦除賦、騷、辭等以外，也包括類賦的文、歌、謠、吟、引、操等，甚至包括《歷代辭賦總匯》一般不收的哀辭、箴、銘、贊等類賦之體，比我們所收更為寬泛。

2. 由於傳世辭賦作時有舛誤、異文，本書並非把搜集到的作家、作品按時代先後錄入就算完事，而是盡可能地加以校對。按馬先生和編委會的設想，一般情況下選擇較好的通行本作底本，沒有通行本時才採用珍本或抄本。校本則以力所能得者為限。無書可校的從缺。對重要異文作出校記，供讀者參考、選擇。底本、校本皆注明出處。作品歸屬有爭議者，略加考辨，放在作者生平介紹中加以說明。這項工作雖然做得並不十分精嚴，但至少能給讀者提供版本或各種問題線索，具有較高的參考價值。

3. 能寫出小傳的作者一律寫出小傳。小傳後附上資料來源。這一點很重要，耗費了校點者大量時間精力。因為名家易找相關資料，非名家就比較困難。而每個時代都有大量非名家的賦作者。我們提供的有關作者生平履歷的文獻資料出處可以為讀者進一步深入探究提供線索。雖然這項工作限於當時的條件仍有許多不足，如能考證出生平的未考證出來，已考證出來的介紹過於簡略，利用的資料不全面等等，但畢竟考證出來的居多，能給使用者很大程度的便利。

4. 就規模體制說，《歷代辭賦總匯》確實是賦學史上空前的浩大工程。據統計，全書共收先秦到清末辭賦 30789 篇，作者 7391 人。共 2800 萬字，16 開本，凡 26 冊。它是清代陳元龍所編《歷代賦彙》（實收先秦到明代賦 3934 篇，逸句 177 句〔註3〕）的七倍，是鴻寶齋主人所編《賦海大觀》（該書「凡例」號稱二萬餘首，實收賦 12000 餘篇）的三倍。數量上的超越只是一個方面，更重要的是質量上的超越。在《歷代辭賦總匯》問世之前，此二書對辭賦研究有重要文獻價值，是無庸置疑的；當然，也不好說，《歷代辭賦總匯》問世之後，此二書就可廢。但此二書確實都存在大量問題。《歷代賦彙》，馬先生曾撰《〈歷代賦彙〉評議》一文，指出它存在五大問題：一是其所收各賦，例不注明出處，除少數篇章外，亦不注明異文；二是本書所標作者姓名及所屬朝代多有訛誤；三是本書所收賦有的顯係偽作，有的出處待考，亦難徵信，陳氏既不注明，更不加以考辨；四是本書所收賦有缺作者姓名者，有缺作者所屬朝代者；五是本書所收賦有誤分一篇為二篇者〔註4〕。至於《賦海大觀》，因是書商組織民間文人所為，難免急功近利，問題就更多更為嚴重。蹤凡曾

〔註3〕《歷代辭賦總匯·前言》統計為 4067 篇（含佚句）。這個數據見蹤凡《〈賦海大觀〉價值初探》，《文獻》2011 年第 3 期。

〔註4〕馬積高《〈歷代賦彙〉評議》，《學術研究》1990 年第 1 期。

撰有《〈賦海大觀〉之闕誤》一文，指出它有分類失當、次序錯亂、篇目闕漏、作品重出、篇名錯訛、作者闕誤、內容闕誤、體例混亂等八大問題〔註5〕。《歷代辭賦總匯》所收作品囊括了《歷代賦彙》和《賦海大觀》全部作品，對二書存在的問題盡可能加以解決、消除，實際上是對二書的比較全面而深入地整理。對二書質量方面的超越才是最重要的。

《歷代辭賦總匯》之所以所收賦作遠超前人，是因為除了查閱、收錄歷代已經匯總的各種辭賦總集（如《楚辭章句》、《歷代賦彙》、《賦海大觀》等等）、歷代各種文章總集（如《全上古三代秦漢三國六朝文》、《全唐文》等等）外，還查閱了眾多類書、方志和大量文人別集，收錄了不少出土賦作（如唐勒賦、敦煌賦等）。在當時條件下，凡需查找且能獲致的各類文獻我們都儘量查找遍了。

自 1988 年首屆全國賦學會召開以來到 2014 年，光國際辭賦學學術研討會就召開了十一屆。此期間辭賦研究取得了很大的成績，出現了很多令人矚目的研究著作與論文。隨著研究領域的不斷拓展，人們對辭賦的價值有了更新更深的認識。辭賦整理、編纂、出版等基礎性工作也一直在進行，出版了不少賦選、賦集和評註性的著作。例如畢萬忱等所編之《中國歷代賦選》（江蘇教育出版社，1990）；費振剛等輯校之《全漢賦》（北京大學出版社，1997）；費振剛主編之《全漢賦校注》（廣東教育出版社，2005），龔克昌等編纂之《全漢賦評注》（花山文藝出版社，2003）；韓格平、沈薇薇、韓璐、袁敏等主編之《全魏晉賦校注》（吉林文史出版社，2008）；簡宗梧、李時銘主編之《全唐賦》（里仁書局，2011）；曾棗莊、吳洪澤主編之《宋代辭賦全編》（四川大學出版社，2008）；郭預衡主編之《中華名賦集成》（中國工人出版社，2006）；趙逵夫主編之《歷代賦評注》（巴蜀書社，2010）等等，或全收漢、魏晉、唐、宋一代辭賦，或歷代兼有所取，都對辭賦研究有重要參考價值。但也無庸諱言，就辭賦研究文獻的總體需求而言，這些仍遠遠不能適應辭賦研究的需求。《歷代辭賦總匯》相對於這些著作，規模之大，特別是收集明清兩代賦家賦作之多，突破之大，是不言自明的。

總而言之，《歷代辭賦總匯》的出版問世，從小處說，實現了馬先生和全體參與者、出版者的多年心願與承諾；從大處說，它以近六十人二十餘年的努力圓滿地實現了首屆賦學會提出的期待與設想，對今後的辭賦研究會產生

〔註5〕蹤凡《〈賦海大觀〉之闕誤》，《中南民族大學學報》2014 年第 5 期。

巨大的推動作用，應該是可以期待的。

四、《歷代辭賦總匯》需要進一步完善之處

任何大型總集的編纂都有可能存在不足，留有後人繼續補充、修訂、辯證、糾謬、完善的空間。《歷代辭賦總匯》也是如此。受當時主、客觀條件的限制，它也存在同其他大型總集共有的某些不足。我認為主要有二：

一是收錄的全面性問題。《歷代辭賦總匯》之所以稱「總匯」而不稱「全編」、「全集」之類，本來就已考慮到了，在當時的條件下只能盡最大努力收錄歷代辭賦，如有遺漏，只能今後輯佚、補充、完善，這就是「以俟來哲」的含義。

具體情況，《歷代辭賦總匯‧前言》說：「這次輯錄是比較廣泛的，除了宋人鄭起潛《聲律衡裁》（筆者按，當為《聲律關鍵》）所載的唐宋人律賦的殘垣斷壁未進行一一比勘輯錄外，對明以前的總集、別集及我們所能找到的部分地方志所載的辭賦作品，作了廣泛的全面的收集。較以前的幾種辭賦總集，如陳元龍《歷代賦彙》、鴻寶齋主人《賦海大觀》，篇幅都有較多的增加，可能還有遺佚，但不會太多了。至於清代辭賦，我們雖收有作家四千餘人，作品近兩萬首，但清人集部到底有多少，目前尚無精確統計數字，恐怕還有許多手稿未被發現。故清代可能遺佚較多，且主要是清律賦，但就我們目前的精力、財力和時間，可以說已盡了我們最大的努力。至於更廣泛、更深入的輯錄，就只好以俟來哲了。」這是一個非常客觀的自我評價。但是，囿於當時的主客觀條件，這個評價也還是有可打折扣的地方。即以宋代而論，我請易永嬌副教授仔細核對、比較了《歷代辭賦總匯》的宋代部分和曾棗莊、吳洪澤主編的《宋代辭賦全編》，發現僅是題目標為賦的作品，兩書都互有失收，而且數量不少。我要易永嬌作了一份目錄，留待今後進一步核查。如果要全面核查，宋元以前，可利用現有之辭賦文獻、總集再查一次，拾遺補闕，盡量做到完善。宋元以後，明清兩代，應有計劃地搜集新發現的作品，聚沙成塔，集腋成裘，將來再出補編或續編。

二是校對的精審問題。這恐怕是從點校者到編輯都深感頭痛的問題。具體困難《歷代辭賦總匯》的「出版說明」和劉苕松先生的文章中已經說了。辭賦多古字、奇字、僻字、難字、異體字，不少版本還有缺字或字跡模糊不清的字，點校、排印和校對都十分麻煩。該書先秦至明代部分約 900 萬字，由湖

南省新華印刷一廠負責排印。從 95 年到 2005 年十年間共校四次。我記得其中有一次為各冊編纂者、點校者親自校對，一部分點校者因在外地不便稿件郵來寄往，就由湖南師大負責。筆者就校對過唐代分冊大部和相當一部分明代辭賦（因主編曹大中教授仙逝）。清代部分轉入北京中易中標電子信息技術有限公司進行數字化排版、校對，雖然技術水平提高了，但問題可能仍然很多。清代 1900 萬字中有 400 萬字來自《賦海大觀》。如前所云，該書所收賦作闕誤之多是非常嚴重的，很多作品沒有善本可校。這一部分交出版社後基本上沒有經過參編人員的校對，主要是由出版社的編輯人員負責處理。編輯們處理這些問題時遇到了很多麻煩，他們採取了自己認為可行的一些方式來解決，盡可能把問題減到最少。但實際上，錯、漏、衍、缺等現象仍未能全免，可能給使用者留下某些遺憾。建議讀者使用本書的相關部分時，要多用一分心力，儘量找原著核對一下，避免出錯。這也是使用一般大型書籍時常用的方法。也建議出版社能及時搜集使用者發現的問題，到再版時予以校正，逐漸使之臻於完善。

原載《中國文學研究》2015 年第 4 期

《老子》的修辭特點

　　《老子》作為哲學著作的最大特點就是「玄」。司馬談《論六家之要指》言「其辭難識」，老子自己也說自己的學說「玄之又玄」（1章）。這種「玄」是怎麼造成的呢？原因很多，從修辭的角度來考察，主要表現在三個方面：

　　第一，用詞「玄」。《老子》是一部哲學著作，它論及的是宇宙政治人生的問題。論述哲學問題應當有內涵明確的哲學範疇和概念，邏輯嚴密的判斷和推理，讀來才明白易曉。但是老子在闡述哲學問題時卻大量地採用了直觀的、感性的描繪方法。比如，「道」是老子哲學的核心範疇，老子卻沒有明確地給它下一個定義，而是用了這樣一些詞語來描繪它：

　　　常無欲以觀其妙，常有欲以觀其徼。（1章）

　　　視之不見名曰夷，聽之不聞名曰希，搏之不得名曰微。此三者
　　不可致詰，故混而為一。……是謂無狀之狀，無物之象，是謂惚恍。
　　（14章）

　　　道之為物，惟恍惟惚，惚兮恍兮，其中有象；恍兮惚兮，其中
　　有物。窈兮冥兮，其中有精；其精甚真，其中有信。（21章）

上面帶點的詞如妙、徼、夷、希、微、無狀之狀、無物之象、恍惚、精、真、信等等，歷來解說不同。這些詞的最大特點是帶著很大的抽象性，而「道」作為哲學範疇本身就是抽象的，以抽象來描述抽象，這就增加了理解的困難。讀者可以根據自己的想像，發揮自己的再創造力，甚至根據自己的理解融進自己的哲學見解，從而構成新的哲學思想體系，如莊子、韓非、王弼就是如此。近代以來研究者對老子的哲學性質理解各異，甚至截然相反，也與對上面詞語的理解有關。

　　第二，推理「玄」。《老子》的推理往往採取非邏輯形式。從修辭看，也就是上下文之間有很大的跳躍性，其中很多意思有所省略，必須綜觀《老子》全書才能明白。如第 2 章：

　　　　天下皆知美之為美，斯惡已；皆知善之為善，斯不善已。故有
　　無相生，難易相成，長短相形，高下相傾，音聲相和，前後相隨。
　　是以聖人處無為之事，行不言之教，萬物作焉而不辭，生而不有，
　　為而不恃，功成而弗居。夫唯弗居，是以不去。

「是以」以上講的是客觀事物的對立統一，「是以」以下講的是「無為」政治。用「是以」聯接，表明上下文是因果關係。但是由客觀事物的對立統一得出政治必須「無為」，上下文的聯貫不緊是顯而易見的。因此有人懷疑上下文各是一章，「是以」是衍文（如高亨《老子正詁》）。其實此二字古已有之，長沙馬王堆帛書本也有此二字，不容懷疑。那麼，事物的有無、難易、長短、高下、音聲、前後等的對立統一與政治上的「無為」有什麼聯繫呢？這個問題必須聯繫《老子》全體才能回答。老子強調「有無相生」，是為了說明「有之以為利，無之以為用」（11 章），也就是告訴人們不要只看到「有」的價值而忽視「無」的價值。在這個基礎上，老子進一步根據生活經驗推導出「無」可以生出「有」。因為任何事物從現象看，都是一個從無到有，復從有到無的過程。所以老子說「天下萬物生於有，有生於無」（40 章），「有」既然生於「無」，說明「無」比「有」重要，所以老子以「無」為本。把「無」引入政治，就是「無為」。這一章上下文略去了一個論證推理過程是顯而易見的。又如第 39 章：

　　　　昔之得一者，天得一以清，地得一以寧，神得一以靈，谷得一
　　以盈，萬物得一以生，侯王得一以為天下貞……故貴以賤為本，高
　　以下為基，是以侯王自謂孤寡不穀，此非以賤為本邪？非乎？

「故」字以上講「一」的作用，「故」字以下講的是侯王當以賤下為本基。用「故」字聯繫，表明上下文也是因果關係。這兩者的聯繫很難一眼看出。通解以「一」為「道」，這是對的。「道」生天地萬物，故萬物得之以生。然而此文何以不言「道」而言「一」？「一」與「侯王自謂孤寡不穀」有什麼關係？通觀《老子》，這裡面也省略了一些意思。因為「道」是「一」即一個獨立存在物，就它的作用而言，它是至高無上的。但是，就「一」這個自然數的量而言，在無窮的自然數行列中它又是最基本的、最小的，引申一步，就是最卑

下的。這樣一來，「一」就具有了地位至高無上卻甘居卑下的特點。這與侯王就發生了聯繫，侯王地位至高無上，但應當以謙下為美德，上下文是由哲學論證政治，並且隱含著比喻義。懂得了這一章，與此類似的 42 章也就不難理解了。42 章說：

> 道生一，一生二，二生三，三生萬物。萬物負陰而抱陽，衝氣
> 以為和。人之所惡，惟孤寡不穀，而王公以為稱。

蔣錫昌說：「上言生生為道之本，此言謙下柔弱亦為道之本。蓋道能生生，所以有其生；君能謙下，所以守其生。上下文詞似若不接，而義仍相關也。」（《老子校詁》）說得很正確。「謙下柔弱亦為道之本」這一意義正是從「一」這個自然數在無窮的自然數列中的地位既重要又卑下這一點引申出來的。《老子》省略了這一說明，所以顯得很「玄」。

第三，某些修辭手法的運用也造成了「玄」的效果。《老子》所運用的修辭手法非常豐富。下面只就比喻、比擬、誇張、頂針等略加分析。

（一）比喻。《老子》多用借喻和明喻。借喻如以「谷神」、「玄牝」比喻「道」，以「玄覽」比喻心，頗為隱晦難懂。就明喻而言，也不易曉。如第 15 章：

> 古之善為道者，微妙玄通，深不可識。夫唯不可識，故強為之
> 容：豫兮若冬涉川，猶兮若畏四鄰，儼兮其若客，渙兮其若釋，敦
> 兮其若樸，曠兮其若谷，渾兮其若濁。

上面一連用了七個明喻來刻畫「古之善為道者」的容貌和內心品質。每個比喻句都是前面用一個抽象的形容詞，後面接一具體事物作為比喻，以增強具體可感性。但是由於選擇來作喻體的多係心理活動或事物的存在狀態，它們本身就須再度說明才能使人準確地把握，因而具體中又不免帶著抽象，反而造成了一種虛虛實實，若即若離，不可捉摸的神秘氣氛。這類比喻句在《老子》中很多，如「沌沌兮如嬰兒之未孩」、「儽儽兮若無所歸」、「澹兮其若海」、「飂兮若無止」（20 章）等都是。

《老子》還有一類比喻是以抽象喻抽象，如「明道若昧，進道若退，夷道若纇，上德若谷，大白若辱，廣德若不足，建德若偷，質真若渝」（41 章）以說明事物高度完善後反而會出現形式與內容不一致的情況，這就顯得玄乎了。

（二）比擬。如第 34 章「大道氾兮，其可左右。萬物恃之以生而不辭，功成而不有，衣養萬物而不為主」等，寫「道」就用了擬人手法。《老子》很

強調聖人與「道」品質的一致性，認為「從事於道者」，就可以「同於道」（23章），即與「道」同化，故而書中寫人的時候又像在寫「道」，描繪「道」的時候又像是描繪人。

（三）誇張。《老子》常用誇張來顯示自己的政治和人生主張的奇妙作用。第 32 章「道常無名樸，雖小，天下莫能臣。侯王若能守之，萬物將自賓。天地相合以降甘露，民莫之令而自均」，誇「道」對政治的神奇功效；第 55 章「含德之厚，比於赤子，毒蟲不螫，鳥猛獸不搏」誇善養生的超凡手段。粗粗看去，則老子近乎神人。

（四）頂針。《老子》用這一手法頗多。這種手法用於推理，本可構成邏輯遞進，增強推理的嚴密性和邏輯力量。但《老子》中用這一手法時卻很多地方只是為了增強文勢而設。如：

> 夫物芸芸，各復歸其根。歸根曰靜，靜曰復命，復命曰常，知常曰明。不知常，妄作凶。知常容，容乃公，公乃王，王乃天，天乃道，道乃久。沒身不殆。（16 章）
>
> 王法地，地法天，天法道，道法自然。（25 章）
>
> 道生一，一生二，二生三，三生萬物。萬物負陰而抱陽，衝氣以為和。（42 章）

第一例「知常容」以上數句，邏輯遞進，關係明確，但「知常容」以下，因果關係就不那麼明顯了。若強求其解，則「王乃天」無法解。若知道它只不過是用來加強文勢的修辭手段而已，則其餘幾句可以一語道破：知常則合「道」，合「道」便長久。第二例可直解作「王和天地都法道」，因為在《老子》中，王代表社會，天地代表自然界，社會和自然界都取法「道」，就能普遍地實行「無為」。且在《老子》中，「天地」是常常並舉的，不存在天尊地卑的觀念，如第 5 章「天地不仁，以萬物為芻狗」，第 7 章「天長地久。天地之所以長且久者，以其不自生，故能長生」。都是「天地」並舉的例子。第三例古今人已傷透了腦筋。按《老子》「一」即是「道」，怎麼又出了一個「道生一」？那麼「二」和「三」又是什麼？大家爭議不休，莫衷一是。其實，這也是修辭造成的假象。老子原意不過是說，「道」雖然是「一」個，但它卻可以生出「二」個、「三」個乃至「萬物」來，它既卑下又最高貴。這裡面的曲折意義前面已做過分析。這類手法，倘若曲而求之，必定陷入恍惚迷離的玄學世界而不可拔。

　　以上談了《老子》所以有點「玄」的原因。其實，《老子》也並非通體都「玄」，老子還說過「吾道甚易知，甚易行」（70章）的話。的確，在很多問題上，《老子》都是旗幟鮮明，毫不含糊的。比如它對樸素辯證法的揭示，對時弊的針砭，對自己政治主張的宣傳等。老子對句式的巧妙安排有助於這方面思想的明確。其主要句式有如下四種情況：

　　（一）將同類事物或道理放在一起，加強了說理的深刻性，普遍性，增強了說服力。

　　　　三十輻共一轂，當其無，有車之用；埏埴以為器，當其無，有器之用；鑿戶牖以為室，當其無，有室之用。故有之以為利，無之以為用。（11章）

　　　　其安易持，其未兆易謀。其脆易泮，其微易散。為之於未有，治之於未亂。合抱之木，生於毫末；九層之臺，起於累土，千里之行，始於足下。（64章）

第11章用車轂、器具、戶牖這些日常事物都必須利用空間為例，揭示了實有與空無的相互為用，啟發人們去思考有無的辯證關係，從而認識「無」的不可忽視的價值。64章用大量事理說明應當「為之於未有，治之於未亂」，十分警策和深刻。

　　（二)將互相對立、互相矛盾的事物或道理安排在一起，形成鮮明的對比。

　　　　塞其兌，閉其門，終身不勤；開其兌，濟其事，終身不救。（52章）

　　　　故物或損之而益，或益之而損。（42章）

　　　　禍兮福之所倚，福兮禍之所伏。（58章）

　　　　天之道損有餘而補不足，人之道則不然，損不足以奉有餘。（77章）

通過對比，事物的性質已昭然揭示，人們應當取捨什麼，答案已無可置疑地包含在問題之中了。

　　（三）採用交枝連理句來揭示事物的對立統一關係。

　　　　道可道，非常道；名可名，非常名；無名天地之始，有名萬物之母；故常無欲以觀其妙，常有欲以觀其徼。此二者同出而異名，同謂之玄。玄之又玄，眾妙之門。（1章）

「道」是「有名」與「無名」、「常有」與「常無」的統一體，這種錯綜句式，

正揭示了這一特點。

（四）採用奇偶交錯、整散結合的句式，使文勢縱橫捭闔，雄健暢達。

> 以正治國，以奇用兵，以無事取天下（整）。吾何以知其然哉？
>
> 以此（散）：天下多忌諱而民彌貧；民多利器，國家滋昏；人多伎巧，
>
> 奇物滋起；法令滋彰，盜賊多有（整）。故聖人云（散）：「我無為而
>
> 民自化，我好靜而民自正，我無事而民自富，我無欲而民自樸。」
>
> （整）（57 章）

本章用了三個整句，中間各插入了一個散句，由提出主張到鞭撻時弊，又由鞭撻時弊轉入重申主張，欲擒故縱，開合抑揚，氣勢咄咄逼人，使人感到除了實行作者的政治主張，別無可選擇的途徑。

《老子》在修辭方面還有一個顯而易見的特點，就是用韻文的形式來論說事理。《老子》的造句都比較簡短，少者一字，多者十餘字，而以四字句和六字句為最多。用詞多雙音節詞，常用迭字；用韻也比較靈活，或通章押韻，或兩句、數句換韻，或不押韻，韻腳不避重字。這就使《老子》具有節奏美和韻律美，基本上達到了論文與詩的結合，從而具有一定的文學色彩。

原載《湖南師大學報》哲學社會科學版 1986 年第 1 期

「大曰逝，逝曰遠，遠曰反」中的「曰」字

　　《老子》中共有 28 個「曰」字〔註1〕，多數「曰」字都可作「說」或「叫做」解。如「視之不見名曰夷，聽之不聞名曰希，搏之不得名曰微」（14章）、「是以建言有之曰：我無為而民自化。」（57章）之類。但有些「曰」字的意義比較特殊，25章「吾不知其名，故強字之曰道，強為之名曰大，大曰逝，逝曰遠，遠曰反」，就是一個典型的例子。

　　25章這段話，前兩個「曰」字作「叫做」解，是沒有爭議的，後三個「曰」字顯然詞義暗中發生了變化，作何解釋，學者卻眾說不一。王弼注為：「逝，行也。不守一大體而已，周行無所不至，故曰『逝』也。」「遠，極也。周〔行〕無所不窮極，不偏於一逝，故曰『遠』也。不隨於所適，其體獨立，故曰『反』也。」〔註2〕眾所周知，王弼解《老》，多按自己的思想去解釋，並非串釋原文，他所說的「故曰」云云，自然不是按字義所作的訓詁。王弼以後，古人解《老》者也多依王弼的做法，求大義而不嚴求訓詁，且間以己意，所以多囫圇之說。近世以來，學者解、譯《老》者多欲嚴其訓詁，卻因古註無所依循，也多以己意為之，眾說紛紜，莫衷一是。就筆者所看到的釋、譯本歸納起來，大致有三個類別。

　　一是與前兩個「曰」字一致，看作稱謂動詞，作「叫做」、「稱為」或「說」

〔註1〕其中16章「歸根曰靜」帛書甲本缺兩字，帛書乙本、河上公本及諸王本作「是謂（帛書作「胃」）覆命」，76章「故曰堅強者死之徒也」，帛書甲、乙本均有「曰」字，而通行本均無。

〔註2〕樓宇烈《王弼集校釋》，中華書局1980年版，第64頁。

解，如張松如先生譯為：「大又叫作逝，逝又叫作遠，遠又叫作返。」〔註3〕周生春先生譯作：「『大』可稱為『逝』，（去久則遠，因此）『逝』可稱為『遠』，（遠則返本歸根，因此）『遠』可稱為『反』。」〔註4〕馮達甫先生譯為：「大是說無處不逝去，逝是說無遠不到，遠是說返回原始。」〔註5〕

二是譯作行為動詞，作「成為」解，如任繼愈先生譯作：「大成為逝去，逝去成為遼遠，遼遠又返轉還原。」〔註6〕

三是看作連詞，作「而」或「於是」、「則」解。作「而」解的，如陳鼓應先生譯為：「它廣大無邊而周流不息，周流不息而伸展遙遠，伸展遙遠而返回本原。」〔註7〕作「於是」解的，如蔣錫昌先生釋為：「逝者，指道之進行而言，即宇宙歷史自然之演進也。『遠』者，謂宇宙歷史演進愈久，則民智愈進，姦偽愈多，故去真亦愈遠也。『反』為『返』之假，謂聖人處此去真愈遠之時，應自有為返至無為，自複雜返至簡單，自巧智返至愚樸，自多慾返至寡慾，自文明返至鄙野也。『大曰逝，逝曰遠，遠曰反』，謂道既大而無所不包矣，於是成為世界而刻刻演進；世界既刻刻演進矣，於是民智愈進，去真愈遠；人民既去真愈遠矣，聖人當以無為為化，而有以返之也。」〔註8〕張默生先生則三個「曰」字分別解作「則」、「而」：『大曰逝』以下三『曰』字，可作『則』字『而』字解，言大則能逝，逝則能遠，遠而又返也。這三句，正是申明『周行而不殆』的意思。」〔註9〕

大家的意見如此分歧，那麼究竟誰是誰非呢？筆者認為，張松如、周生春二先生依「曰」字的常義解為「叫做」或「稱為」，則「大」、「逝」、「遠」、「反」容易被誤解為同一層面的意思，於義於訓詁均不可通；馮達甫先生解作「說」，對「大」、「逝」、「遠」、「反」作了區別，意義可通而訓詁未能落到實處；任繼愈先生解作「成為」，是隨文生義，於訓詁無據；陳鼓應先生譯作連詞「而」，於訓詁有據，但「大」、「逝」、「遠」、「反」之間可理解為轉折、

〔註3〕 張松如《老子校讀》，吉林人民出版社1981年版，第145頁。又見其《老子說解》，齊魯書社1987年版，第165頁。

〔註4〕 周生春《白話老子》，三秦出版社1990年版，第41頁。

〔註5〕 馮達甫《老子譯注》，上海古籍出版社1991年版，第61頁。

〔註6〕 任繼愈《老子新譯》，上海古籍出版社1985年版，第114頁。

〔註7〕 陳鼓應《老子注譯及評介》，中華書局1984年版，第169頁。

〔註8〕 《老子校詁》轉引自張松如先生《老子校讀》，吉林人民出版社1981年版，第152頁。

〔註9〕 張默生《老子章句新釋》，東方書社1948年發行，第31頁。

因果、條件諸關係，也可理解為並列關係，因而釋義不夠明晰；蔣錫昌先生作「於是」、「而」解，也於訓詁有據，但非釋原文，而是離開原文加以發揮；張默生先生作「則」、「而」解，於訓詁最為切近，但前兩句意義清晰而後一句意義仍嫌含混。而且，陳鼓應、蔣錫昌、張默生諸先生都只言其然而未言其所以然，讀者仍不免心存疑慮。

　　我認為這三個「曰」字都應解作連詞「則」，表條件或因果關係。我們先來討論一下「曰」字為什麼可以作「則」講。讓我們先來看看《尚書·洪範》的幾個與《老子》25 章同類型的句子：

　　　　一、五行：一曰水，二曰火，三曰木，四曰金，五曰土。水曰潤下，火曰炎上，木曰曲直，金曰從革，土爰稼穡。

　　　　二、五事：一曰貌，二曰言，三曰視，四曰聽，五曰思。貌曰恭，言曰從，視曰明，聽曰聰，思曰睿。

　　這兩個例子前面的五個「曰」字，都可解作「是」或「為」，用的是「曰」的常義。後面的五個「曰」字意義卻暗中發生了變化，不能解作「是」或「為」了。那麼這些「曰」字該作何解呢？第一條的最後一句「土爰稼穡」的「爰」字為我們提供了思考的線索。這個「爰」字，《史記·宋世家》作「曰」。《詩經·魏風·碩鼠》：「爰得我所。」鄭箋：「爰，曰也。」可見「曰」與「爰」可以互通。爰，有的學者作句中語氣助詞解，釋義時不釋此字。如周秉鈞先生的《尚書易解》（嶽麓書社 1988 年版）、王世舜先生的《尚書譯注》（四川人民出版社 1982 年版）、江灝、錢宗武二先生的《白話尚書》（貴州人民出版社 1990 年版）則直接將這兩例中的「曰」字解為語氣助字。但「爰」也可作「於是」講，作「則」講。作「於是」講，是通解，各詞書都列有此條，這裡就不討論了，只討論作「則」講的情況。孔穎達正義釋「爰得我所」為「則曰得我所宜故也」，用「曰」釋「爰」，是循疏不駁注之例，牽就鄭箋，而在「曰」前冠以「則」字，則是他本人的意見。《楚辭·天問》：「陽離爰死。」王逸注為：「人失陽氣則死也。」都是「爰」可作「則」講之證。

　　「爰」既與「曰」聲近相通，則「曰」也可作「則」講。《墨子·天志中》：「殺不辜者誰也？曰人也；予之不祥者誰也？曰天也。」兩個「曰」字，《天志上》全作「則」，是「曰」與「則」相通之鐵證。裴學海先生《古書虛字集解》有「『曰』猶『則』也」一條，舉例甚多，道理極充分，然近年所編《漢語大字典》和《漢語大詞典》「曰」字條均不收，不知何故？

上引《洪範》兩條，孔穎達《尚書正義》釋「水曰潤下，火曰炎上」兩句為：「水則潤下，可用以灌溉；火則炎上，可用以炊爨，亦可知也。」可見他把「曰」理解為「則」。對「貌曰恭，言曰從，視曰明，聽曰聰，思曰睿」五句的串釋，雖未加「則」字，卻全釋為條件句和因果句：「貌必須恭，言乃（「乃」猶「則」也）可從；視必當明，聽必當聰，思必當通於微密也。」這實可理解為：「貌則當恭，言則當從，視則當明，聽則當聰，思則當通。」可見「曰」作「則」講，表條件、因果關係，在前人本屬通解。

《老子》25 章的句式與上引《尚書·洪範》兩例的句式完全相同，都是前面的「曰」用常義，後面的「曰」意義暗中發生了變化，且變化情況非常近似，因而這三個「曰」都應作連詞「則」講。但它與《洪範》三句也略有不同。表現在：從修辭角度說，《洪範》諸句為排比格，而《老子》這三句為頂針格。論說文中運用頂針格，各句間往往有條件或因果關係，如孔子所說的「名不正則言不順，言不順則事不成，事不成則禮樂不興，禮樂不興則刑罰不中，刑罰不中則民無所措手足」（《論語·子路》），就是頂針格而有條件、因果關係的例子。《老子》25 章這三句的情況與上述《論語·子路》的各句關係相同，因而各句間的條件、因果關係較《洪範》更為明晰。這幾句可直釋為「大則逝，逝則遠，遠則反」。三個「則」都表條件、因果關係。意為：因「道」大，故能無所不至（《莊子》所謂「四達皇皇」）；因其能無所不至，故也能無遠不屆；因其在「域中」，故至極遠之邊界處，則必將返回。

後一句的理解至為重要，它體現的是老子的空間有限的觀點，要聯繫下文「道大，天大，地大，王亦大，域中有四大」這些話來理解。「域」，馬王堆帛書《老子》甲乙本均作「國」。國、域、囿、或古義相通，詳段玉裁《說文解字注》。阮元《經籍纂詁》引《漢書·禮樂志》集注：「域，界也。」可見域即是「邊界」的意思。從「域中有四大」一語可知老子想像的「宇宙」是有邊界的，天地在「道」的包容之中，而「道」又在有邊界的「宇宙」中運動。因「宇宙」是有邊界的，所以它到了極遠的邊界處時，就不能再前行，而只能返回，這就構成了「道」無所不包的特性。

《老子》中除了 25 章「大曰逝，逝曰遠，遠曰反」這三個「曰」字當作「則」解以外，還有幾個句子的「曰」字，學術界沒有爭議，但似乎也值得討論。

16 章：「歸根曰靜，靜曰復命，復命曰常，知常曰明。」這幾個「曰」字，

第一句帛書乙本作「是胃（謂）覆命」，顯然理解為「叫做」。所以下面三句的「曰」字，一般都解作「叫做」。如張松如先生譯為「恢復到本原就叫清靜」、「清靜就叫復歸於生命」、「復歸於生命就叫自然」、「認識了自然規律就叫聰明」。其他譯者也多類此。將這些「曰」字譯作「叫」，語義並沒有太多的歧義。但我認為：這幾句從修辭角度說，屬頂針格，與 25 章「大曰逝，逝曰遠，遠曰反」三句的句法大體相同，各句間有條件或因果關係，如譯作「則」，則更能顯出其中奧義：「歸根則靜，靜則覆命，覆命則常，知常則明。」今譯為：「只有返歸到根本才會清靜，只有清靜才能再度獲得生命，能再度獲得生命才會永不衰亡，懂得使生命永不衰亡道理的才算明智。」

52 章：「見小曰明，守柔曰強。」這兩個「曰」，一般也都譯作「叫做」，如周生春先生譯作「察見（『道』的）微妙叫做『明』，保持柔弱叫做『強』」〔註10〕。這樣譯雖無不可，但「曰」作「則」解就更為直捷：「見小則明，守柔則強。」今譯為：「能察知精微才算明察，能自守柔弱才算剛強。」

55 章：「知和曰常，知常曰明，益生曰祥，心使氣曰強。」這四個「曰」字，一般也按常義譯作「叫做」。如張松如先生譯為「精氣與和氣〔註11〕就叫做常，認識常的規律就叫做明，一味貪求生活享受就叫做殃〔註12〕，為欲望支配而任氣就叫做強」〔註13〕。這樣譯，雖然也無不可，但若作「則」講，則意義更加明確：「知和則常，知常則明，益生則祥，心使氣則強。」今譯為：「懂得調和精氣就能使人長盛不衰，懂得使人長盛不衰道理的才算明智，如果養生太甚以求延年就會有災禍，縱心任氣就會使人剛強而不符合柔弱之道。」

原載《古漢語研究》1999 年第 2 期

〔註10〕周生春《白話老子》，三秦出版社 1990 年版，第 84 頁。

〔註11〕通行本作「知和曰常」，張先生從高亨先生《老子正詁》作「精和曰常」，故如此譯，見其《老子校讀》313 頁。

〔註12〕祥，張先生係依勞健《老子古本考》、奚侗《老子集解》之說，作災祥、災眚講，可從。

〔註13〕張松如《老子校讀》，吉林人民出版社 1981 年版，第 311 頁。又見其《老子說解》，齊魯書社 1987 年版，第 345 頁。

《莊子・逍遙遊》中大鵬形象
及其主旨

　　《逍遙遊》的大鵬形象，是很值得研究的，因為它涉及對莊子思想的理解問題。自向秀、郭象、支道林以來，大鵬的形象都被認為與學鳩、蜩、斥鴳之類的東西等齊，只不過有大逍遙與小逍遙之分而已。這種說法影響極大，至今很多人還從其說。今人也有不信此說的，如王仲鏞之《莊子〈逍遙遊〉新探》〔註1〕、任繼愈主編的《中國哲學發展史》〔註2〕即認為大鵬是明道者、得道者的比喻或象徵。這些新說我認為極對，只是論證尚嫌不足，還不足以推翻舊說。所以我在這裡作進一步的廓清。

　　大鵬形象是得道者、明道者形象的喻體，理由很多，現列舉如下。

　　先舉外證。大鵬之鵬，即是鳳。《山海經・南山經》說：「有鳥焉，其狀如雞，五彩而文，名曰鳳凰，首文曰德，翼文曰義，背文曰禮，膺文曰仁，腹文曰信。是鳥也，飲食自然，自歌自舞，見則無下安寧。」從這條記載我們可以看出，鳳是道德的化身，而且也是「自然」的靈物。「鳳凰」這一靈物，《詩經》中已見其名，並已開始以鳳凰比喻「吉士」，如《大雅・卷阿》六、七、九章：

　　　　鳳凰於飛，翽翽其羽，亦集爰止。藹藹王多吉士，維君子使，
　　媚于天子。

　　　　鳳凰於飛，翽翽其羽，亦傳于天。藹藹王多吉人，維君子命，

〔註1〕包遵信主編《中國哲學》第四輯，生活.讀書.新知三聯書店 1980 年版，第 152～164 頁。

〔註2〕該書之《莊周的唯物主義哲學》，人民出版社 1983 年版。

　　　　媚于庶人。

　　　　鳳凰鳴矣，于彼高岡。梧桐生矣，于彼朝陽。菶菶萋萋，雝雝
　　喈喈。

這裡還有一點值得注意，即鳳凰與梧桐樹有關。《莊子·秋水》說鵷鶵「非梧
桐不止，非練食不食」，可知此說由來已甚久，也可反證前人說鵷鶵即小鳳凰
的不謬。

　　從文化系統看，殷、周兩族之起源皆以崇拜鳳凰或鳥圖騰為主。故《詩
經》中有《商頌》的「天命玄鳥，降而生商」和此篇的以鳳凰比吉士之說。但
在後來的發展過程中，卻逐漸有了分化：南方楚文化繼續保持了祖神高陽顓
頊鳥圖騰崇拜的傳統，而北方中原文化卻逐漸發展為比較地崇拜龍。如楚狂
接輿稱孔子為「鳳兮，鳳兮」，而孔子稱楚人老聃說「吾乃今於是乎見龍」！
接輿是從南方人的崇尚習慣來稱孔子，而孔子則是從中原人的崇尚習慣來稱
老聃，他們的這些稱呼正反映了南方和中原不同的文化崇尚的潛在心理。據
李誠的研究，屈賦中存在著許多表現出對鳳凰的特別尊崇，乃至以之自況的
情況，而其他擬屈賦的作品，卻一方面照抄屈賦，一方面又轉而對龍表現出
了較高的崇尚心理，也正可以說明這種變化〔註3〕。他沒有說到宋玉，其實宋
玉的《九辯》也是很崇尚鳳凰的。《對楚王問》有人疑其為偽託，但那裡面提
到「故鳥有鳳而魚有鯤，鳳凰上擊九千里，絕雲霓、負蒼天，足亂浮雲，翱翔
乎杳冥之上；夫蕃籬之鷃，豈能與之料天地之高哉？鯤魚朝發崑崙之墟，暴
鬐於碣石，暮宿於孟諸，夫尺澤之鯢，豈能與之量江海之大哉？故非獨鳥有
鳳而魚有鯤也，士亦有之」云云，反映的卻正是楚人的文化崇尚意識。它的
以鳳凰和鯤比賢士極類似《莊子·逍遙遊》，以至有人疑心它剽剝莊子。其實
它所說的又與《莊子》有不同，它把鯤鵬並舉而不說鯤化為鵬，它說鯤發於
崑崙之墟而不是北溟，就是顯然的差異。它雖然不一定是宋玉作，但也是先
秦楚人之作無疑。《莊子》也屬楚文化的系統。《莊子·逍遙遊》所採用的鯤鵬
故事與《對楚王問》的故事，大抵是採用了當時南方民間流行的故事。

　　正因為鳳凰是有德的「自然」的靈物，是南方文化系統中所普遍尊崇的
對象，莊子才取了它作為「明道者」、「得道者」的喻體。

　　再看內證。內證可以從兩方面說：一是語詞文意之證；一是思想之證。

　　先說語詞文意之證。

──────────────

〔註3〕《論屈賦神話傳說的圖騰色彩》，《四川師大學報》1987年第2期。

　　要證實大鵬即是「明道者」、「得道者」──即《逍遙遊》中的「至人」、「神人」、「聖人」的喻體，關鍵之處還在於大鵬從北溟遷徙到南溟。能從北溟飛到南溟，也就意味著「逍遙遊」了。《莊子‧秋水》裏也有兩則寓言說這種飛遷的情況：

　　　　蛇謂風曰：「予動吾脊脅而行，則有似也。今子蓬蓬然起於北海，蓬蓬然入於南海，而似無有，何也？」風曰：「然。予蓬蓬然起於北海而入於南海也，然則指我則勝我，鰌我亦勝我。雖然，夫折大木，蜚大屋者，唯我能也。故以眾小不勝為大勝也。為大勝者，唯聖人能之。」

　　　　惠子相梁，莊子往見之。或謂惠子曰：「莊子來，欲代子相。」於是惠子恐，搜於國中，三日三夜。莊子往見之，曰：「南方有鳥，其名鵷鶵，子知之乎？夫鵷鶵發於南海，而飛於北海，非梧桐不止，非練實不食，非醴泉不飲。於是鴟得腐鼠，鵷鶵過之，仰而視之，曰：『嚇！』今子欲以子之梁國而嚇我邪？」

王夫之認為「此篇因《逍遙遊》、《齊物論》而衍之」（《莊子解》），是有見地的。第一則寓言說的是風，它蓬蓬然起於南海而入於北海，末尾明確指出「唯聖人能之」，這說明由南海往北海的飛行舉動是聖人逍遙遊的一種象徵。第二則寓言莊子自比鵷鶵（小鳳凰），而鵷鶵也是發於南海而入於北海，與大鵬並無二致。莊子當然不好明言自己即是聖人，但看他對鵷鶵形象的溢於言表的稱許，鵷鶵即聖人形象的喻體也是毫無疑義的。總而言之，這兩則寓言乃是大鵬形象即是聖人之喻或莊子自喻的鐵證，而從南海到北海或從北海到南海的飛行即是聖人逍遙遊的象徵。

　　但這兒存在一個問題，《逍遙遊》提出「聖人」是「遊於無窮」的，而從南海到北海或從北海到南海，不都是有窮麼？這個問題我覺得不難解決。首先我們應當考察一下當時人對「無窮」的理解。鄒衍認為：「中國外如赤縣神州者九，乃所謂九州也。於是有裨海環之，人民禽獸莫能相通者，如一區中者，乃為一州。如此者九，乃有大瀛海環其外，天地之際焉。」（《史記‧孟荀列傳》）隨著人們活動範圍的擴大，當時已認識到所謂中國乃是有窮的一小塊，而九州之外還有大海環繞著，這才是天地的窮際。《莊子‧秋水》也說：「計中國之在海內，不似稊米之在太倉乎？號物之數謂之萬，人處一焉。人卒九州穀食之所生，舟車之所通，人處一焉。此其比萬物也，不似毫末之在馬體乎？」

這些說法都認為九州之外皆是海域，而海域是無法窮究其邊際的。莊子說南海、北海，就海的本身而言，似乎是有窮；如僅就南北方位而言，它又是無窮的。所以惠施說：「南方無窮而有窮。」(《莊子・天下篇》)《莊子・秋水》：「河伯……順流而東行，至於北海，東面而視，不見水端。」可見所謂南北海，即意味著無窮。後世注《莊》者也有人意識到了。如《經典釋文》：「北冥……北海也。嵇康云：『取其溟漠無涯也。』梁簡文帝云：『窅冥無極，故謂之冥。』」故莊子所謂南海、北海，乃是「無窮」的一種形象的描繪，那麼從南海飛向北海或從北海飛向南海，就成了「遊於無窮」的一種形象的描繪了。

其次，莊子在本段所用的所謂「三千里」、「九萬里」、「六月」表面上似乎都有定數，實際上也都是些表極致的虛數。虛數是不可執著拘泥地理解的，清人汪中《述學・釋三九》早已論及。他認為不僅「三」、「九」是虛數，就是「推之十百千萬固亦如此」。況莊子在描繪大鯤、大鵬的形象時，用的都是些表不定數的詞：「鯤之大，不知其幾千里也；化而為鳥，其名為鵬，鵬之背不知其幾千里也。」成玄英疏得好：「魚論其大，以表頭尾難知；鳥言其背，亦示修短叵測，故下文云未有知其修者也。」這就是說，大鵬本身就無窮大。以無窮大之物，遊於無窮大之天地，才足以顯示這種「逍遙遊」的偉大壯觀，也才能揭示出至人、神人、聖人與天地萬物為一的形象內涵。

認為大鵬不是得道者、明道者的喻體的，一個重要的根據是：大鵬要憑風。憑風就「有待」，「有待」就不逍遙。這一說乍看似乎有理，其實也不合莊子本意。

《莊子》一書有48個「待」字，有四種意義，其中有三個是常義，分別作等待、招待，需要講。另有一種意義，即「有待」的「待」，先看下列句例：

　　　彼雖免乎行，猶有所待者也。(《逍遙遊》)

　　　彼且惡乎待哉！(《逍遙遊》)

　　　景曰：「吾有待而然者邪？吾所待又有待而然者邪？吾待蛇蚹蜩翼邪？」(《齊物論》)

　　　故聖人將遊於物之所不得遁而皆存。善妖善老，善始善終，人猶傚之，又況萬物之所係，而一化之所待乎？(《大宗師》)

　　　夫知有所待而後當，其所待者，特未定也。(《大宗師》)

這些例句，用成玄英的「須待」來解釋，孤立來看，似乎都通，然而我們聯繫起來來考察，就會發現其有窒礙不通處。「彼雖免乎行」、「彼且惡乎待哉」的

「彼」都指列子。如按「依靠」或「依賴」講，那自然是指列子還要靠風走路，所以不逍遙。但我們質諸有關列子的傳說，就發現此說不通。《列子‧黃帝篇》說：「列子師老商氏，友伯高子，進二子之道，乘風而歸。」由此可知，列子御風乃是得道的表現。再質諸《逍遙遊》本身，那裡說：「若夫乘天地之正，而御六氣之辯。」「六氣」，杜預和司馬彪都曾說過，指陰陽風雨晦明，可見列子所御之「風」，亦即至人、神人、聖人所御的「六氣」之一。再質諸《莊子》其他的各種關於至人、神人、聖人的描繪，也可證明列子的乘風實指列子的得道。例如：

乘雲氣，御飛龍，而遊於四海之外。（《逍遙遊》）

黃帝得之，以登雲天……傅說得之，以相武丁，奄有天下，乘東維，騎箕尾，而比於列星。（《大宗師》）

厭則又乘夫莽眇之鳥，以出六極之外，而遊無何有之鄉，以處壙埌之野。（《應帝王》）

千歲厭世，去而上仙，乘彼白雲，至於帝鄉。（《天地》）

上神乘光，與形滅亡。（《天地》）

龍合而成體，散而成章，乘雲氣而養乎陰陽。（《天運》）

有長者教予曰：「若乘日之車。而遊於襄城之野。」今予病少痊，予又且復遊於六合之外。（《徐無鬼》）

綜上可知，《莊子》所描繪的乘XX，都不過是憑藉一些超現實之物以脫離人間世而已。用一句最富於概括力的話來說，就是《山木》篇所說的「乘道德以浮遊」。「風」、「雲氣」、「電光」、「莽眇之鳥」等等，都不過是「道德」的形象說法，不應拘泥。所以列子之御風而行，並非莊子批評的內容。

那麼「待」該作什麼講呢？從《大宗師》的「萬物之所係，一化之所待」來看，「待」可與「係」同義對舉。《說文》：「係，絜束也。」引申一下就是附著、牽繫、牽累的意思。用這一意思來解釋上文列舉的各條例句，我認為是切合莊子原意的。「彼雖免乎行，猶有所待者也」的意思無非是：列子雖然已能乘風而行，近乎得道，可是他對人間世還有所留戀，心中有所牽繫，所以還未能達到徹底逍遙的境界。「旬有五日而後反」才是批評列子得道未精的句子。在《莊子》中，列子也是一位得道的人物，但他的得道還低一個層次。《應帝王》講列子師事一位得道的壺子，卻又見到鄭國神巫季咸而「心醉」，壺子斥責他說：「而（你）固得道與？」後來列子才「自以為未始學而歸，三

年不出……雕琢復樸，塊然獨以其形立，紛而封哉，一以是終」。《達生》寫列子向關尹請教，關尹也告誡他：「居！予語女：凡有貌象聲色者，皆物也。物與物何以相遠也……壹其性，養其氣，含其德，以通乎物之所造。夫若是者，其天守全，其神無郤，物奚自入焉？」可知列子雖然能御風而行，然而還不能遊於無窮者，還是因為受外物之牽累，未能忘情於物之故。成玄英疏曰：「自宰官已下及宋榮禦寇，歷舉智德優劣不同，既未洞忘，咸歸有待。」這「既未洞忘」四字還是下得很準確的。

列子御風既然是指得道而不是指他有所依憑，所以大鵬的乘風也就不能說是與斥鷃、學鳩之類的搶榆枋只是五十步與百步之差了。它是至人、神人、聖人的喻體，而不是被貶抑的對象。

至於思想之證，問題的關鍵在於「小大之辨」。郭象把「小知不及大知，小年不及大年」的「及」解釋為「相及」、「企及」之「及」，把「之二蟲又何知」說成「二蟲，謂鵬蜩也」，前人早已斥其非，今人亦多辨其謬。但莊子是主張齊物的，何以會提出「小大之辨」呢？我認為：在莊子看來，能夠齊物的只有聖人，眾人是沒有這樣高的眼力。故事實上並不齊，莊子是聖人，眾人都是目光短淺者。所以莊子一方面在消除大小之辨、聖愚之別，一方面又以自己為最高的是非標準，繼續在那裡搞大小之辨、聖愚之別。郭沫若說得有理：「他的見解自認為是絕對的，其他世俗的見解如儒如墨，都只是相對的是非，相對的是非不能作絕對判斷的標準。所以他『不譴是非』。『不譴是非』者，不過問世俗儒、墨相對的是非，而在他的學說立場上實在是大譴而特譴。他是以他的絕對以譴相對，一篇《齊物論》就是這項遣詞。」〔註4〕的確，《齊物論》說：

> 物無非彼，物無非是。自彼則不見，自知則知之。故曰彼出於是，是亦因彼。彼是方生之說也。雖然，方生方死，方死方生；方可方不可，方不可方可；因是因非，因非因是。是以聖人不由，而照之於天，亦因是也。是亦彼也，彼亦是也。彼亦一是非，此亦一是非，果且有彼是乎哉？果且無彼是乎哉？彼是莫得其偶，謂之道樞。樞始得其環中，以應無窮。是亦一無窮，非亦一無窮也，故曰莫若以明。

我們如果只是看其中那些「不譴是非」的話，那一定認為莊子是主張無是無非的了。其實不然，他不是明明標著「聖人」嗎？「聖人」這個詞就是「是」

〔註4〕《十批判書·莊子的批判》，東方出版社1996年版，第186～187頁。

的代名詞，能夠懂得不譴是非、萬物一齊的道理就是「是」，就是聖人了。莊子說：「故分也者，有不分也；辯也者，有不辯也。曰：何也？聖人懷之，眾人辯之以相示也。」這裡講得夠清楚了：聖人之所以為聖，是因為他們自有一個是非標準在胸中，只是不說出來罷了，眾人之所以為愚，就是他們胸中既有一個是非標準，口裏又要說出來，不辯明不甘休。一部《莊子》，提到「聖人」111 次，「至人」28 次，「神人」8 次，還有「真人」、「畸人」、「天人」等帶著鮮明褒揚色彩的名稱，都是指的莊子式的明道者和得道者。他還不斷地抨擊儒、墨、名諸家，批判愚人。由此看來，他說自然界和社會皆有大小之辨、愚智之分、凡聖之別，也就絲毫不足為怪了。

瞭解了「小大之辨」也存在於主張萬物一齊的莊子頭腦中，大鵬是明道者、得道者的喻體也就昭然洞然了，這樣我們就可以清晰地理出《逍遙遊》的思路和結構。作者先標出大鵬這一無可比擬的偉大形象作為聖人、至人、神人的喻體，然後又以蜩與學鳩、斥鴳等小動物嘲笑大鵬，以說明庸眾的渺小無知，才短志淺，反襯大鵬的不可企及。接著又以社會上各種人物與至人、神人、聖人進行對比，說明至人、神人、聖人之不可企及，眾人之淺陋可笑。標出至人、神人、聖人之後，又分而論之，先舉堯與許由，再舉肩吾與連叔，最後舉惠施與莊子，一層層進行對比，以突出聖人、神人、至人境界之高，為凡人之無法理解。如果把全文劃作兩大部分，以開頭到「聖人無名」為第一部分，以下為第二部分。第二部分顯然是第一部分的具體化。第一部分只是籠統地指出聖智與凡俗有別，第二部分則具體地指出所別在於名實、政治功利、人生態度等方面，並充滿了批判凡俗的氣氛，與前一部分相協調。

《逍遙遊》的主旨可以概括為兩個字：「破」、「立」。「破」是破除凡俗重名而不重實、重治理天下而不重生養天下、重汲汲進取而不知全身遠害的各種思想偏見；「立」就是莊子所主張的無名、無功、無己並由此確立起聖人、神人、至人的崇高的地位。大鵬的形象可以說是對聖人、神人、至人的詩意盎然的禮讚，其實也是對莊子自己及其學說的詩意盎然的禮讚。莊子生在百家爭鳴的時代，雖然他口口聲聲說自己最反對辯論，其實他這一派比起別家更有壓倒百家、獨尊我術的氣派，你看《在宥》篇竟說出「人其盡死，而我獨存」這樣的話來，也可以想見他們內心是怎樣地爭強好勝了。

原載《中國文學研究》1989 年第 1 期

歷代《莊子·養生主》之文本文化
與藝術闡釋評議

　　歷代對《莊子·養生主》篇之文本、義理、文化、藝術闡釋者甚夥，可謂眾說紛紜，其中有不少精彩之論，也有不少疑點。本文就其所涉之解題、警句、寓言、結構及相關之文化藝術問題加以梳理、辨析與評議，希望能進一步深化此篇之探究。

「養生主」如何解

　　「養生主」三字應作何理解？主要有兩說。

　　一種理解是把「養生」看作一個詞，「主」看作一個詞，理解為養生之主旨、要旨或示旨。郭象說：「夫生以養存，則養生者理之極也。若乃養過其極，以養傷生，非養生之主。」〔註1〕就是這種理解。後世採用此說者甚夥，如清人胡文英《莊子獨見》：「《養生主》是言養生之大主腦。」〔註2〕近人張默生說「此篇標題為『養生主』，乃即說明養生之道當以何者為原則」〔註3〕等等。

　　另一種理解是把「養」看成一個詞，「生主」看成一個詞，理解為「生之主」。宋以後不少學者都作如是解。這種詮釋要求解釋者對「生之主」作出回答，說生命是由「生之主」所支撐或支配，很容易給出宗教式理解。如宋代道

〔註1〕　均見郭慶藩撰、王孝魚點校《莊子集釋》，中華書局 1982 年版，第 115 頁。
　　　　　文中引郭象注、成玄英疏均見此書。
〔註2〕　胡文英撰、李花蕾校《莊子獨見·莊子略論》，華東師範大學出版社 2011 年版。文引胡氏之說均見此書。
〔註3〕　張默生《莊子新釋》，齊魯書社 1993 年版，第 134 頁。文引張氏之說同此。

教徒陳景元說:「主者,精神骨骸之真君也。形猶薪也,主猶火也,夫能存火者薪也,薪盡則火滅矣。」〔註4〕林希逸說:「主猶禪家所謂主人公也,養其主此生者,道家所謂丹基也。」明代道教徒陸西星《南華真經副墨》:「養生主,養其所以主吾生者也。其意則自前《齊物論》中『真君』透下。蓋真君者,吾之真主人也。」清人林雲銘沿襲了這一說法:「養生主者,言養其所藉以生之主人,即《齊物論篇》所謂『真君』是也。」〔註5〕「真宰」,語出《齊物論》「若有真宰」;真君,語出《齊物論》「其有真君存焉」。第一句說「若有」,則並非真有。故郭象解釋說:「萬物萬情,趣舍不同,若有真宰使之然也。起索真宰之朕跡,而亦終不得,則明物皆自然,無使物然也。」這是說「真宰」其實並不存在。第二句,成玄英疏引或曰:「真君即前之真宰也。……故假設疑問,以明無有真君也。」這也是說「真君」也並不存在。故以上解說者解「生主」為「真宰」、「真君」,雖聯繫了《莊子》文本,卻未必符合《莊子》原意。《無求備齋莊子集成續編》(簡稱《續編》)第 26 冊中陳治安《南華本義》對「生之主」作了另一種解釋:「夫生於何主?精氣神也。精氣,吾所以生;神,所以調吾精氣使往來任督而常生。生苟非澄心無事、忘情哀樂,亦何以調神氣而養其生哉?故作《養生主》。」這也是按後世道教之煉養解《莊》。近人胡樸安曾激烈地反對用道教的養生理念來闡釋莊子:「莊子以任自然為養生。養生之道,入於物而不滯,順乎天而不攖,不傷生,不畏死,視死生為一致,真養生之主也。後世呼吸吐納,以及服食之類,決非莊子養生之道。」〔註6〕胡氏的說法值得參考。以道教的養生理念解《莊》是莊學史上常見的現象,從闡釋學角度說這是一種意義擴張、輸入的闡釋方法,本沒有什麼不妥,但倘若我們硬要追索這種解說是否符合《莊子》原意,則必然會給予否定性的回答。

　　《續編》第 28 冊中程以寧《南華真經注疏》認為「生主」即是精神:「夫人一身,心為王,四肢百骸皆是臣妾,所以供王之役。而神又是王之主宰。世人凡為聲色臭味之好,皆云所以養生而不知琢喪其主宰實多,主既不存,臣將安附?可知養生非養生也,養其養生之主,乃為善養生者也。」此說頗有

〔註4〕陳景元《南華真經章句音義》,《道藏》第 15 冊,文物出版社、上海書店、天津古籍出版社 1988 年版,第 894 頁。

〔註5〕林雲銘撰、張京華校《莊子因·莊子雜說》,華東師範大學出版社 2011 年版。文引林氏之說均見此書。

〔註6〕胡樸安《莊子章義》,民國三十二年(1943)安吳胡氏樸學齋刊,第 6 頁。

人採納。如近人陳柱說：「養生主者，謂養其生之主也。生惡乎主而主惡乎養？生主乎神，神養乎虛。」〔註7〕今人陳鼓應說：「《養生主篇》，主旨在說護養生之主——精神，揭示養神的方法莫過於順任自然。」〔註8〕他們都認為「主」指的是精神。養生主就是養精神。這種說法道教色彩比較淡一些，也大致符合莊子看重精神的主導見解，但仍值得推敲。

其實莊子所持為形神兼養而以養神為主的養生理念。《養生主》第一段說「可以保身，可以全生，可以養親，可以盡年」，曰身、曰親、曰年，似乎都隱含著形。試想，倘無形體，又何須保身，如何養親，拿什麼盡年呢？且本文「澤雉十步一啄」的寓言明明說困在樊籠中的澤雉「神雖王（旺），不善也」。對此，褚伯秀曾提出疑問，認為此「神」字乃「形」字傳寫致誤。他認為，哪有「神王」還「不善」的道理呢〔註9〕？然而褚氏之說，於版本無據。郭象已說「雉心神長王，志氣盈豫」，可見他所看到的《莊子》文本就是作「神雖王」。所以理解這句話，就必須理解莊子所持的形神並重的整體生命觀。澤雉困於籠內，精神雖然依舊旺盛，但因形體失去了自由，整體狀況不佳，也不能稱為善。生命之善境，就是要身、心自由，形、神清暢。「養生主」三字，就是講養生的這一主旨。

筆者遍檢先秦文獻，發現以「生主」成詞者，除此篇之外，尚無他證。「生主」讀起來略嫌彆扭，如加一個「之」字稍微好一點，但也只見於普遍認為產生較晚的《列子‧楊朱篇》「身固生之主，物亦養之主」之語，而按這種說法，「生之主」倒應是身與物，而非精神。

知、智與為善、為惡

「生也有涯，而知也無涯」兩句，郭象、成玄英都從生命的有限性、稟賦能力的侷限性與知識的無窮性角度來闡釋。成玄英說：「夫生也有限，知也無涯，是以用有限之生逐無涯之知，故形勞神弊而危殆者也。」生命有限而知識無窮，人在追逐知識的過程中獲得了知識，同時也消耗生命，這本來就構成了人類求知的悖論，這種解釋是極富哲理性的，不能說它不符合莊子的原意。老子有「絕聖棄知」之論，《莊子‧人間世》說：「名也者，相軋者也；

〔註7〕陳柱《莊子內篇學‧養生主通論》，民國五年（1916）中國學術討論社排印本。
〔註8〕陳鼓應《莊子今注今譯》，中華書局 1998 年版。文引陳氏之說均見此書。
〔註9〕褚伯秀《南華真經義海纂微》，胡道靜、陳蓮笙、陳耀庭等編《道藏要籍選刊》，上海古籍出版社 1989 年版，第 315 頁。

知也者,爭之器也。二者兇器,非所以盡行也。」與老子同調。從社會文化角度說,「絕聖棄知」有反對文化壟斷、文化霸權和防止運用智慧打亂生態秩序、破壞自然的含義,故《莊子》中《胠篋》、《駢拇》、《馬蹄》諸篇對聖、知否定得比較全面。

然而,細讀老、莊之書,老、莊又似都未完全否定知。《老子》71 章曰:「知不知,上矣。」是以「不知之知」為「上知」;《莊子·大宗師》云:「有真人然後有真知。」是說還有一種與世俗之知不同的真人之「真知」。《養生主》中的這個「知」,是「真知」之知,還是「爭之器」之「知」呢?後世不少學者都認為屬於後者,是一種用於為滿足貪慾而爭奪的、虞詐的、負面的「知」。如林希逸說:「以有盡之身而隨無盡之思,紛紛擾擾,何時而止。殆已者,言其可畏也。……於其危殆之中又且用心思算,自以為知為能,吾見其終於危殆而已矣。」《續編》第 1 冊中劉辰翁《莊子南華真經點校》說:「莊子言養生主,第一義主於知。人生惟多知求勝,最大患如火銷膏,他外物之好不及此,唯莊子能言之,三十二篇屢致此意焉。絕學無憂,為之反覆三四語,常恐負之。」他們都是把這個「知」解釋為爭強好勝之「知」,認為因它導致自己內外交困。聯繫莊子對「知」的理解,把「知」限定在它的負面,雖然縮減了人類求知悖論的哲學意蘊,但也有可能更符合莊子的本義。

「為善無近名,為惡無近刑,緣督以為經」,前兩句直譯起來似是「做好事不要做到接近出名,做惡事不要做到觸犯刑律」,「督」訓「中」,意為走中間道路。朱熹批判老、莊之學,認為他們「不論義理之當否,而但欲依阿於其間,以為全身避患之計,正程子所謂閃奸打訛者,故其意以為為善而近名者為善之過也,為惡而近刑者亦為惡之過也,唯能不大為善,不大為惡,而但循中以為常,則可以全身而盡年矣」〔註10〕,就是持這種理解。明末清初周拱辰《南華真經影史》引章留書云:「『無近刑』(兩句)與為善不入天堂,為惡不入地獄大致相似。如是,則世出世間,不可無君子之善,尤不可無君子之惡,善之與惡,總一君子時中之妙用耳。」〔註11〕認為人生為善、為惡都不可避免,只是要拿捏好分寸、為得恰到好處。今人也有持這種理解的,

---

〔註10〕 朱熹《養生主說》,《朱子全書》第 23 冊,上海古籍出版社、安徽教育出版社 2002 年版,第 3284 頁。

〔註11〕 周拱辰《南華真經影史》,嚴靈峰《無求備齋莊子集成初編》第 22 冊,臺北藝文印書館 1972 年版。

以為「這種思想與《山木》篇中『處乎材與不材之間』的觀點，是一脈相承的」〔註12〕。言外之意，是說莊子在為善為惡的夾縫中另闢蹊徑，走中間路線。這些理解是否符合莊子的本意呢？很難斷言。但是，莊子雖有在材與不材間遊走之說，卻似乎沒有在善惡之間遊走之說。而《駢拇篇》說：「上不敢為仁義之操，下不敢為淫僻之行也。」分明是對為惡的否定。

歷代多數人不採用上述理解。如郭象說：「必須忘善惡而居中，任萬物之自為，悶然與至當為一，故刑名遠己而全理在身也。」成玄英解釋說：「夫有為俗學，抑乃多徒，要切而言，莫先善惡。故為善也無不近乎名譽，為惡也無不鄰乎刑戮。是知俗智俗學，未足以救前知，適有疲役心靈，更增危殆。」按成的解釋，為善為惡乃是俗智俗學之事，聖人則不然，他們善惡兩忘，刑名雙遣，故能順一中之道，與世推移。成玄英把「為善」兩句說成是俗人俗學之事，「緣督」才是聖人所為。按照這種理解，此三句可譯為「聖人不會像俗人那樣為善則近名，為惡則近刑，而是善惡兩忘，刑名雙遣，一依中道而行」。應該說，這種理解是可以自圓其說的。

後世學者仍有不少人不斷提出新的說解，如宋人陳詳道說，按照《易傳》中「積」的觀點，「為善未嘗不近名，為惡未嘗不近刑」，肯定會發展到「成名」、「滅身」的地步。但莊子講的不是這個意思，而只是「所謂善非離道也，志其券內而已；所謂惡非犯義也，特異於善而已」〔註13〕。林希逸解為「若以為善，又無近名之事可指；若以為惡，又無近刑之事可指。此即《駢拇篇》『上不敢為仁義之操，下不敢為淫僻之行也』」。清人宣穎認為「為善無近名」乃「以為善無跡可稱」，「為惡無近刑」是「以為惡又無跡可懲」，三句意為「不可指其為善，不可指其為惡，善惡之跡俱無，所倚惟緣中道以為常也」。以上諸種說法，都竭力淡化、虛化為善為惡的含義，避免使莊子陷入允許為惡的尷尬，雖各有道理，但似乎都不夠圓轉。

近代以來，仍不斷有新說。如劉咸炘認為清人張文虎《舒藝室隨筆》中所說，「為善」、「為惡」兩句中的「無」字「皆轉語詞，與無乃、將無、得無辭氣相近」，這樣就上下貫通，可釋千古之疑。但據劉氏詮釋，這兩句意為「此所謂善指世俗所謂善，謂人生不當逐於知。為善乎則近於名，為惡乎則近於

〔註12〕任繼愈《中國哲學發展史》（先秦卷），人民出版社1983年版，第468頁。
〔註13〕陳詳道之說見褚伯秀《南華真經義海纂微》卷五十四引，胡道靜、陳蓮笙、陳耀庭等選輯《道藏要籍選刊》，上海古籍出版社1989年版，第309頁。

刑，惟有緣督為經以自養耳」〔註14〕。此說看似有新意，其實是隨文生解，繞了一個彎子又轉到郭象、成玄英的解釋那兒去了。今人陳怡認為「近」可作知曉、認為解，兩句可理解為「不要認為名都是好事，不要認為刑都是壞事」，「莊子所強調的就是要辯證地看待事物，超越名和刑，超越善和惡，超越人生的磨難」〔註15〕。這一解讀看似很有新意，但他無意中把「為善」、「為惡」的「為」字去掉了，屬減字為訓；要人們不要認為「刑都是壞事」，其實也甚難通洽，《莊子》中寫到的被刑之人都是知其無可奈何而安之若命者。「近」字作知曉、認為解，除網上辭典所引《呂氏春秋》例句，於《莊子》書中似找不到別的例證，這樣的倒裝句在別處也很難看到。在沒有更好的解釋的情況下，成玄英的說法仍不失為一種可供資借的解釋。

對「庖丁解牛」等寓言的合理解讀

庖丁解牛的寓言古今解讀甚多，有扣緊養生問題解讀的，也有借部分詞句發揮的。扣緊養生來談，主要是講養生要「依乎天理」、「因其固然」，也就是養生要因任自然。

這個寓言處處富於哲理性，大有可以發揮的空間，故借部分詞句發揮者甚多。如林希逸解釋「雖然，每至於族，吾見其難為，怵然為戒」一段：「蓋言人生處世，豈得皆為順境，亦有逆境當前之時。又當委曲，順以處之。人行順境甚易，到逆境處多是手腳忙亂，自至喪失，⋯⋯此意蓋喻人處逆境自能順以應之。」這種發揮純從人生體驗出發，落實在形下層面。劉辰翁《莊子南華真經點校》批評林「說近逆境全錯」。如果僅從林未扣緊養生的角度說，劉氏的批評不為無理；但從發揮妙理的角度而論，林說倒頗能給人啟迪。陸西星發揮目無全牛一段說：「喻如初學道時，人間世務看不破，觀不透，只見萬事叢挫，擺脫不開。工夫純熟之後，則見事各有理，理有固然。因其固然，順而應之，大大小小，全不費力。」這是從人生修養、修煉過程來詮解庖丁由技入道的哲學道理，雖然也不契合養生，卻發揮得極有意趣，頗見論者解會之深。

還有人把庖丁解牛與治國平天下聯繫起來。如《續編》第21冊中吳伯與《南華經因然》說：「『以無厚入有間』一語，千古匡世濟物，總此法門。」《續

〔註14〕劉咸炘《莊子釋滯》，《劉咸炘學術論集》，廣西師範大學出版社2007年版，第238頁。

〔註15〕陳怡《「為善無近名，為惡無近刑」的新解讀》，《讀書》2013年第5期。

編》第 25 冊中憨山德清《莊子內篇注》說：「此《養生主》一篇立義，只一庖丁解牛之事，則盡養生主之妙，以此乃一大譬喻耳。若一一合之，乃見其妙。庖丁喻聖人，牛喻世間之事。大而天下國家，小而日用常行，皆目前之事也。解牛之技，乃治天下國家，用世之術智也。」這些都是對庖丁解牛作政治學方面的發揮，雖然遠離養生，但古代治身、治心、治國一體，這個寓言所包含的因任自然原理與道家的道法自然思想相通。

老聃死一段與養生有何關係？對此前人有很多不同理解，今人之歧見亦不少〔註16〕，這裡僅從兩個方面加以評析。

首先是對這段寓言中某些語句的解說，郭象跟成玄英就有不同。郭象認為「遁天倍情」批評的是老聃，成玄英認為批評的是那些哀哭老聃的世俗之人。此後說者或依傍郭象，或依傍成玄英。如林希逸、李贄、陸西星、宣穎等都採納郭象說，胡文英用郭說，卻略作調停：「末段帶出一極養生之老聃，拈著一無關養生閒事，坐他最足傷生的過失，正見得養到老聃模樣，還須仔細，非貶薄老聃也。」今人如張默生依傍郭說，但也有不少人與成說同調，如楊柳橋《莊子譯詁》，方勇、陸永品《莊子評詮》都採用成說。筆者認為成說似乎更經得起推敲一些。《莊子》中批評孔子者比比皆是，批評老聃者卻未見有，《天下篇》稱老聃為「古之博大真人」，怎麼會批評老聃？

其次是本段與養生的關係。王夫之認為這段說明的是「老聃所以死而不能解其縣（懸）者，亦未能無厚而近名也」，劉鳳苞則認為這一寓言引證「為惡無近名」。這些都過於執著於文章的照應關係，反而顯得勉強。一些解說則比較通脫。如明代憨山德清《莊子內篇注》說：「此言性得所養，而天真自全，則去來生死，了無拘礙。故至人遊世，形雖同人，而性超物外，不為生死變遷者，實由得其所養耳。能養性復真，所以為真人。故後《人間世》即言真人無心而遊世，以實庖丁解牛之譬，以見養生主之效也。篇雖各別，而意實貫之。」這是說，談養生時論及死也是題中之義。養生者須勘破生死大關，做到安時處順，哀樂不入於靈府，此說符合本段意趣。

文末「指窮於為薪，火傳也，不知其盡也」，自郭象以下古今解說無數，大致歸於生命雖盡，精神留傳；或其身雖死，大化不住，一氣之化，永無止

〔註16〕今人之歧見，可參考簡光明《當代學者詮釋〈莊子・養生主〉「秦佚弔老聃」寓言的檢討》，臺灣國立屏東教育大學中國語文學系編《2011 年近現代中國語文國際古詩會論文集》，五南圖書出版股份有限公司 2013 年版。

息。總的說來是在佛、道之間發揮。陳景元說：「夫能存火者，薪也，薪盡則火滅矣。」似乎並不認為死而有精神永存之理。如果說人死而能精神長存，則指其所留下之文化精神長存而言。陳鼓應說：「篇末結語說：『指窮於為薪，火傳也。』喻精神生命在人類歷史中具有延續的意義和延展的價值。」這是對這幾句意義的合理闡發。

《養生主》之藝術特色

宋代蘇轍已對《養生主》的藝術特色有所評論：「莊周《養生主》一篇，誦之如龍行空，爪趾鱗翼，所及皆自合規矩，可謂奇文。」〔註17〕這是從總體上評價《養生主》，說它變化無端而又自合矩度。具體分析文章章法之妙者如胡文英說：「開手直起『生』字，反旋『養』字，善惡兩層夾出『緣督為經』句，暗點『主』字。下四句飛花驟雨，千點萬點，只是一點。隨用庖丁一段接住，見養生者雖不隨無涯以自殆，亦不至畏物而離群。惟養此一片清剛之氣，隨機鼓動，神遊於天理，則自不傷於物。明點『養生』二字，折到右師之介，將不養生的樣子作襯。末段帶出一極養生之老聃，拈著一無關養生閒事，坐他最足傷生的過失，正見得養到老聃模樣，還須仔細。非貶薄老聃也。通篇只首段文法略為易明，其餘則月華霞錦，光燦陸離，幾使人玩其文而忘其命意之處。」劉鳳苞《南華雪心編》說：「篇內說透養生宗旨，全在『緣督為經』句，引庖丁解牛一段妙文為證，後二段關會『為善無近名』二語，妙緒環生，均不類尋常意境。前幅正襟危坐，語必透宗；後幅空靈縹緲，寄託遙深。分之則煙巒起伏，萬象在旁；合之則云錦迷離，天衣無縫也。」（《初編》第24冊）胡、劉氏對此文思理路、藝術手法、審美特色等一一點析，對閱讀、欣賞此文大有裨益。

此篇以庖丁解牛一段寓言最為精彩，而分析其佳勝處者也有不少，如林仲懿《南華本義》說：「發端寫他手段神奇，末後寫他舉止閒適，無欲自得之貌，篇法布置，首尾相映。」劉鳳苞說：「庖丁一段，處處摹寫好道，卻處處關會養生。其對文惠君，卻無一語涉及養生，煞尾只將養生輕輕一點，便已水到渠成，山鳴谷應，尋常挑剔伎倆，無此玲瓏也。」

原載《中國道教》2015 年第 6 期

〔註17〕王正德《餘師錄》卷三《蘇籀記蘇轍語》，王水照編《歷代文話》第一冊，復旦大學出版社 2007 年版，第 382 頁。

李白與吳筠究竟有無交往

　　李白與道士吳筠有過交往，新舊《唐書》李白本傳和吳筠本傳都有記載。千百年來學者皆信而不疑，已成定論，但是，郁賢皓的《李白叢考·吳筠薦李白說辨疑》（以下簡稱《辨疑》）認為，吳筠在安史之亂以前未曾到過江南，因而《舊唐書·李白傳》說的「天寶初，客遊會稽，與道士吳筠隱於剡中」以及「筠薦之於朝」，「與筠俱待詔翰林」是根本不可能的。這一結論，似乎還得到了一些學者的同意。例如傅璇琮的《唐才子傳校箋》卷一吳筠傳箋注，就用了較多的篇幅引用這一結論而未作考辨。從《辨疑》的考據工夫看，我認為是相當深厚的，很多問題提得發人深省，有相當的說服力。然而我覺得，從根本之點說，它還不足以推翻《舊唐書》，因而有必要提出一些問題向作者請教。

　　問題還得從被署名為權德輿所作的《吳尊師傳》談起。這篇《吳尊師傳》，兩次見於《道藏》，一是《太玄部·尊六》，一是《茅山志》卷十五，後者未署名誰作。正如《辨疑》所指出的，比較接近《權載之集》原貌的今四部叢刊縮印無錫孫氏藏大興朱氏刊本沒有這篇傳記，而只有《故唐中嶽宗元先生吳尊師集序》。《吳尊師傳》與《吳尊師集序》所記吳筠生平事蹟出入極大，不可能同出一人之手。《四庫全書總目》根據《宗玄先生文集序》（即《吳尊師集序》）提供的寫作時間考證，認為《吳尊師集序》是權德輿所作；而《吳尊師傳》「殆出於依託」。《辨疑》也是如是說，認為《吳尊師傳》「不可信從」。然而重要的是，這篇《吳尊師傳》除個別地方文句上有增刪外，幾乎與《舊唐書》吳筠本傳完全相同。因而，否定了《吳尊師傳》，實際上也就是否定了《舊唐書》吳筠本傳。問題是十分嚴重的。

　　我也認為《吳尊師集序》為權德輿所作比較可信（以下簡稱權《序》），《四庫全書總目》的考證是有根據的。但是，決不能因此就斷定《吳尊師傳》和《舊唐書》吳筠本傳出於依託，不可信從。對於《吳尊師傳》和《舊唐書》吳筠本傳誰抄誰的問題，《辨疑》提出了兩種可能性：一是《吳尊師傳》抄《舊唐書》，權德輿之名為後人誤署；二是《舊唐書》從當時的《道藏》轉抄而成。依我之見，只能是第一種可能性而非第二種。只要明白這兩點即可：一、這篇傳記完全是從正統史學家的角度取材的，其中所記錄的一些吳筠的言論，多從世務出發，甚至還說了些對發展道教不利的話，如「道法之精，無如五千言，其諸枝詞蔓說，徒費紙札爾」，這像道教徒說的話？《道藏》抄錄這篇傳記的時候，刪去了一些話，如說吳筠「深詆釋氏，亦為通人所譏」云云，但仍很草率。《道藏·洞真部·記傳類·歷世真仙體道通鑒》也有一篇《吳筠傳》，那是經過對新舊《唐書》及權《序》加以剪裁聯綴而成的，那裡面就剪去了「其諸枝詞蔓說，徒費紙札爾」（新《唐書》作「其餘徒喪紙札耳」）這些話。二、《宗玄先生文集》編入《道藏》可能晚於《舊唐書》之寫作。《道藏》的《宗玄先生文集》所收作品，除《玄綱論》三篇較多以外（分上、中、下三篇，凡三十五章，較《全唐文》多三十章），所收詩文與《四庫全書總目》所說的一一九篇同，較之權《序》所說的四百五十篇已三喪其二。較之《新唐書·藝文志》和《直齋書錄解題》所說的十卷也差得遠，而且《吳尊師傳》提到的吳筠與李白、孔巢父詩篇酬和，也找不到相應的作品印證。這只有一種可能，即《道藏》編集《宗玄先生文集》時，既見到權《序》，又見到《舊唐書》吳筠本傳，未作考證，姑兩存之。所以，《吳尊師傳》的作者即是《舊唐書》的作者，無疑為張昭遠、賈緯等人採錄舊史寫成。

　　《舊唐書》吳筠本傳的確也有一些舛誤，例如它說：「祿山將亂，求還茅山，許之。既而中原大亂，江淮多盜，乃東遊會稽。嘗於天台、剡中往來，與詩人李白、孔巢父詩篇酬和，逍遙泉石，人多從之。」把與李白、孔巢父詩篇酬和的事記在安史之亂之後，儘管也用了一個「嘗」字領起，表示是一種追述，但還是給人一種印象，似乎安史之亂後吳筠還有機會跟李白等人交往。《四庫全書總目》正是根據這點才認為此傳殆出於依託。實際上這段是對傳文前面敘事的補充，《新唐書》發現了這種情況，表述為「始……筠所善孔巢父、李白」云云，用一「始」字提起，就明確得多。對吳筠的逝世地，《舊唐書》說是「終於越中」，核之權《序》，並參照今存的吳筠作品，也當為誤記。

然若因此就否定《舊唐書》，也還為時尚早。

首先，關於吳筠的籍貫，《舊唐書》說他是「魯中儒士」，權《序》說他「華陰人」。核之吳筠作品，有《題華山人所居》，云：「故人住南郭，邀我對芳樽。歡暢日雲暮，不知城市喧。」（《全唐詩》卷八五三，下同）當為居長安時所作。稱華山人為「故人」，未必就是同鄉。因此，對吳筠究竟是哪里人，歷來學者就採取兩存的態度。如《道藏》關於吳筠的傳記就有四篇，兩篇稱魯中人（《吳尊師傳》、《茅山志》卷一五）；兩篇稱華陰人（《宗玄先生文集序》、《歷世真仙體道通鑒》）；《全唐文》卷九二五稱魯中人，《全唐詩》卷八五三稱華陰人等。很難找出確證說吳筠一定是華陰人而不是魯中人。

其二，吳筠是否有過「舉進士不第」這回事？權《序》沒有提到此事，《辨疑》據此說《舊唐書》毫無根據。傅璇琮說得好：「考唐人應舉不第而隱居入道者頗眾，權《序》所云，亦不能遽定其未曾中舉。」（《唐才子傳校箋》卷一）從權《序》可知，權德輿是應吳筠的弟子邵冀玄（依《道藏》，別本作「邵冀元」，「元」當為避康熙諱改）之請而作的。邵冀玄是道士，他編老師的集子，自然側重於與吳筠的道教徒身份有關的內容，所以四百五十篇之外，還「別有辯析世惑之論，不列於此編」（權《序》）。權德輿為之作序，自然也得領會這一意圖，突出吳筠作為道教徒的一面，而略去一些與入世有關的事蹟，這是很自然的事情。儘管如此，從今存吳筠的詩文看，我們還是可以領略吳筠並非真的渾身仙風道骨，而是頗關心世務的。他的《逸人賦》借真隱先生和玩世公子對出處問題的討論，表達的是一種不得仕進而隱的焦慮。賦末說「仰天居之悠迥，誰克叩於帝閽」，真有點「不才明主棄」的味道了！這賦很可能作於沒有被玄宗徵召之前，稱「玩世公子」，也透露出此時作者尚還年輕。另外，《舊唐書》說吳筠「少通經」，也與權《序》所說「近古遊方外而言六義者，先生實主盟焉」相合。吳筠的《覽古》說「吾觀『采芩』什，復感『青蠅』詩」、「聖人垂大訓，奧義不茍設」等，都表明他對儒家經典的確非常熟悉。

其三，是吳筠的師承問題。《舊唐書》說吳筠「乃入嵩山，依潘師正為道士，傳正一之法」，而權《序》卻說「就馮尊師齊整受正一之法」。《四庫總目》早就指出傳與序「亦相乖剌」。《辨析》則進一步根據潘師正和吳筠的卒年進行推算，認為兩人相差太遠，斷定吳筠根本不可能依潘師正，這是很有道理的。按吳筠有一首《元日言懷因以自勵詒諸同志》，詩末說「安用感時變，當

期昇九天」。可能作於安史之亂前夕，作者將離開長安時。詩的開頭說「馳光無時憩，加我五十年。知非慕伯玉，讀《易》宗文宣」，可知這年正好他逢五十歲。設使這年是天寶十載（755），依權《序》，吳筠卒於大曆十三年（778），則吳筠享年七十三歲，生於唐中宗神龍元年（705），比李白小五歲。潘師正死於高宗永淳元年（682），這時吳筠還沒有出生。吳筠要趕上當潘師正的學生是不可能的。那麼，是不是《舊唐書》的說法就錯了呢？我看也不能這樣斷定，其中有些問題還須進一步探討。有趣的是，權《序》向我們交待的正一法傳授順序是陶弘景傳王遠知，王遠知傳潘師正，潘師正傳馮齊整，馮齊整傳吳筠，我們拿這一傳承線索與別的記載一比較，就會發現多所不合。例如李白的《唐漢東紫陽先生碑銘》（《茅山志》卷四十二）就說：

> 華陽（缺七字），陶隱居傳昇玄子（王遠知），昇玄子傳體玄（潘師正），體玄傳貞一先生（司馬承禎），貞一先生傳天師李含光，李含光合契乎紫陽。

這裡說潘師正所傳的是司馬承禎，而不是馮齊整。《茅山志》卷一○《上清品·上清經籙聖師七傳真系之譜》正是採用的這一傳承體系。道教徒對自己的傳承遠祖可以胡編亂造，對近祖師承卻是極嚴格的。且李白的碑銘比權德輿的序寫作時間更早，當更為可信。是不是權德輿的序文有誤呢？我看也不能這樣說，陳子昂的《體玄先生潘（師正）尊師頌碑》（《茅山志》卷四二）說：

> 尊師有弟子十人，並仙階之秀，然鸞姿鳳骨，眇愛雲松者，唯潁川韓法昭、河內司馬子微（承禎）。皆稟命瑤庭，密受瓊寶，專太清之業，遺下仙之儔，谷汲芝耕，服勤於我，蓋歷歲紀也。始尊師受籙於茅山昇玄王君，王君受道於華陽隱居陶公，陶公至子微二百歲矣，而玄標仙骨，雅似華陽。

原來潘師正有弟子十人，得他的正傳的只有韓法昭和司馬承禎兩人，後來司馬承禎的地位遠遠超過韓法昭，於是才有資格列入真系譜中。馮齊整大概是潘師正十弟子之一吧？莫非因為馮齊整的知名度不高，其地位反不如吳筠，《舊唐書》才只提潘師正而不提馮齊整？照理說，《新唐書》的作者是看到過權《序》並參照它改動《舊唐書》的（如以吳筠為華陰人，卒於大曆十三年等，都從權《序》得來），可它也仍從《舊唐書》之說，其中必有緣故。觀《舊唐書》記事措辭，可知作者並非不知道吳筠無法直接受業於潘師正，試比較一下王遠知、潘師正、司馬承禎等人的本傳即可明白。王遠知本傳明確地說

王遠知「師事陶宏景，傳其道法」；潘師正本傳說潘師正「師事王遠知，盡以道門隱訣及符籙授之」；司馬承禎本傳說司馬承禎「事潘師正，傳其符籙及辟穀導引服餌之術」；吳筠本傳只說「依潘師正」，一個「依」字，就表明吳筠只是潘師正的門下再傳弟子，可見是有分寸的。《茅山志》把吳筠列入《采真遊篇》而不列入真系譜，馮齊整則連姓名都未列，可見後來的道教徒也認為馮齊整乃是潘門旁支而非正傳。

其四，是權《序》是否處處準確無誤的問題。《辨疑》處處以權《序》為標準來證《舊唐書》之誤，我認為權《序》固然可資參考，也不宜相信它過了頭。我可以舉出下列兩點來證明它非處處準確無誤：

一、權《序》說：「先生……年十五篤志於道，與同術者隱於南陽倚帝山，宏覽古先，遐蹈物表，芝耕雲臥，聲利不入。天寶初，玄纁鶴板，徵至京師，用希夷啟沃，吻合玄聖，請度為道士。宅居於嵩陽丘，乃就馮尊師齊整受正一之法。」按這一說法，吳筠是被徵入京後才請度為道士的。那麼，玄宗因為吳筠的哪一點才徵他的呢？如果說因他是著名道士才徵他，則此前他連道士都還不是！如果說是以著名隱士的身份召他，則他又「玄纁鶴板」，宛然道士！我看還是《舊唐書》說得合理些：吳筠因舉進士不第，才入嵩山為道士，後來他因詩文名動京師，玄宗才召他入京。《唐才子傳》說「隱居南陽倚帝山為道士」，雖然顯得記事粗疏，但它把為道士之事放到被徵之前，顯然較權《序》合理。

二、權《序》說吳筠天寶十三載才被召入大同殿，尋又詔居翰林，待詔翰林後才獻《玄綱》三篇。可是翻開吳筠的《進玄綱論表》一看，末尾署為「天寶十三載六月十一日中嶽嵩陽觀道士臣筠表上」，沒有署「翰林」頭銜！相反，倒是後來他避居廬山時寫的《簡寂先生陸君碑》反署為「大唐上元二年歲次辛丑九月十三日中嶽道士翰林供奉吳筠撰」。《辨疑》說「考吳筠在天寶十三載前所寫文章如《上元綱論表》等（《全唐文》卷九二五）只署『中嶽嵩陽道士』字樣，而天寶十三載以後所寫文章如《簡寂先生陸君碑》（《全唐文》卷九二六）則署『翰林供奉』字樣，證明權《序》是正確的，而兩唐書《李白傳》都說吳筠與李白在天寶初進京『俱待翰林』，則顯然又是錯誤的」云云，顯然是沒有看清權《序》的記事次序、《進玄綱論表》所署的時間以及新《唐書》李白本傳。新《唐書》李白本傳根本沒說吳筠與李白「俱待詔翰林」，而只是說「天寶初，南入會稽，與吳筠善。筠被召，故白亦至長安」。下

文「有詔供奉翰林」是專就李白一人而言。

上述兩點足可證明權《序》記事亦有粗疏不合理處，未可全從。

其五，按之《舊唐書》吳筠本傳來印證吳筠作品，我們會發現《舊唐書》有可補權《序》之缺漏處。例如吳筠的《思還淳賦》有這樣的話：「重貝葉訛謬，輕先王典籍。欽刑殘鄙夫，宴廣廈精室。使白屋終勞，緇門永逸，自國至家，祈虛喪實。虔而是者，則給之以嘉祥；沮而非者，則欺之以罪疾。故中智以下，助成其奸宄之術，可謂至真隱，大偽出。」（本文所引吳筠文，均見《全唐文》卷九二五、九二六）又如《覽古》其五說：「吾觀『采苓』什，復感『青蠅』詩。讒佞亂忠孝，古今同所悲。姦邪起狡猾，骨肉相殘夷……天性猶可間，君臣固其宜。子胥烹吳鼎，文種斷越鈹。屈原沈湘流，厥戚咸自貽。何不若范蠡，扁舟無還期。」前者是反對佛教的話，後者是遭讒憤激之詞，按之權《序》，我們不知何指，按之《舊唐書》，我們明明白白。《舊唐書》說：「筠在翰林時，特承恩顧，由是為群僧之所嫉。驃騎高力士素奉佛，嘗短筠於上前，筠不悅，乃求還山。故所著文賦，深詆釋氏。」這就有力地證明了吳筠離京退隱是被迫的，而不像權《序》所說的「志在遐舉」，自動離京。

綜合以上五點可知，《舊唐書》未必不可信，權《序》亦未可全信。兩者都可能有疏謬，故不可偏廢，可用以互相發明，互相補正。

現在我們可以探討一下吳筠有無可能與李白同隱剡中並推薦李白了。

先看吳筠是否可能去剡中。《舊唐書》說吳筠「開元中，南遊金陵，訪道仙山。久之，東遊天台。筠尤善著述，在剡與越中文士為詩酒之會，所著歌篇，傳於京師。玄宗聞其名，遣使徵之」。《辨疑》極力認定這些說法是沒有根據的。他根據權《序》斷定：「吳筠在天寶元年以前一直隱居在南陽倚帝山，天寶初是由倚帝山被徵召進京的。」試問，從吳筠十五歲隱居南陽倚帝山到天寶初被徵召進京，這中間該有多少年？依我前面的推算，吳筠約生於唐中宗神龍元年（705），十五年後是開元七年（720），從開元七年到天寶元年（742），中間有廿二年。試問：這廿二年間吳筠一直呆在南陽倚帝山不動，可能嗎？附帶說一句，《辨疑》對吳筠的生平也有一點推算，他把《洗心賦》定為大曆元年（766）寫的作品（這是可以的），接著又把《元日言懷因以自勵詒諸同志》定為這一年的作品，認為這一年吳筠才五十歲。按這一推算，吳筠生於開元三年（716），那麼吳筠被徵召時才二十六、七歲，這似乎太年輕了一點吧！退一步說，即使有可能，從吳筠十五歲隱居南陽倚帝山到天寶初，中間

也有十多年，十多年一直隱居不動，可能性是極小的。這也是權《序》記事跳躍性太大的地方。

《舊唐書》說「南遊金陵」，《新唐書》只說「觀滄海」，把這兩說合起來看，吳筠的《登北固山望海》似乎可以印證。詩云：

> 此（一作北）山鎮京口，迴出滄海湄。躋覽何所見，茫茫潮汐馳（一作池）。雲生蓬萊島，日出扶桑枝。萬里混一色，焉能分兩儀。
>
> 願言策煙駕，縹緲尋安期。揮手謝人境，吾將從此辭。

從這首詩的情緒來看，顯然不是晚年遭亂飄蕩的產物，這只要比較一下《建業懷古》就可以明白。作者這次到金陵的目的是為了「尋安期」，也即尋仙訪道。還有兩首詩也可證吳筠早年確曾到過江南。一首是《經羊角哀墓作》，首句說「祗召出江國」，表明是受到徵召離開江南；一首是《舟中夜行》，詩中說「豈不畏艱險，所憑在忠誠。何時達遙夜，佇見初日明」，可能作於由江南應召赴京途中。

的確很難從今存吳筠的詩文中找出與茅山和天台有關的作品，這可能因為吳筠的作品缺佚太多之故。但是從情理上說，茅山和天台是當時的道教勝地，吳筠乃茅山派之人物，他的前輩王遠知、潘師正都曾長住茅山，司馬承禎則長期隱於天台，開道教之天台派，如果說吳筠連茅山、天台都沒去過，那才真正是不合情理呢！吳筠既然有去金陵、茅山、天台的可能，說他與李白同隱剡中也就不難相信了。

吳筠與李白同隱剡中在什麼時候？《舊唐書》說他開元中南遊金陵，訪道茅山，「久之，東遊天台，在剡與越中文士為詩酒之會」。依此，吳筠隱居剡中應在開元末。李白居剡中也應是這個時候，他的《與從侄杭州刺史良遊天竺寺》有「松風颯驚秋」句，《送侄良攜二妓赴會稽戲有此贈》有「春光半道催」句，證明李白此次在杭州、會稽至少經過了三季。據詹鍈考證，勞格《讀書雜識》列李良為開元間刺史是可信的（《李白詩文繫年》）。根據孫逖的《授李良杭州刺史制》判斷，李良為杭州刺史當在開元二十四年之後，天寶六載之前。而李白於天寶元年已赴魯中，離開剡中，故知李白在杭州、會稽必在開元末。他和吳筠同隱剡中應在此時。天寶元年春，吳筠應召離開剡中入京，隨後李白也離開剡中，四月登泰山（有《遊泰山》六首），再到南陵。這時吳筠在京城向玄宗推薦李白，李白是從南陵應徵入京的，故有《南陵別兒童入京》詩，詩中有「黃雞啄黍秋正肥」句，其時當是秋天。《新唐書》李白本傳

說「天寶初，客遊會稽，與道士吳筠隱於剡中」。參照權《序》，吳筠天寶初應徵入京，《新唐書》可能是順便把李白客遊會稽，與吳筠同隱剡中的事記到了天寶初。按文序，則應客遊會稽、與吳筠同隱剡中在前，天寶初吳筠入京在後。史官記事，為了簡略，將前後時距不遠的事記在一起，本是常例，《新唐書》尤甚。

李白有《鳳笙篇》，一作《鳳笙篇送別》。王琦注：「此詩是送一道流應詔入京之作，所謂『仙人十五愛吹笙』正實指其人，非泛用古事。所謂『朝天赴玉京者』，言其入京朝見，非謂其超昇輕舉。」詹鍈說：「王說是也。此道流或即是吳筠歟！」王、詹說得都很有理。核之權《序》，吳筠「年十五篤志於道」，正合「仙人十五愛吹笙」所指。吳筠有《遊仙詩》二十四首、《步虛詞》十首，前者有「列侍奏雲歌」，後者有「鸞鳳吹雅音」，也與「重吟真曲和清吹，卻奏仙歌響綠雲」意合。吳筠有《緱氏廟》詩，詩云「朝吾自緱山，驅駕遵洛汭。逶遲轘轅側，仰望緱山際」，也與「訪道應尋緱氏山」暗符。此詩為李白送吳筠入京之作無疑。

吳筠有沒有可能與李白同時「待詔翰林」？依權《序》，吳筠至天寶十三年才被詔居翰林，但權《序》所記同樣得不到吳筠作品的印證，這在上文已經指出。按《舊唐書》所記，「天寶中，李林甫、楊國忠用事，綱紀日紊。筠知天下大亂，堅求還嵩山，累表不許」；又說「驃騎高力士素奉佛，嘗短筠於上前」。李林甫死於天寶十一載（752），高力士加驃騎大將軍在天寶七載（748），吳筠居翰林一定應在天寶十一載之前。細讀吳筠的《覽古詩》，有「楚罔肆巨逆，福柄奚赫烈。田常弒其主，祚國久罔缺。管仲存霸功，世祖成詭說。漢氏方版蕩，群閹恣邪譎。……古來若茲類，紛擾難盡列。道遐理微茫，誰為我昭晰」等句，借古諷今責難輔佐和宦官，證明《舊唐書》是言之有據的。吳筠與李白同居翰林，完全是有可能的。

最後說一說李白與吳筠的詩風之異同。

《舊唐書》說吳筠所作「詞理宏通，文采煥發，每制一篇，人皆傳寫。雖李白之放蕩，杜甫之壯麗，能兼之者，其唯筠乎」！這個評價是極高的。參之權《序》，可知這代表了當時人的一種看法。權《序》說：「屬詞之中，尤工比興。觀其「自古王化」詩，與『大雅』吟、《步虛詞》、《遊仙》、《雜感》之作，或遐想理（治）古以哀世道，或磅礴萬象用冥環樞，稽性命之紀，達人事之變，大率以嗇神挫銳為本。至於奇采逸響，琅琅然若戛雲璈而凌倒景，崑閬

松喬，森然在目。近古遊方外而言六義者，先生實主盟焉。」《新唐書》吳筠本傳說「筠所善孔巢父、李白，歌詩略相甲乙云」。加以「云」字，表示只是轉引前人意見。至陳振孫《直齋書錄解題》就大打折扣了：「傳稱筠所善孔巢父、李白詩歌相甲乙。巢父詩未之見也，筠詩固不碌碌，然豈能與太白相甲乙哉！」此論一出，其後學者相沿，再沒人對他們作比較研究了。

吳筠所留詩作太少，從總體上說遠不能與李白抗衡，這是事實。然而唐人詩風能與李白相近者，也只有吳筠了。表現在三個方面。其一，濃厚的浪漫主義色彩。吳筠的《遊仙詩》、《步虛詞》都是以遊仙詩的形式抒發內心情感，詞采宏麗，風格飄逸，與李白的古風中的一些遊仙之作極為接近。試比較：

> 客有鶴上仙，飛飛凌太清。揚言碧雲裏，自道安期名。兩兩白玉童，雙吹紫鸞笙。去影忽不見，回風送天聲。舉首遠望之，飄然若流星。願餐金光草，壽與天齊傾。（李白《古風》其七）

> 碧海廣無際，三山高不極。金臺羅中天，羽客恣遊息。霞液朝可飲，虹芝晚堪食。嘯歌自忘心，騰舉寧假翼。保壽同三光，安能紀千億。（吳筠《遊仙》其七）

如果不標明作者，是不易分辨孰為李白作，孰為吳筠作的。其二，表達了共同的處世理想和憤世嫉俗精神。例如：

> 齊有倜儻生，魯連特高妙。明月出海底，一朝開光曜。卻秦振英聲，後世仰末照。意輕千金贈，顧向平原笑。吾亦澹蕩人，拂衣可同調。（李白《古風》其十）

> 仲連秉奇節，釋難含道情。一言卻秦國，片箚降聊城。辭金意何遠，讓祿心益清。處世功已立，拂衣蹈滄溟。（吳筠《高士詠》其二十七）

他們的願望都是功成身退，先當俠士，後當隱士。至於憤世嫉俗之作，李白之作眾所周知，吳筠的《覽古》十四可為代表，上文已引若干詩作，自可比較。其三，詩歌語言都有「清水出芙蓉，天然去雕飾」之特色。李白固不待言，吳筠之作，即使是遊仙之作，也絕不堆砌詞藻，拘泥音律，而是如風行水上，自然成文。

他們相異處較多，主要表現在：一、吳筠的詩作理性色彩較濃，缺乏李白那種激昂噴湧的感情波動，因而也較乏騰挪跌宕之勢；二、吳筠幾乎全是五言，體式沒有李白的豐富多變；三、從吳筠今存的詩歌來看，他所觸及的

社會內容、生活題材主要在入道、隱居、懷古、交友、遊歷等方面，遠沒有李白的豐富多彩。

他們的文、賦也大致具有上述特點。總的說來，李白和吳筠是有過交往的，他們詩風、文風的某些相近之處，也印證了《舊唐書》所說的他們曾互相唱酬的史實。可惜作品已遺失或本事不明了。

原載《李白研究論叢》第 2 輯，巴蜀書社，1990 年

論對偶在古代文體中的審美效果

　　對偶，在我國古典文學當中，可以說是運用最廣泛、意蘊最豐富的修辭方式，也是沉澱漢民族審美心理最深厚、最能體現漢文學古典美特徵的一種表達方式。古人通過對對偶這種修辭手法內涵的開拓，把古漢語的美感特質發揮到了淋漓盡致的地步。雖然隨著現代審美觀念、語言和創作技巧的變化發展，它已不再佔有主流地位，但作為諸多修辭方式的一種仍在被廣泛運用。深入地探討對偶的內蘊特別是它在各種文體中的運用和審美效果，對於我們深入地認識我國古典文學的美學特質，繼承古典美、創造現代美都是大有裨益的。

一、對偶產生的原因

　　為了深入理解對偶這種修辭格為何運用如此廣泛，有必要探究一下它產生的原因。

　　其一，是因為客觀世界萬事萬物本身就存在著勻稱、對稱、對立、均衡等各種和諧關係，存在著相輔相成、相反相成、對立統一等自然法則，存在著對稱美、整飭美、均衡美、韻律美、和諧美等各種美學屬性。對偶只是將客觀世界上述各種自然關係、法則、屬性表現出來的一種人為手段而已。這一點，劉勰早就有所認識。他所說的「造化賦形，支體必雙；神理為用，事不孤立。夫心生文辭，運裁百慮，高下相須，自然成對」（《文心雕龍・麗辭》）即是此意；清代駢文「中興」，袁枚、吳錫麒諸駢文大家都從奇偶相生乃自然之數的角度論證對偶存在之天然合理性，也是此意。

　　其二，與古人的哲學認識有關。劉鄂培先生認為中國古代哲學最大的特

點就是重視天人關係，強調天人和諧：「儒、道、墨等先秦主要哲學流派，都以天人問題而立論，倡導天與人的和諧、均衡、統一。……『天人合一』是哲學宇宙觀，又是思維方式。它滲透到文化藝術各個領域，表現出中國的獨特風格。」〔註1〕我國很早就認識到客觀世界萬事萬物具有對立統一關係，且逐步找到了一種化矛盾為和諧的特殊方法。孔子的「和而不同」（《論語·子路》）、張載的「有象斯有對，對必反其為；有反斯有仇，仇必和而解」（《張載集·正蒙·太和第一》），就是最有代表性的見解。

其三，與漢語的特殊形態有關。漢字的方塊形狀、單音節特徵，漢語中單音節詞、雙音節詞、三音節詞、同義詞、近義詞、反義詞的大量存在，語音平仄關係的分明，文字表意功能的豐富等，都為對偶這種修辭格的出現奠定了基礎。

其四，也是最重要的一點，就是中華民族的審美心態。追求對稱美、整飭美、均衡美、和諧美在世界上絕不止中華民族這一個民族，可以說世界各個民族都具有這種審美趨向。但中華民族在歷史上對這些美感的追求是那樣普遍，那樣自覺，那樣專注，那樣持久，那樣精細入微，那樣出神入化，則應是世界上絕無僅有的了。對偶這種修辭方法，從先秦時代起就被自覺不自覺地大量運用，到兩漢賦家便開始把它作為表現才性、馳騁才情的一種重要方式。魏晉以降便進入自覺時期。隨著人們對漢語聲韻調特質認識的深入，對偶除了要求詞性結構的相對外，還要求聲、韻、調的配合。對偶不僅作為一種修辭手段，而且逐漸發展出了一些專重此項修辭技巧的文體，如駢文、駢賦、永明體詩歌。隋唐以降，不僅駢文、駢賦等仍盛行不衰，而且又發展出許多新的對偶技巧和律詩、律賦這些新的文學樣式。宋以後對偶不僅在詞曲中花樣翻新，而且還被廣泛地運用於戲劇、小說、散文、新體賦、通俗講唱文學當中。如果說講求對偶在六朝以前時還只是反映上層貴族和文人雅士的審美情趣，那麼隋唐以後，則可以說這種審美情趣已深入到民間，成為中華民族最廣泛、最普遍的審美趨向之一了。

下面就各種因講求對偶而形成程序的文體來談談它們所產生的審美效果，至於對偶在其他文體如古體詩、新體賦、散文、小說、講唱文學中所產生的審美效果，暫不論。

〔註1〕 張岱年主編《中國唯物論史》第一章第二節，河南人民出版社1994年版，第8頁。

二、對偶在駢文、駢賦及律賦中的審美效果

駢文的產生較早，李斯的《諫逐客書》對句已相當之多，李兆洛《駢體文鈔》稱之為「駢體初祖」。兩漢辭賦作家在作品中運用對偶，已形成一種時風。東漢後期則連散文也有了明顯的駢偶化傾向。建安中，曹植對駢偶的追求已相當自覺而專注。太康中陸機、潘岳諸人繼曹植的軌轍發展，駢文已蔚為大觀。劉宋以後，文人對駢文的熱忱更為高漲，至齊梁隨著音韻學的發展，對偶除了要求詞性、結構上的相對、相近以外，還要求音律上的合律，因而對詞性、句式組合方式等有更為嚴格的要求，駢四儷六的基本程序也就正式形成。其後駢文持久不衰，但形式上基本沒有什麼大的改創。

駢四儷六這種句格既不同於奇句單行的散文句，也不同於五七言詩句，它是由兩個偶句構成的。四字句，主要由兩個雙音節詞（有時也可以構成一三或三一節奏）構成，表現出整飭、雅正、勻稱的美感，而六字句卻往往於句間或句末運用一兩個虛詞，可以構成三一二、二一三、一二一二、二一二一或五一、一五（五往往是由二至三個音節組成之詞組）等多種節奏形式，這樣就使音節的奇偶交錯成為可能。駢文的活力和張力全在這種句格，因為它既有散文句式的靈活性，又有五言詩句（把虛詞去掉）的某些特徵。它使駢文既具有散文與詩的某些特點，又不同於散文與詩，從而也就有了駢文所以成其為駢文的自身文體特徵。清代有人試圖變駢文多用四六句式為多用三五句式，遭到了曾燠的批評。曾燠認為四六句「四言密而不足，六字格而非緩」，是最理想的句格，如果一改，就會產生「屢舞而無綴兆之位，長嘯而無抗墜之節」（《國朝駢體正宗序》）的毛病，弄巧反拙。可見四六句的形成，是經過長期創作實踐篩選出來的句格，是駢文之所以成其為駢文的定型特徵，不是哪一位作家輕而易舉就可以改變的。

駢文雖然有較嚴格的句式程序，但它仍有相當的自由度。例如它可以大量地運用虛詞，不避同字，篇幅的長短也不受限制。從對偶的角度說，駢文雖講究詞性、結構、音律節奏的相對相近相間，但在實際創作中，用的多是「寬對」，沒有律詩那麼嚴格。因而仍為文人創作留下了一定的馳騁才情的餘地，不同才情的作家能創造出不同美感不同風格的作品。六朝的駢文高手就每個人都有自己的不同風格。如顏延之的序論鋪錦列繡，雕繢滿眼；鮑照的山水文精練工穩，氣韻生動；范曄的史論整齊縝密，酣暢淋漓；丘遲的書信情理兼備，婉曲動人；孔稚圭的檄文辛辣深刻，寓莊於諧；蕭綱的哀誄清雋

挺拔，情真意切；徐陵的書序華美綺麗，音韻和婉；任昉的奏疏駿邁曲折，筆夾風霜；劉勰的文論博大精深，警策條達……而駢文宗匠庾信早年之作靡麗豔綺，晚年則沉鬱凱切。唐人駢體也有不同風格，大抵王勃、駱賓王等以華美勝，張說、蘇頲等「大手筆」以質實勝，而陸贄的奏章卻以析理明晰，剖判深刻聞名。清代的駢文多歸宗六朝，然也有自己的時代風格，大抵有博麗與清雅兩種不同流派。陳維崧、胡天遊、袁枚、邵齊燾諸公的駢文可歸入前者，洪亮吉、孫星衍、劉嗣綰、孔廣森、汪中諸公的駢文則可歸入後者。

　　但是駢文作為一種文體，對內容的選擇是有限度的。它不適合於敘事，而比較適合於描寫、議論和抒情。就此三者而言，它也是有偏限的。由於對偶要求精練、工穩、縝密，許多對象就不適合用駢體，或用駢體表現十分吃力；用於議論，文學史上雖不乏成功之作，但它對思想的自由表達束縛極大；用於抒情，也常會使人感到掣肘，限制了感情的自由抒發。駢文不僅要講究音律節奏，而且強調辭藻之豐富、雅馴、華美，又強調才情、學識，所以用典使事是它必用的一種修辭手段，這樣它也必然會帶來堆砌、板滯、華而不實乃至晦澀不暢之病。曾燠所指出的前人創作中的「飛靡弄巧，瘠義肥辭」、「苦事蟲鐫，徒工獺祭」、「活剝經文，生吞成語」（《國朝駢體正宗序》）等毛病，實際上是大量存在的。因而唐以後古文運動興起，既是駢文本身內容對形式的反叛，又是一場思想革命。宋以後駢文作者不少，但清以前總體呈衰頹之勢，這雖有外部原因，而它自身的原因則是最主要的。

　　然而駢文作為一種美文，自有其自身的獨立的審美價值，不是一場文體革命就可以革掉的。唐宋古文家雖指責駢文，但在實際創作中並非不用駢對，而清代桐城派無論從理論上還是從實踐上都排斥駢文。隨著古文家思想的日趨僵化，古文的日趨空疏陳腐，到清代，駢文又「中興」起來，駢文家們同樣也打著駢文的旗幟來反對古文，像阮元，還想用駢文來取代古文，使駢文處於獨尊的地位。這跟古文運動具有同樣的性質：既是古文本身內容對形式的反抗，也是一場思想革命。這種駢散之爭，在民族思維定勢、審美趨向等沒有根本改變的大背景下，必然會出現調和的論調，桐城支派陽湖派走的就是這一條路子。李兆洛提出的「陰陽相併俱生，故奇偶不能相離，方圓必相為用」（《駢體文鈔序》），就是最有代表性的觀點。

　　駢賦與駢文的產生大致上是同步的。但駢賦與東漢末年的抒情小賦是一脈相承的，張衡的《歸田賦》既是較早的抒情小賦，又是今存最早的駢賦。建

安以後的抒情小賦，往往大量使用對句，至南朝形成高潮。駢賦同駢文的關係，從講求對偶來說，兩者並無區別。但兩者又有很大的不同：駢文屬文章範圍，駢賦屬文學範圍，駢文可以包納駢賦，駢賦卻不能包納駢文。駢賦屬於韻文，非得用韻，而駢文則可以不用韻，只求節奏上的和諧就可以了。駢賦要求用韻，看來似乎比駢文更嚴格，但實際情況並不盡然。駢賦作為一種文學樣式，它並不承擔駢文所有的表達功能。例如，它不用於議論（當然可以在賦中發議論），也不用於一般的應用場合（如書信、奏章、檄文等，但有時用於哀祭）。它只承擔賦的「體物寫志」的傳統功能，表現的對象是客觀事物和個人情感，而歸根結底又在於抒情。這樣，它所擁有的韻腳就不會成為強加給它的負累，反會因韻腳本身就具有的抒情作用而增強它的抒情性，使它更具有韻律之美。在實際創作中，駢賦雖也講究駢四儷六，但作者卻可以根據抒情的要求，在運用對偶方面具有更大的靈活性。例如在駢賦中，對偶同比喻、誇張、擬人、烘托、雙關、頂針等各種常用於抒情文體的修辭手法的結合就更為緊密，用典使事則大為減少，這樣就較能適應抒情文體婉曲深厚、直契心源的要求。在實際創作中，文人們還大量地吸收騷句乃至五七言句式，來沖淡全由四六句造成的板滯、澀硬之病。因而可以說，駢賦比駢文更切近於文學的本質。

律賦是駢賦進一步發展的產物。駢賦雖然已走向了程式化，但這種程序只是大致就句式而言，至於篇幅的長短，韻數的多少，平仄的配置，篇章的組合等等，尚都無定則。律賦則逐漸在這些方面更為規範。律賦的產生和盛行與科舉制度相表裏。今存最早的律賦，即王勃的《寒梧棲鳳賦》，即是應試之作。當然律賦形成定式也有一個較長的過程，早期律賦韻數並無嚴格規定，開始有三韻、四韻、五韻、六韻到八韻不等，同時八韻又有二平六仄、三平五仄、六平二仄等不同，大約要到晚唐才以八韻四平四仄為定式（洪邁《容齋隨筆》）。字數的多寡也有一個發展過程，原來並無限定，後來才以五百字為定式。

由於律賦與科舉考試相適應，其內容自然也是受限制的，主考官命題，大多從經史子集中選擇，考生沒有自己選擇的自由。這樣要寫出一篇好的律賦，就無異於戴著枷鎖跳舞。律賦的審美特質只能從這重重枷鎖中體現出來。律賦的審美特質主要有：（一）正大雅馴。這是由考試命題的內容、官方的審美標準所決定的。（二）巧對。當時許多士子登科，便是以作品中有某些聯語

工巧、奇巧而名動一時。而唐宋律賦中優秀之作也復不少。梁啟超曾戲稱作對子是「苦痛中的小玩藝兒」，律賦正是以這種「苦痛中的小玩藝兒」而成為文學史上的一朵奇葩。後世之欣賞律賦者，如李調元《雨村賦話》之「新話」談到律賦時，便多是以欣賞其中的巧對為主。（三）個人風格。律賦雖有許多嚴格規定，但也有許多富於匠心的作者能寫出某種獨特的風格。中唐以後，一些士子對律賦下的工夫極深，竟能從極不自由的地方找出自由，把律賦這種形式運用得出神入化，遊刃有餘。李調元說：「律賦多用四六，鮮有用長句者。破其拘攣，自元（稹）白（居易）始。樂天清雄絕世，妙悟天然，投之所向無不如志；微之則多典碩之作，高冠長劍，璀璨陸離，使人不敢逼視。」（《賦話·新話三》）到晚唐，律賦又有了新的發展，一些作家如王棨、黃滔、徐寅、宋言諸人，已把律賦當作一種文體來創作。他們的作品或寫景物，或抒理思，或發衷情，或敘史事，對律賦的題材有很大的開拓，風格也趨向多樣化。如王棨的律賦素淡中見出深沉，徐寅的律賦淡雅中透出淒惻，黃滔的律賦精工中顯出深刻，宋言的律賦清麗中不乏豪壯……在他們那裡，律賦的常規並沒有被打破多少，但他們偏就能在常規中出奇出巧出佳作，這除了說明他們有超乎尋常的才氣外，還說明任何文藝形式都有其內在的獨特美質，運用得當，都可以創造出獨特的美來。

然而律賦過嚴的規則的確又極大地限制了它本身的美學內蘊。宋以後到明清，創作律賦的人不知凡幾（我們現在正在編纂《歷代辭賦總匯》，所見律賦以清代為最多），其中確有不少佳作，但很難說佳作如林。它對士子思想的束縛可以說並不亞於八股文，而形式上的僵化則也為它自身的消亡掘下了墳墓。

三、對偶在詩詞曲中的審美效果

對偶在詩歌中的運用有一個由少到多，由不自覺到自覺的過程。大致是漢以前較少較不自覺，魏晉以後則多而自覺。齊永明時詩歌逐漸趨向於講究聲律，詩歌中的對偶也要求與聲律相配合。到唐代沈、宋諸人手中，律詩終於基本定型，完成了自身的程序。律詩的出現與律賦的出現大體上同時。但律詩程式化的方式卻與律賦有很大的不同。律賦採取通篇對偶的形式，律詩則八句以平仄的相間也即音律上的對偶為基礎，只有中間兩聯才講究詞性和結構的相對。這樣它就大大地降低了詞性結構對偶的頻率，而且因為它篇幅

極小，寫作起來就沒有律賦那樣艱難。律賦要做到聯聯精工、通篇精彩幾乎不可能，而律詩則完全可以，這一點文學史上已有大量作品可以為證。

律句的節奏通常五律是二二一和二一二，由平起、仄起兩種不同形式，構成四種不同的句格，七律則除了每句多兩個音節，基本構成原理與五律相同。由於「黏連」的規定，保證了四種句格在一首詩中都能被用上，也就保證了整首詩的奇偶相生，呈節律性的變化。前後四句由於不要求詞性結構的相對，給予了詩人表達上一定的自由；而中間兩聯的完全對偶既為文人馳騁才力提供了用武之地，又防止了因過分馳騁才力而出現的堆砌板滯之病。像駢賦一樣，律詩所承擔的基本表達任務就是體物抒情而以抒情為中心，但由於篇幅的短小，它更適合於表現那些轉瞬即逝的細微的感情。對於某些複雜的情感，人們則採用跳躍、濃縮、概括、隱約、象徵等手法來表達，而產生的含蓄、深婉、曲折的美學效果卻比駢賦的淋漓盡致、為文造情更能動人。

律詩中間兩聯的對偶是詩人們著力甚多的地方，為了使對偶更富於變化，富於特色，人們對這兩聯作過很多研究。最重要的是詞性的配對要精密，即使是詞性相同的詞，也有較嚴格的區別。律詩的定型，首先就與上官儀、「沈宋」等對詞性的深研有關，上官儀的「六對」、「八對」主要就是就詞性而言。隨著人們對漢語本質的認識，作律詩在詞性的對偶上講究也越來越多，越來越趨於精細。王力先生的《漢語詩律學》根據《詩韻合璧》中所載的《詩韻集成》、《詞林典腋》、《詩腋》等將詞性劃分為天文、時令、地理、宮室、器物、衣飾、飲食、文具、文學、草木花果、鳥獸蟲魚、形體、人事、人倫、代名、方位、數目、顏色、干支、人名、地名、同義連用字、反義連用字、連綿字、重疊字、副詞、連介詞、助詞等十一類二十八門。同門類的詞配對，才謂之工對；從鄰類中選擇，則謂之鄰對；僅按詞性不按門類配對，被稱為寬對。寬對有時意思很好，但並不受到推重。其次是對句式的研究，其基本要求是兩聯的句式結構特別是意義不能雷同，如雷同，則犯了「合掌」的毛病。因此，詩人為了句法的變化多姿，經常在律詩中採用倒裝句、省略句、濃縮複句、拗句、不完全句等特殊句法。另外，還有忌諱同字重韻、盡可能少用或不用虛詞、避忌用熟濫俗的詞彙典故等等要求。當然，古人也是非常講究不以辭害義的，為了內容的需要，往往有捨經從權的做法。寬對事實上在律詩中是大量存在的。除了寬對以外，還有「串對」（即「流水對」）、「扇面對」、「錯綜對」、「當句對」等等，使對偶更富於變化。總之，由於詩人們對律詩對偶技巧

的研究，不僅使律詩本身達到了至善至美的境界，而且也極大地豐富了古典文學的對偶技巧。

律詩所包含的美學內蘊可以說是無法窮盡的。在律詩中，對偶這種修辭格幾乎能同時吸納、容載其他所有的修辭方法。上下兩句的互相關聯，常可構成正襯、反襯、對比、對舉、烘托、映帶關係，而比喻、雙關、誇張、擬人、擬物、借代、借音、用典等各種手法的運用都極為常見。一個好的對句，常常是多種修辭手法的綜合運用。從審美的角度說，它可以在對稱、整飭、均衡、和諧的大前提下吸納諸如豪壯、剛健、沉雄、雄渾、沉鬱、陰柔、深婉、纖巧、詼詭、奇險、諧趣、峻刻等各種美學要素。它對詩人所產生的魅力是那樣持久而悠遠。唐代以來至近代的詩人很少不創作律詩的，而且名家如雲，佳構如潮。每一位作家都可以用它寫出自己的風格，創造出具有獨特美質的藝術精品。它的易誦易記的優勢使它長盛不衰，至今許多名篇名句尚能播誦人口。可以說，律詩是抒情文體中經過不斷篩選、調整、充實而最富於生命力、最能代表我國古典美精神的一個寵兒。

隨著律詩的出現而產生的排律卻沒有這幸運。歷代善作排律的作家不少，一些人短則一二十韻，長則百韻以上，這不能不令人佩服他們的才力之雄、學殖之富。但傳到今日，即使頗為古人所推重的杜甫、白居易、元稹等排律大家，也沒能拿出一二篇力作讓後人諷誦不倦。排律中不是沒有對偶技巧，相反地它可以說是集對偶技巧之大成的地方。但它最大的弊端是雕琢堆砌、板滯硬澀，由於句式的整齊劃一，它甚至比駢文、駢賦、律賦更缺少張力、活力，因而除了顯示詩人自身的才力之外，卻很難顯示它自身應有的藝術魅力。

詞曲雖號稱為較自由的詩歌形式，但它也是講究對偶的。其基本對偶規則與律詩相同，即講究音調平仄相同和節奏的奇偶相生。當然，這種對偶只是音律上的對偶。詞曲雖然有嚴格的格律，但由於它們是長短句，用字、句式、節奏、押韻比律詩更靈活、自由。它們與音樂的關係遠比律詩緊密。由於音樂本身就具有獨立的抒情性，各種不同的詞牌、曲調使它們的抒情特質、韻律美感發揮得更為完美，並可促成各種風格的形成。如燕南芝庵《唱論》論曲云「仙呂宮宜清新綿邈，南呂宮宜感歎傷悲，中呂宮宜高下閃賺」（臧晉叔《元曲選》），就指出了這一點。詞曲對詞性結構對偶的要求也遠比律詩寬鬆靈活，在詞曲中，有些詞牌、曲牌規定某些句子要用完全對偶句，而在一般情況下，作家可根據自己的審美情趣、興會所至自由安排。由於詞曲句子

的長短參差，因而又能發展出許多新的句式。詞中的完全對偶句仍多為五七言句。但三言、四言、六言亦復不少。除了整齊的句式外，詞中還有許多特殊的句式，如加「領字」（一字豆）的對偶句，一個長句的某一部分對偶而其餘部分「叫散」等。曲中對偶更趨靈活，詩詞的對偶方式曲中都可以用，而且它又因自身的文體特點發展出許多新的方式。「鼎足對」、「扇面對」、「錯綜對」等在曲中是常見的；因可加襯字，多吸收口語，又不避重字重韻，韻腳四聲通押，故曲中尤多長句對和散句對，有時甚至可以連用多組對偶。它同其他各種修辭手法（如排比、博喻、鋪陳、反覆等）的結合也比律詩和詞更為廣泛複雜。

詞曲的藝術張力、活力遠勝律詩，所包含的美感美質自然也比律詩更為豐富，風格自然也就比律詩更為多樣化。詞曲中許多美感是律詩難以創造出來的。就詞而論，粗分可有婉約、淒婉、豪放、風雅諸派，細分則一人有一人之風格，甚至同一人也可有多種風格，但總的說來詞的雅馴深厚、婉曲細膩之類，非律詩所能及。曲則比律詩和詞更為複雜豐富。以地域論，北曲較豪壯俚俗，南曲多婉媚純雅；以時期論，元曲前期較豪辣粗獷，後期則清麗細膩。以個人論，更是變化紛陳。明代朱權在《太和正音譜·古今群英樂府格勢》中就論及了 187 位代曲家的不同風格。而元人還未能窮盡曲的美質，明清曲家又在元人的基礎上作出了許多新的開拓和發展。總的說來，曲的弘博粗放、恣肆酣暢之美，是律詩和詞所難以創造的。

詞曲這些優越性使它們曾各領風騷數百年。但從古典美學的角度說，詞曲也並不是沒有遺憾的。至今尚能打動人心、播誦人口的往往不是那些長篇慢詞、套曲，而是那些短小精悍的小令或長短適度的慢詞、短套；詞曲的創作都曾一度中落，而律詩卻能長盛不衰，詞曲始終未能取律詩而代之，這些都是文學史上的一些基本事實。原因何在？值得深思。格律太繁、鋪敘太多、篇幅太長、過分講究程序或過分脫離程序，脫離了時代的欣賞心理，怕是最主要的原因。

原載《中國文學研究》1999 年第 1 期

論古代文學中的摹擬現象

　　摹擬，或稱摹仿，古人常與因襲、沿襲、蹈襲混同，嚴重者被斥之為剽竊。由於摹擬程度有輕重之分，效果有好壞之別，本文中對此有所區分，題目不便細分，故統之為摹擬。在古代文學史上，摹擬是一種頗普遍而且有愈演愈烈之勢的文學現象，對藝術創新造成的負面效應較大，頗值得注意。這一現象學術界早有學者關注並加以評析，但系統的論述筆者尚未看到，所以在這裡作進一步探究。

一、古代文學史上的摹擬現象舉隅

　　文學領域中的摹擬始於先秦。宋玉所作《九辯》，擬屈原《離騷》之跡顯然。到漢代以後，摹擬便成為風氣。以賦而論，賦中之「七體」，「枚乘始作《七發》，後有傅毅《七激》、張衡《七辯》、崔駰《七依》、馬融《七廣》、劉向《七略》〔註1〕、劉梁《七舉》、崔琦《七蠲》、桓麟《七說》、李尤《七款》、劉廣世《七興》、曹子建《七啟》、徐幹《七喻》、王粲《七釋》、劉邵（「邵」應作「劭」）《七華》、陸機《七徵》、孔偉《七引》、湛方生《七歡》、張協《七命》、顏延之《七繹》、竟陵王《七要》、蕭子範《七誘》。諸公馳騁文詞，而欲齊驅枚乘，大抵機栝相同，而優劣判矣」〔註2〕。賦中之「對問」自東方朔作《答客難》，便有揚雄《解嘲》、班固《答賓戲》、崔駰《達旨》、張衡《應間》、崔寔《答譏》、蔡邕《釋誨》、郭璞《客傲》之屬。漢以後擬騷之作如東方朔《七諫》、嚴忌《哀時命》、王褒《九懷》、劉向《九歎》、王逸《九思》之屬，

〔註1〕按：《七略》乃目錄著作，非七體，劉向有《九歎》，然非七體。
〔註2〕謝榛《四溟詩話》卷一，中華書局 1985 年版，第 14～15 頁。

陳陳相因，被朱熹貶為「如無所疾痛而強為呻吟者」〔註3〕。至於大賦，揚雄、班固、張衡等摹擬司馬相如的作品，更是人所共知。

在詩歌領域，摹擬的現象最為突出。晉人自傅玄、張華始，已開摹擬之端，至陸機蔚為大宗。「陸士衡擬古，將古人機軸語意，自起至訖，句句蹈襲，然去古人神思遠矣。《擬行行重行行篇》云『攬衣有餘帶，循形不盈衿』，即『相去日以遠，衣帶日以緩』意也。不惟語句板滯，不如古人之輕宕，且合士衡十字，總一『緩』字包括無遺，下語繁簡迥異如此，便見作者身份矣。結云『去去遺情累，安處撫清琴』，即『棄捐勿複道，努力加餐飯』意也。彼從『棄捐』二字說來，無可奈何，強自解勉，蓋情至之語，非『遺情』也。若云『去去遺情累』，則淺直已甚矣。……其餘全篇刻畫古人，不可勝錄，所謂桓溫之似劉琨，其無所不似，乃其無所不恨者。夫以士衡之才，尚且若此，則擬古豈容易哉！」〔註4〕至江淹，則又有過於陸機。「嚴滄浪謂『擬古惟江文通最長，擬淵明似淵明，擬康樂似康樂，擬左思似左思，擬郭璞似郭璞，獨擬李都尉一首，不似西漢。』吾取江詩，反覆細讀，如《擬左記室》詩，只是數史中典故，《擬郭弘農》詩，只是砌道書景物，《擬謝臨川》詩，只是狀山水奇奧，此為神似，吾亦能之，何必五色筆也？若《擬陶徵君》詩，氣味去之亦遠，惟剿取陶集『東皋舒嘯』、『稚子候門』、『或巾柴車』、『種豆南山下』、『帶月荷鋤歸』、『濁酒聊自持』、『但道桑麻長』、『聞多素心人』諸字句，能為貌似而已，豈獨不似李都尉哉？文通一世雋才，何不自抒懷抱，乃為贗古之作，以供後人嗤點。」〔註5〕因摹擬之作眾多，蕭統編《文選》時，便專設有雜擬之類，而後人則將此類詩與雜詩混為一體。清汪師韓《詩學纂聞》曾就這一點作了詳細辨析，說：

> 《選詩》以雜詩、雜擬分為二類。雜詩者，《十九首》、蘇、李詩及諸家雜詩是也。雜擬者，凡擬古、效古諸詩是也。擬古類取往古名篇，規摹其意調，其止一二首者，既直題曰擬某篇，而其擬作多者則雖概題曰擬古，仍於每篇之前，一一標題所擬者為何篇，此所以別於詠懷、詠史、七哀、百一、感遇、遊仙、招隱雜詩也。《文

〔註3〕 朱熹《楚辭集注‧楚辭辯證》，上海古籍出版社 1979 年版，第 172 頁。

〔註4〕 賀貽孫《詩筏》，郭紹虞編選、富壽蓀校點《清詩話續編》（第一冊），上海古籍出版社 2016 年版，第 143～145 頁。

〔註5〕 潘德輿《養一齋詩話》卷九，郭紹虞編選、富壽蓀校點《清詩話續編》（第四冊），上海古籍出版社 2016 年版，第 2030 頁。

選》所載陸士衡《擬古詩》十二首，謝康樂《擬魏太子鄴中詩》八首，劉休元《擬古詩》二首，江文通雜體詩三十首，無不顯然示人，是以謂之擬，此意後人不識也。今觀唐以後詩，凡所謂古風、古意、古興、古詩與夫覽古、詠古、感古、效古、紹古、依古、諷古，續古、述古者，都不知其所分別。……後人所作，其謂之擬古，謂之雜詩，一而已。〔註6〕

這是說，唐以後所謂擬古，所謂雜詩，皆係摹擬古詩之作，只是摹擬的程度各有不同而已。

宋人摹擬之風又遠遠超過前代。宋初晚唐體、西崑體為其始，而以江西諸君子造其極。黃庭堅有著名的「點鐵成金」、奪胎換骨」說，以師法古人之意、師法古人之辭為能事，江西詩人紛紛效而法之，一時成為風氣。金人王若虛批評說：「魯直論詩，有奪胎換骨、點鐵成金之喻，世以為名言，以予觀之，特剽竊之黠者耳。」〔註7〕連被後人所譏的摹擬大師王世貞都舉例揭發說：

> 獨李太白有「人煙寒橘柚，秋色老梧桐」句，而黃魯直更之曰：「人家圍橘柚，秋色老梧桐」，晁無咎極稱之，何也？余謂中只改兩字，而醜態畢具，真點金作鐵手耳。
>
> 又有點金成鐵者，少陵有句云：「昨夜月同行。」陳無己則云：「勤勤有月與同歸。」少陵云：「暗飛螢自照。」陳則曰：「飛螢元失照。」少陵云：「文章千古事。」陳則云：「文章平日事。」少陵云：「乾坤一腐儒。」陳則云：「乾坤著腐儒。」少陵云：「寒花只暫香。」陳則云：「寒花只自香。」一覽可見。（王世貞《藝苑卮言》卷四）

江西君子摹擬之病根，源於「無一字一句無來歷」，而此乃宋人之通病，故王夫之不僅批評黃庭堅，也指斥蘇東坡，由東坡而及於所有宋詩：

> 立門庭者必餖飣，非餖飣不足以立門庭。蓋心靈人所自有而不相貸，無從開方便法門，任陋人資借也。人譏「西崑體」為獺祭魚，蘇子瞻、黃魯直亦獺耳！……除卻本子，則更無詩。……必求出處，宋人之陋也。（《薑齋詩話》卷下）

明代自前後「七子」以後，摹擬更成為一種趨勢。李夢陽被譏為「句擬字摹，

〔註6〕 王夫之等撰《清詩話》（上冊），上海古籍出版社 1978 年版，第 443～444 頁。
〔註7〕《滹南詩話》卷三，丁福保輯《歷代詩話續編》（上冊），中華書局 2006 年版，第 523 頁。

食古不化」，何景明則與夢陽「摹擬蹊徑，二人之短略同」，李攀龍更是「所作一字一句，摹擬古人。驟然讀之，斑駁陸離，如見秦、漢間人」，王世貞較以上諸人好得多，但也「其摹秦仿漢，與七子門徑相同」。不同的是，「自李夢陽之說出，而學者剽竊班、馬、李、杜；自世貞之集出，學者遂剽竊世貞」〔註8〕。潘德輿說：「孟子學孔子，其文絕不與孔子類；韓子學司馬公，其文絕不與司馬公類。吾讀李空同樂府，五古學漢、魏、三謝，真似漢、魏、三謝也；七古七律學老杜，真似老杜也；七絕學太白、龍標，真似太白、龍標也。何大復摹古之心稍淡於李，而古貌未能脫化，則似古者亦多。夫似古則如古人復出，故必令人喜，令人敬；似古則與古人相復，亦必令人疑，令人厭。吾惜二子以蓋代之姿棄，而蹈此愚惘之窠臼。」〔註9〕

　　清初以後，摹唐仿宋更成為一代詩歌之主流。詩人們或託韓杜，或仿王孟，或師元白，或效蘇黃，紛紛籍籍，此疆彼界，分流劃派，不一而足。袁枚曾針對當時風氣加以譏笑：「抱韓、杜以凌人，而粗腳笨手者，謂之權門託足。仿王、孟以矜高，而半吞半吐者，謂之貧賤驕人。開口言盛唐及好用古人韻者，謂之木偶演戲。故意走宋人冷徑者，謂之乞兒搬家。好疊韻、次韻，刺刺不休者，謂之村婆絮談。一字一句，自注來歷者，謂之骨董開店。」〔註10〕

　　散文、詞、戲劇和小說等文體也都有摹擬現象。

　　就散文而言，清代桐城派「自四君（指曾國藩門下四大弟子張裕釗、吳汝綸、黎庶昌、薛福成）歿後，世之為古文者，茫無所主，僅知姬傳（姚鼐）為昔之大師，又皆人人所指名，遂依以自固，句摹字剽，於其承接轉換，『也』、『耶』、『與』、『矣』、『哉』、『焉』諸助詞，若填匡格，不敢稍溢一語，謂之謹守桐城家法，而於姬傳所云『義理、考據、詞章，三者不可闕一』則又舛焉背馳，若適燕之南其轅，博士書驢券，累紙不見『驢』字，又若為人作奏，而葛龔之名未去者。此則種種駁怪，尾閭之泄，漸且涸焉，無涓滴之潤，源既竭矣，派於何有？」〔註11〕就詞而言，王國維說：「夫自南宋以後，斯道之不振

─────────────

〔註8〕紀昀《四庫全書總目提要》卷一百七十一，河北人民出版社 2000 年版，第 4491 頁。

〔註9〕潘德輿《養一齋詩話》卷六，郭紹虞編選、富壽蓀校點《清詩話續編》（第四冊），上海古籍出版社 2016 年版，第 1983 頁。

〔註10〕袁枚《隨園詩話》卷五，浙江古籍出版社 2000 年版，第 96 頁。

〔註11〕李群《論桐城派》，郭紹虞主編《中國歷代文論選》（第四冊），上海古籍出版社 1980 年版，第 62 頁。

久矣！元、明及國初諸老，非無警句也。然不免乎局促者，氣困於雕琢也。嘉、道以後之詞，非不諧美也。然無救於淺薄者，意竭於摹擬也。」〔註12〕對戲劇的摹仿，李漁曾作過分析，指出戲劇創作應「脫窠臼」，說：「吾謂填詞之難，莫難於洗滌窠臼；而填詞之陋，亦莫陋於盜襲窠臼。吾觀近日之新劇，非新劇也，皆老僧碎補之衲衣，醫士合成之湯藥，取眾劇之所有，彼割一段，此割一段，合而成之，即是一種傳奇，但有耳所未聞之姓名，從無目不經見之事實。語云：『千金之裘，非一狐之腋。』以此贊時人新劇，可謂定評。」他還具體分析了戲劇創作中的「衣冠惡習」、「聲音惡習」、「語言惡習」、「科諢惡習」等幾種「惡習」，並指出最鄙陋的莫過於關目上的摹擬：「戲場惡套，情事多端，不能枚紀。以極鄙極俗之關目，一人作之，千萬人傚之，以致一定不移，守為成格，殊可怪也。西子捧心，尚不可效，況效東施之顰乎？」〔註13〕小說的摹擬也很嚴重。清人陳廷機在《聊齋誌異序》中說：「諸小說正編既出，必有續作隨其後，雖不能媲美前人，亦襲貌而竊其似。」〔註14〕曹雪芹《紅樓夢》第一回借石頭之口說：「至若佳人才子等書，則又千部共出一套，且其中終不能不涉於淫濫，以致滿紙潘安、子建、西子、文君，不過作者要寫出自己那兩首情詩豔賦來，故假擬出男女二人名姓，又必旁出一小人其間撥亂，亦如劇中之小丑然。」

二、摹擬現象產生的原因剖析

為什麼文學史上有這麼普遍的摹擬現象存在呢？究其原因，約有如下數端：

第一，摹擬前人是為了學習前人，並在前人的基礎上創新。關於這一點，郭紹虞先生早已言之：

> 蓋以不主奉擬，故重在自抒懷抱。實則昔人擬古，乃古人用功之法，是入門途徑，而非最後歸宿，與後人學古優孟衣冠者不同。蔣湘南《與田叔子論古文第二書》云：「大概古人用功，最嚴文筆之分。葉聲韻者謂之文，頌讚箴銘序論奏對誄謚書檄以及金石諸篇皆是也；不迭聲韻者謂之筆，即史家敘事之作，因人褒貶以立意法，

〔註12〕滕咸惠《人間詞話新注》，齊魯書社 1981 年版，第 106 頁。
〔註13〕徐壽凱《李笠翁曲話注釋》，安徽人民出版社 1981 年版，第 144 頁。
〔註14〕丁錫根《中國歷代小說序跋集》（上冊），人民文學出版社 1996 年版，第 146頁。

無可用其模擬者。其擬必自文始。音節取其鏗鏘，辭句貴乎華麗，事出沉思，義歸翰藻，雄才博學，神明於聲音成文之故，始能創新題而闢奇格。豪傑之士，從而和之，似範其貌，實取其神，用心既久，由鈍入銳，然後浩乎沛然，成其文而有餘，成其筆而亦無不足，則模擬非古人用功之法乎？」(《七經樓文鈔》卷四) 大抵後世文勝，逐漸趨於形式主義，則摹擬自會成為一時風氣。自陸機擬古之後，或稱「效」，或稱「代」，或稱「學」，或稱「紹」，甚有稱為擬某某擬古者。此種成氣，在後世固視為可笑，在當時亦有其需要。〔註15〕

說摹擬的目的是為了創新，是符合文學史的基本事實的。摹擬雖然會產生大量雷同無新意之作，但也會產生名篇。如學「七體」和「對問體」，就都有成功的。洪邁說：「枚乘作《七發》，創意造端，麗旨腴詞，上薄騷些，蓋文章領袖，故為可喜。其後繼之者，如傅毅《七激》、張衡《七辯》、崔駰《七依》、馬融《七廣》、曹植《七啟》、王粲《七釋》、張協《七命》之類，規仿太切，了無新意。傅玄又集之以為《七林》，使人讀未終篇，往往棄諸幾格。柳子厚《晉問》，乃用其體，而超然別立新機杼，激越清壯，漢、晉之間，諸文士之弊，於是一洗矣。東方朔《答客難》，自是文中傑出，揚雄擬之為《解嘲》，尚有馳騁自得之妙。至於崔駰《達旨》、班固《賓戲》、張衡《應間》，皆屋下架屋，章摹句寫，其病與《七林》同，及韓退之《進學解》出，於是一洗矣。」〔註16〕

王世貞認為摹擬有不同效果，有摹擬得好的，也有不好的，並一一舉例作了具體分析：

剽竊模擬，詩之大病。亦有神與境觸，師心獨造，偶合古語者，如「客從遠方來」、「白楊多悲風」、「春水船如天上坐」，不妨俱美，定非竊也。其次裒覽既富，機鋒亦圓，古語口吻間，若不自覺。如鮑明遠「客行有苦樂，但問客何行」之於王仲宣「從軍有苦樂，但問所從誰」，陶淵明「雞鳴桑樹顛，狗吠深巷中」之於古樂府「雞鳴高樹顛，狗吠深宮中」，王摩詰「白鷺」、「黃鸝」，近世獻吉、用修亦時失之，然尚可言。又有全取古文，小加裁剪，如黃魯直《宜州》

〔註15〕郭紹虞《滄浪詩話校釋·詩評》第39條釋，人民文學出版社1983年版，第191～192頁。

〔註16〕《容齋隨筆》卷七，上海古籍出版社1978年版，第88頁。

用白樂天諸絕句，王半山「山中十日雨，雨晴門始開。坐看蒼苔色，欲上人衣來」，後二語全用輞川，已是下乘，然猶彼我趣合，未致足厭。乃至割綴古語，用文已漏，痕跡宛然，如「河分岡勢」、「春入燒痕」之類，斯醜方極。模擬之妙者，分歧逞力，窮勢盡態，不唯敵手，兼之無痕，方為得耳。若陸機《辨亡》、傅玄《秋胡》，近日獻吉「打鼓鳴鑼何處船」語，令人一見匿笑，再見嘔噦，皆不免為盜跖優孟所訾。（《藝苑卮言》卷四）

歷代文學評論家對各種摹擬現象都作過具體分析，個案不勝枚舉，比較有理論性的是唐代皎然在《詩式》中提出的「三偷」法。所謂「三偷」，即偷語、偷意、偷勢，因所用語、勢、意與前人同，故又稱為「三同」。皎然認為：「三同之中，偷語最為鈍賊。如何漢定律令，厥罪不書？應為鄴侯務在匡佐，不暇及詩，致使弱手蕪才，公行劫掠。若許貧道，片言可折，此輩無處逃刑。其次偷意，事雖可罔，情不可原，若欲一例平反，詩教何設？其次偷勢，才巧意精，若無朕跡，蓋詩人閫域之中偷狐白裘之手，吾亦賞俊，從其漏網。」偷語、偷意都在否定之列，唯偷勢可以「從其漏網」，可見偷勢是比較巧妙的摹擬方法。所謂「偷勢」，皎然沒具體解釋，只是舉例說「如王昌齡詩：『手攜雙鯉魚，目送千里雁。悟彼飛有適，嗟此罹憂患。』取嵇康：『目送歸鴻，手揮五弦。俯仰自得，遊心太玄。』」〔註17〕從這個例子來看，「偷勢」似乎指的是摹擬前人已有的語調、情勢，並在此基礎上另立新旨，別開機杼。

皎然的「三偷」說弊端極明顯，因而反對者不少。其弊端之一是為蹈襲提供了藉口，因而梁章鉅《退庵隨筆》反對說：「今之學詩者，但知以偷語為戒，而以偷勢偷意為尚，即可謂高手矣，而不知其尚有進也。紀文達師曰：『詩之為道，非惟語不可偷，即偷勢偷意，亦歸窠臼。』」（《退庵隨筆》）其另一弊端是混淆了學習借用與蹈襲的界限。對這一點，賀貽孫作了細緻的辨析：

自皎然有三偷之說，因指子美「湛湛長江去」同於「湛湛長江水」，「江平不肯流」同於「潮平似不流」，而後人遂謂少陵詩未免蹈襲。如「船如天上坐，人似鏡中行」，「人如天上坐，魚似鏡中游」，沈佺期詩也；子美「春水船如天上坐，老年花似露中看」，特襲沈句耳。不知少陵深服沈詩，時取沈句流連把詠，爛熟在手口之間，不覺寫出。觀唐諸家，語句相似頗多，大抵坐此，非蹈襲也。且「人

〔註17〕李壯鷹《詩式校注》，人民文學出版社 2003 年版，第 60 頁。

如天上坐」不及「船如天上坐」，加「春水」二字作七言，卻更活動。
而「老年花似霧中看」，描寫老態，龍鍾可笑，又豈「魚似鏡中游」
可及哉！《古詩十九首》中，有意用他家句者，曹孟德亦然。不獨
寫來無痕，試取前後語反覆諷詠，反似大出古人之上。非如今人本
無佳句，偶盜他語，便覺態出，如窮兒盜乘輿服物，一見便捉敗也。
（《詩筏》）

總的說來，摹擬前人是為了學習前人，摹擬得法，不僅可以追步前人，
而且可以超越前人。問題不在於摹擬，而在於怎樣摹擬。我們在上文所引的
潘德輿關於「孟子學孔子，其絕不與孔子類」的一段話，就道出了學習與摹
擬的基本界限。

第二，有時出於某種社會心態，或出於某種時代審美好尚，或出於對某
種文學形式、題材、風格的喜愛，這時摹擬往往可以促進某種風格、流派的
形成。

出於某種社會心態的，如東方朔《答客難》，抒發了士人失意的牢騷，其
自嘲方式比較巧妙，故模擬者蜂起。雖是模擬，但由於每個人的具體境遇不
同，因而具體牢騷也就不完全相同。後世之模擬楚辭者，也有類似的情況。

出於某種時代審美好尚的，如漢大賦「以大為美」，文人作賦，往往以規
模宏大取勝，故所作篇幅有越來越大的趨勢。張衡作《二京賦》想勝過班固
的《兩都賦》，以至於寫成了京都大賦的「長篇之極軌」。

文學史上有一種普遍存在的現象：當某種有一定活力、符合某種人群喜
好的文體、題材、風格出現時，就會出現一大批追隨者。隨著追隨者的增多，
這種文體、題材或風格也就會逐漸得到拓展，形成某種相對固定的文體、風
格或流派。如詩歌之太康體、玄言詩、永明體、宮體、上官體、山水田園詩
派、邊塞詩派、元和體、花間派、西崑體、晚唐體、江西詩派、唐宋派、公安
派、竟陵派等等，詞之蘇辛詞派、易安體、風雅詞派、浙西詞派等等，散文之
桐城派、陽湖派、湘鄉派等等，戲曲之臨川派、吳江派、駢儷派、蘇州派等
等。這些風格流派內部的各創作成員，都存在著某種不同程度的摹擬現象，
又都為該風格流派的形成作出了自己的貢獻。

這裡要強調的是，同是形成風格、流派的摹擬，也有一個是亦步亦趨、
墨守陳規還是融匯貫通、推陳出新的問題。例如同是形成了流派，江西詩派
就同「白體」、「西崑體」等流派不同。嚴羽《滄浪詩話》說：「國初之詩尚沿

襲唐人：王黃州學白樂天，楊文公、劉中山學李商隱，盛文肅學韋蘇州，歐陽公學韓退之古詩，梅聖俞學唐人平澹處，至東坡、山谷始出己意以為詩，唐人之風變矣。山谷用工尤為深刻，法席盛行，海內稱為江西詩派。近世趙紫芝、翁靈舒輩，獨喜賈島、姚合之詩，稍稍復就清苦之風，江湖詩人多效其體，一時自謂之唐宗，不知止入聲聞辟支之果，豈盛唐諸公大乘正法眼者哉！」嚴羽之所以要將黃庭堅同其他沿襲唐人的作家區分開來，主要原因就是因為黃庭堅不僅開創了江西詩派，而且因為他同蘇軾一道用自己的創作影響了一個時代，使宋詩具有了完全不同於唐人的獨特風貌。

第三，摹擬現象的產生，也與摹擬者脫離現實生活而過分強調讀書、強調學習前人有關。

詩的本質是寫性靈，性靈並不是憑空產生的，其根基是現實生活。歷史上很多作家都懂得這個道理。王夫之說：「身之所歷，目之所見，是鐵門限。」（《薑齋詩話》卷下）作家不邁出這鐵門限，便只能從書本上討生活。

大約從宋代以後，一些士大夫出身的作家便比較強調讀書而忽視現實生活體驗。典型的是黃庭堅。其《答洪駒父書》強調的就是「加意讀書」、「熟讀司馬子長、韓退之文章」、「自作語最難，老杜作詩，退之作文，無一字無來處」等等（《豫章黃先生文集》卷十九）。明清以後，文人的書齋氣更重了，有的人甚至把讀書看作是文學創作的第一義。如清人費錫璜就曾說：「學詩須從第一義立腳，如立泰華之巔，一切培塿，皆在目中。何謂第一義？自具手眼，熟讀楚騷、漢詩，透過此關，然後浸淫於六朝、三唐，旁及宋、元、近代。此據上流法，單從唐人入手，猶屬第二義，況入手於蘇、陸乎？」（《漢詩總說》）延君壽也說：「讀書是徹上徹下工夫，如人之全身然。今之作時文者，讀經書後即讀墨卷，博取科名，往往得之。經書，如人之首也；先秦、兩漢至於本朝諸書籍，如人之項以下也。」（《老生常談》）這樣把讀書強調到至高無上的地位，自然容易變成到書本中討生活，而到書本中討生活從事創作，也就自然陷於摹擬蹈襲乃至剽竊而不自知了。

第四，古代文學領域中摹擬風氣之盛，與崇古、復古的風氣之盛也有關係。

崇古的風氣從先秦時代就已開始。先秦諸子都有某種程度不同的崇古傾向。不過那時尚「儒者有儒家本色，至如老、莊家有老、莊家本色，縱橫家有縱橫家本色，名家、墨家、陰陽家皆有本色，雖其為術也駁，而莫不皆有一段千古不可磨滅之見。是以老家必不肯剿儒家之說，縱橫必不肯借墨家之談，

各自其本色而鳴之為言」〔註18〕。至漢代，由於政治上的「大一統」局面的形成，人們的思維模式也漸漸趨於劃一。崇古之風日濃，而摹擬之習也日盛。《淮南子・脩務訓》說：「世俗之人，多尊古而賤今。故為道者多託之於神農、黃帝而後能入說。」可見此風也遍及當時的學術界。魏晉以降，由於社會動亂，世風澆薄，歷史退化觀也就有了更大的市場，因而崇古之風也更熾。葛洪曾針對當時的狀況提出批評說：「又世俗率神貴古昔而黜賤同時。……雖有超群之人，猶謂之不及竹帛之所載也；雖有益世之書，猶謂之不及前代之遺文也。是以仲尼不見重於當時，《太玄》見嗤薄於比肩也。俗士多云今山不及古山之高，今海不及古海之廣，今日不及古日之熱，今月不及古月之朗，何肯許今之才士不減古之枯骨？重所聞，輕所見，非一世之所患矣。」（《抱朴子・外篇・尚博》）可見，文學上的擬古風氣已開始形成。晉以後，在詩歌領域中，古風、古意、古興、古詩與覽古、詠古、感古、效古、紹古、依古、諷古、續古、述古便成了人們的普遍好尚。韓愈、柳宗元以散文革新駢文，理論上卻標榜復古，宣稱「非三代兩漢之書不敢觀，非聖人之志不敢存」，「志乎古，必遺乎今，吾誠樂而悲之」（韓愈《答李翊書》）。宋明以後專制制度更臻嚴密，人們的思想遭到嚴格的禁錮，在現實中看不到出路，復古、崇古之風自然也就越演越烈。在許多人看來，文學真是一代不如一代。如宋人張戒《歲寒堂詩話》說：「國朝諸人詩為一等，唐人詩為一等，六朝詩為一等，陶、阮、建安七子、兩漢為一等，風、騷為一等，學者須以次參究，盈科而後進，可也。」（《歲寒堂詩話》卷上）真是時代越遠越好，越近越差。清人延君壽甚至偏激地說：「胸中時時刻刻要有古人，自家魂夢皆與之相接焉。當落筆時，則一意孤行，破空遊虛，及至脫稿，不能及古人之半。若先東怯西怕，安心作不濟漢，永無出頭日期。」（《老生常談》）吳沃堯分析我國古代小說中的摹擬現象時說：

> 自《三國演義》行世之後，歷史小說，層出不窮。蓋吾國文化，開通最早，開通早則事蹟多。而吾國人具有一種崇拜古人之性質，崇拜古人則喜談古事。自周秦迄今二千餘年，歷姓嬗代，紛爭無已，遂演出種種活劇，誠有令後人追道之猶為之，憂心膽、動魂魄者。故《三國演義》出而膾炙人口，自士夫以至輿臺，莫不人手一篇。

〔註18〕唐順之《答茅鹿門知縣二》，郭紹虞主編《中國歷代文論選》（第三冊），上海古籍出版社 1980 年版，第 75 頁。

人見其風行也，遂競學為之，然每下愈況，動以附會為能，轉使歷
史真相隱而不彰。〔註19〕

應該說，在崇古、復古的言論中也包含著不滿現實、要求革新的內涵，
而且事實上打著復古旗號謀求革新的也為數不少。但是，濃厚的崇古、復古
風氣卻會導致整個時代的作家從精神上歸依古人。這種無形的精神上的歸附，
自然會使作家們難以跳出古人的藩籬而陷入蹈襲、摹擬的境地。清人徐增在
《而庵詩話》中說：「作詩之道有三：曰寄趣，曰體裁，曰脫化。今人而欲詣
古人之域，捨此三者，厥路無由。夫碧海鯨魚，自別於蘭苕翡翠，此古人之體
裁也；唐人應制之作，皆合於西方聖教，此古人之寄趣也；少陵詩人宗匠，從
『精熟《文選》理』中來，此古人之脫化也。」（《清詩話》上冊）徐增所提出
的通過學習古人的「寄趣」、「體裁」、「脫化」來使今人「詣古人之域」的方
法，無異於要求後來的摹仿者學習前代的摹擬者。

第五，古代摹擬風氣之盛，可能與崇拜權威的心理也有關係。

中國古代是十分崇拜權威的。崇拜權威是與古代的自然經濟狀態和封建
專制政治體制相關聯的。在古代的崇尚權威與今天的崇尚權威不同，那時的
權威一旦被確定下來，便在某些人心目中成了不可逾越的巔峰。權威不僅是
被學習的對象，而且是被膜拜的對象。在文學領域，對哪些作家、作品是權
威的認定雖然因人、因時代的好尚而異，但總有一些是大家公認的。例如在
詩歌領域，陶淵明、杜甫就是最為公認的權威。歷史上學陶、擬陶的作家極
多，有的還擬出了很大成就，但沒有一個作家被認為是超過陶淵明的。賀貽
孫說：「唐人詩近陶者，如儲、王、孟、韋、柳諸人，其雅懿之度，樸茂之色，
閒遠之神，澹宕之氣，雋永之味，各有一二，皆足以名家，獨其一段真率處，
終不及陶。陶詩中雅懿、樸茂、閒遠、澹宕、雋永，種種妙境，皆從真率中流
出，所謂『稱心而言，人亦易足』也。真率處不能學，亦不可學，當獨以品勝
耳。」（《詩筏》）杜甫則比陶淵明更權威，被後世稱為「詩聖」，與萬世師表孔
子同一尊號。杜甫身後之學杜、擬杜者可以說代有其人，比鄰接屋，但似乎
沒有哪位詩人能同杜甫比肩而立。韓愈在散文領域的權威似乎也是不可動搖
的。這種對權威的崇拜，導致許多人窮終生之力去學習、摹仿，自然加劇了
文學界的摹擬風氣。

〔註19〕 《兩晉演義序》，丁錫根《中國歷代小說序跋集》（中冊），人民文學出版社1996
　　　　年版，第941頁。

明清以後還有一種特殊的權威崇拜風氣。這就是，某些文人為了獨樹一幟，常常打著與權威抗衡的旗號來自立門戶，招致一大群追隨者。王夫之、賀貽孫都曾指斥過這種現象。王夫之說：

> 詩文立門庭，使人學己，人一學即似者，自詡為「大家」，為「才子」，亦藝苑教師而已。高廷禮、李獻吉、何大復、李于鱗、王元美、鍾伯敬、譚友夏，所尚異科，其歸一也。

> 如欲作李、何、王、李門下廝養，但買得《韻府群玉》、《詩學大成》、《萬姓統宗》、《廣輿記》四書置案頭，遇題查湊，即無不足。（《薑齋詩話》卷下）

賀貽孫說得更明白：

> 每一才子出，即有一班庸人從風而靡，捨我性靈，隨人腳根，家家工部，人人右丞，李白有李赤敵手，樂天即樂地前身，互相沿襲，令人掩鼻。於是出類之才，欲極力剿除，自謂起衰救弊，為前輩功臣。即此起衰救弊一念，遂有無限詩魔，入其胸中，使之為中晚而不自知也。蓋至此而詩運與世運亦若默受作者之升降矣。嗟夫，由吾前說推之，則為凌駕前輩者所誤；由吾後說推之，又為羽翼前輩者所誤。彼前輩之詩，凌駕而羽翼之，尚不能無誤，乃區區從而刻畫摹仿之，吾不知其所終也！嗟夫，此豈獨唐詩哉？又豈獨詩哉？（《詩筏》）

第六，古代文學摹擬風氣之盛，與經學、科舉也有關係。

唐人科舉試詩賦，摹擬現象雖偶而有之，但尚不突出。宋代自王安石實行新法、推行新學始，摹擬現象便突出起來。蘇軾曾尖銳地指出：「文字之衰，未有如今日者也！其源實出於王氏（安石）。王氏之文，未必不善也，而患在於好使人同己。自孔子不能使人同。顏淵之仁，子路之勇，不能以相移；而王氏欲以其學同天下。地之美者，同於生物，不同於所生；惟荒瘠斥鹵之地，彌望皆黃茅白葦，此則王氏之同也。」（蘇軾《答張文潛書》）毛滂也說：「熙寧間作新斯文，而丞相（王安石）以經術文章為一代儒宗，天下始知有王氏學。灝灝乎其猶海也，其執經下座摳衣受業者，如百川歸之海。於是百家之學，陳弊腐爛，學士大夫見必嘔而唾之。嗚呼，一旦取覆醬瓿矣！」（《上蘇內翰書》）明清以後，經學的發展、制義的推行，更加速了摹擬風氣的增長。經學家好倚傍門戶，制義要求代聖人立言，這些都有可能促使人們思維僵化，依

樣畫葫蘆。黃宗羲就曾說過：「凡倚門傍戶，依樣畫葫蘆者，非流俗之士，則經生之業也。」（《明儒學案‧凡例》）經學家的風習必然會浸潤到文學領域內來。明代後七子作家宗臣說：「夫六經而下，文豈勝談哉！左、馬之古也，董、賈之渾也，班、揚之嚴也，韓、柳之粹也，蘇、曾之暢也，咸炳炳朗朗，千載之所共嗟也。然其文，馬不襲左，而班不襲揚；柳不襲韓，而曾不襲蘇也。何也？不得不同者文之情也，不得不異者文之跡也。論文而至於舉業，其視文既已遠矣。文而襲者，舛也；況拾世俗之陳言庸語而掇（綴）以成文，又舛之舛也。」（《宗子相集‧談藝》）

第七，與文學本身的發展有關。文體也有個新陳代謝的問題，某些文學形式、某類題材、某些表現方法經過長時間的創作，會逐漸形成思維定勢，變得凝固僵化，喪失生機，從而導致整個時代的作家「江郎才盡」，如不從根本上改弦更張，即使作出再大努力，也難以出新。例如詩、詞這兩種傳統悠久的文體。元好問稱「詩到蘇黃盡」（《論詩絕句三十首》），賀貽孫說：「詩至中晚，遞變遞衰，非獨氣韻使然也。開元、天寶諸公，詩中靈氣發洩無餘矣，中唐才子，思欲盡脫窠臼，超乘而上，自不能無長吉、東野、退之、樂天輩一番別調。然變至此，無復可變矣，更欲另出手眼，遂不覺成晚唐苦澀一派。愈變愈妙，愈妙愈衰，其必欲及前輩者，乃其所以不及前輩耳。」（《詩筏》）文廷式論詞的發展趨勢說：「詞家至南宋而極盛，亦至南宋而漸衰。其衰之故，可得而言也。其聲多嘽緩，其意多柔靡，其用字則風雲月露紅紫芬芳之外，如有戒律，不敢稍有出入焉。邁往之士，無所用心。沿及元明，而詞遂亡，亦其宜也。有清以來，此道復振。國初諸家，頗能宏雅。邇來作者雖眾，然論韻遵律，輒勝前人，而照天騰淵之才，溯古涵今之思，磅礴八極之志，甄綜百代之懷，非窘若囚拘者所可語也。」（《雲起軒詞鈔序》）

第八，摹擬現象的產生，與人好為應酬、應制、唱和的習氣也有關係。應酬、應制純粹把文學作為一種應用交際手段，很難談得上出佳作（儘管歷史上應酬、應制都曾出過少量好作品）。唱和則仍未出文學創作範圍。唱和有兩種主要形式，一是同時人唱和，一種是同古人唱和。同時人唱和的，如白居易同元稹、劉禹錫等人的唱和，這種唱和常有好作品；一種是同古人唱和。如蘇東坡以後許多詩人和陶淵明詩，這種唱和雖也偶而能出佳作，卻極容易被古人牽著鼻子走，不是形式上受其掣肘而影附，就是精神上受其制約而雷同。它限制了作者的創造才能，自然也影響作家的創作成就。例如陳霆批評

陳鐸說：

> 江東陳鐸大聲嘗和《草堂詩餘》，幾及其半，輒復刊布江湖間。
> 論才者謂其以一人心力，而欲追襲群賢之華妙，故其篇中亦時有佳
> 句。……使其用為己調，當必擅聲一時。而以之追步古作，遂蹈村
> 婦鬥美毛、施之失。蓋不善用其長者也。（《渚山堂詞話》）

第九，大量摹擬現象的產生，也與古人知識產權觀念不明確、沒有法律
約束有關。人們分不清學習摹仿與創作因襲的界線，常常由摹仿、引用變成
了剽竊而不自知。早在宋代，魏慶之就在《詩人玉屑》中對「沿襲」作了較細
緻的剖析，提到「承襲其意」、「用其意」、「取其意」、「辭同意異」、「相襲」、
「襲全句」、「依仿太甚」、「著力太過」、「不約而合」、「古人亦有所祖」、「祖習
不足道」、「述者不及作者」、「不沿襲」、「不蹈襲」等，又將「奪胎換骨」、「點
化」別列為項。對這些概念，他只舉例子，不加界定，因而只能給人現象而無
法深入其本質。雖然《禮記·曲禮》就有過「毋雷同，毋剿襲」的古訓，皎然
有「竊賊」之譏，韓愈有「剽賊」之罵，歷史上抨擊剽剝、蹈襲者大有人在，
但充其量都只不過一種道德譴責，並未真正分清是非界限，不能從根本上扭
轉因襲、剽竊的風氣。

原載《衡陽師範學院學報》社會科學版 2004 年第 1 期

駢文之辨體及其與句格、風格之關係

　　駢文的體式、句格與風格，學界已有不少探討，但有些問題意見並不統一，有些認識也略嫌籠統，未必深入。本文僅從文體發展與創作實踐的角度就駢文之辨體及其同句格選擇、風格差異的關係作一些淺探，以就教於方家。

一、駢文實脫胎於「古文」

　　就體式而言，筆者比較贊同學界認為駢文同現代意義的散文是內含關係、跟韻文是交叉關係的看法，但對駢文跟「古文」是對立關係之說有不同理解。

　　莫道才先生《駢文通論》對駢文與「古文」對立關係作了論述：「古代意義的散文，則是指散體文，即『古文』。作為文體意義上的『古文』之名，得於齊梁之時，蕭綱作《與湘東王論文書》，把『今文』與『古文』相對立。『古文』指先秦時代未駢化之文。到唐代『古文運動』，韓愈、柳宗元更高舉『古文』之大旗，以先秦兩漢之文風矯正雕飾浮藻之病。『古文』是作為駢文的對立物而存在的，專指以單體單行的散文（本書用此意義時則稱『散體』或『散體文』）。一切非全用對偶修辭格組成的篇章（散文），都可稱為『古文』或『散體文』。它的涵蓋範圍包括非駢文的一切散文體裁。」〔註1〕筆者認為，長期以來人們對「古文」意義的理解及其與駢文對立的觀點有其符合事實的一面，但也有很大的侷限性，在某種程度上窄化了「古文」的內涵與外延。所謂「古文」，實包括兩個層面的意涵：一是時代意涵。「古」與「今」相對，「古文」相對於「今文」時代要早，這是沒有什麼爭議的。二是功能意涵。從功能意涵說，駢文（這裡所用駢文概念，是指駢文之實而非其名）跟「古文」並不完全

〔註1〕莫道才《駢文通論》（修訂本），齊魯書社2010年版，第14～17頁。

對立。所謂功能，其義有二：

一為社會政教功能，「古文」同反樸還淳的社會政教理想相對應，故反駢文者如隋代李諤上書，就從政教角度批評駢文，說：「臣聞古先哲王之化民也，必變其視聽，防其嗜欲，塞其邪放之心，示以淳和之路。故能家復孝慈，人知禮讓，正俗調風，莫大於此。……魏之三祖，更尚文辭，忽君人之大道，好雕蟲之小藝。……江左齊、梁，競騁文華，其弊彌甚，貴賤賢愚，唯務吟詠。遂遺理存異，尋虛逐微。連篇累牘，不出月露之形；積案盈箱，唯是風雲之狀。……故文筆日繁，其政日亂，良由棄大聖之軌模，構無用以為用也。」〔註2〕後來唐代「古文」運動提倡「古文」很大程度上也是提倡「文」應擔負「載道」、「明道」功能。後世許多批評駢文的學者也多從文章的政教功能角度切入。但是，是不是駢文就一定不能承擔「載道」、「明道」功能呢？如果駢文也承負起政教功能，這些人還反不反對駢文呢？其實，早在李諤之前，就已經有不少人意識到駢文與政教功能的關係。劉勰《文心雕龍》全是用駢文寫的，開篇即要求文章寫作應以原道、徵聖、宗經為宗旨，有「道沿聖以垂文，聖因文而明道」之說；蕭統《文選》大量選入駢文而不選儒家經典中的文章，是因為他認為「姬公之籍，孔父之書，與日月俱懸，鬼神爭奧，孝敬之準式，人倫之師友，豈可重以芟夷，加以剪裁」？可見他們認為一切文，包括駢文與「古文」，其政教功能要求是相通的。史實也是這樣，中唐「古文」興盛之後直到清代，駢文反而承擔起了最能體現政教功能的詔誥、策命、章表、檄書、露布之類應用文體的任務。唐宋的特科專門為搜求能寫這類文章的人才而設，清代許多駢文高手都是恪守政教的館閣文臣。這是為什麼呢？無非是因為駢體的工穩華美更符合政教莊重雅正之審美需求。所以從這個角度說，駢文與「古文」並沒有不可逾越的鴻溝。

一為文體功能。古人所謂文體，有風格、題材、體裁等多重意義，常見者一是風格意義，一是體裁意義。從體裁意義上說，所謂「古文」，實是一個非常籠統的大概念，狹義的「古文」專指先秦兩漢的散文，廣義的「古文」包括詩、賦等文學類文體和箴、銘、頌、哀祭、詔誥、冊命、章表、書序、箋記等各種應用文體兩大類別，不獨指散文。蕭綱《與湘東王論文書》的「古文」其實並不完全指先秦兩漢之文，更不是專指散文。細審書中「吾既拙於為文，不敢輕有掎摭，但以當世之作，歷方古之才人，遠則楊馬曹王，近則潘陸顏

〔註2〕魏徵等《隋書·李諤傳》，中華書局1973年版，第1544～1545頁。

謝，而觀其遣辭用心，了不相似。若以今文為是，則古文為非，若昔賢可稱，則今體宜棄，俱為盉各，則未之敢許」〔註3〕之語，他講的「古之才人」有兩個層次，時代較遠的是揚雄、司馬相如、曹植、王粲，時代較近的是潘岳、陸機、顏延之、謝靈運。這些人皆以辭賦、詩歌見長。就韓愈、柳宗元等提倡復興「古文」來看，「古文」確指先秦兩漢之文，但並非專指散文，而是包括辭賦。韓愈《題歐陽生哀詞後》說：「愈之為古文，豈獨取其句讀，不類於今者邪？思古人而不得見，學古道則欲兼通其辭；通其辭者，本志乎古道者也。」學「古文」當先通「古道」，再「兼通其辭」。所謂「兼通其辭」，即作文兼融古之文辭。《進學解》所舉書目，既有《詩經》，又有楚辭（「下逮莊騷」），還有辭賦（「子雲相如，同工異曲」）。柳宗元《答韋中立論師道書》所列除五經史傳外，也包括「參之《離騷》以通其幽」。就實際創作看，韓、柳主要成就雖在散文，但於辭賦都有所創作，柳宗元辭賦成就尤為突出。講韓、柳等人的「古文」成就，不能不關注他們的辭賦，更不能把辭賦排除在「古文」之外。宋代所謂「古文」家也大抵如此。真德秀《文章正宗》應是站在「古文」立場所編，分辭命、議論、敘事、詩歌四大類，把詩歌也放在「古文」之內。真氏此編對後世坊間古文選本影響很大，故《四庫全書總目提要》說：「自是編始遂為坊刻古文之例。」〔註4〕茅坤所編《唐宋八大家文鈔》雖重在散體，但也選入了歐陽修和蘇氏兄弟等人的部分賦作。辭賦是韻文，往往用駢句，不能把它歸入散文。總之，如果僅把「古文」理解為散體或散體文，在某種程度上窄化了「古文」的內涵。

後世之論駢文者，很多人都認為駢文與「古文」同源，而且把詩賦也放在「古文」之中。如宋人王銍說：「世所謂箋題表啟號為四六者，皆詩賦之苗裔也。故詩賦盛，則刀筆盛，而其衰者亦然。」〔註5〕清人孫梅撰《四六叢話》，把楚辭、《文選》全部涵蓋進去，論騷時說：「《叢話》曷為而次騷也？曰：觀乎人文，稽乎義類，古文、四六有二源乎？」〔註6〕這些說法，都表明即使從文體角度說，「古文」和駢文也有共通之處，不完全是對立關係。

筆者認為，若論文體發展之先後，駢文實脫胎於「古文」。蕭統《文選序》

〔註3〕姚思廉《梁書‧庾肩吾傳》，中華書局1973年版，第690～691頁。
〔註4〕永瑢等《四庫全書總目提要》，中華書局1987年版，第1699頁。
〔註5〕王銍《四六話》，王水照《歷代文話》（第1冊），復旦大學出版社2007年版，第6頁。
〔註6〕孫梅《四六叢話》，人民文學出版社2010年版，第42頁。

說文學演進之路徑乃踵事增華，變本加厲，是符合實際的。先秦到兩漢的所謂「古文」，越古越質樸。論文體，則「古文」包括文學和應用兩大類。文學類最主要的體式是詩賦，其次是史傳等。應用類則有箴、銘、贊、頌、哀、誄、祭文、書序、箋記、詔誥、章表、訓誓、檄書、露布等諸多體式。應用類中也可分為文學性較強和公文性較強兩大類。箴、銘、贊、頌、哀、誄、祭文、章表、書序、箋記等，寫法相對自由，主體性較強，從而文學性也較強；詔誥、訓誓、檄書、露布等則公文性最強。正是「古文」內部的這兩大類文體的互動導致了駢文的產生與興盛。這裡面有兩個要素：一是人們對對偶功能認識的不斷深入與運用的不斷拓展，二是文學類文體不斷向應用類文體浸淫，導致了應用文體不斷文學化。

對偶本只是文章表達的修辭方法之一。「古文」（包括儒家經典及各種子書）各類文體中都包含對偶。「古文」中修辭手段甚多，對偶本只是其中之一而已。但對偶不純是修辭手法，更不單是純方塊漢字的整齊排列和漢語平仄的抑揚頓挫，它還隱含著「物必有兩」、「一陰一陽之謂道」的深刻哲學思辨，符合古人追求的對稱、整飭、均衡、工穩、合律、中和等審美理想。隨著人們對詩賦對偶形式鑽探的深細，對偶不斷花樣翻新，成為所有修辭手法中技巧最為豐富的一種。言對、事對、反對、正對、正名對、隔句對、雙聲對、疊韻對、連綿對、異類對、迴文對、雙擬對、流水對、鼎足對、扇面對等各種對法宛如萬花筒，能最大限度地滿足作文遣詞造句的新變要求。對偶本身雖是修辭手法，卻能吸附、容受、驅遣、融匯諸如比喻、擬人、用典、誇張、頂針、映襯等各種修辭手法，造成或尖新或清麗或溫潤或豪壯或典雅之種種藝術風格，堪稱修辭手段的「宗主」。對偶句不僅可以工巧，還可以精警，經過精心打磨的對偶句往往使文章生色出彩，播在人口。故呂本中說：「陸機《文賦》云：『立片言以居要，乃一篇之警策。』此要論也。文章無警策則不足以傳世，蓋不能竦動世人。」〔註7〕批評駢文者都認為駢對太濫容易造成靡麗無骨，殊不知經過精心提煉、打磨的對偶句比一般散句更精練，更富於概括力、靈動感和感染力。將對偶句連綴成文，可以產生其他修辭手法所難以獨立做到的遣詞造句，謀篇構境，顯示學殖，彰顯匠心、個性與才情等諸多效果。特別是受到「古文」家的批評與打壓之後，駢文本身也逐漸吸取古文的精神內蘊，

〔註7〕呂本中《童蒙詩訓》，郭紹虞《宋詞詩話輯佚》，中華書局 1981 年版，第 387頁。

以期與「古文」比肩頡頏甚至分庭抗禮。曾燠《國朝駢體正宗序》稱：「豈知古文喪真，反遜駢體；駢體脫俗，即是古文，跡似兩歧，道當一貫。」〔註8〕駢對所蘊藏的巨大藝術魅力，是它能向各種文體特別是應用文體拓展、浸淫的內在動因，並最終發展成為能與「古文」並駕的獨立文體。

簡單地說，駢文是在「古文」中孕育、滋長、成熟起來的。其路徑大致可描述為「古文」中的文學類作品如辭賦，領先向駢的方向挺進，其次是應用文體中文學性較強的文體如箴、銘、頌、書、序、章、表、誄、哀詞等相繼跟進，最後及於一切應用文體，包括公文。

屈宋之騷、漢人之賦（包括七體、對問、大賦、抒情小賦等）都包含著大量駢句，可以說駢體最早在辭賦內部形成。張衡的《歸田賦》是比較公認的最早的駢賦。從文章學角度說，它實際上就是最早的駢文。東漢後期很多賦作，如趙壹《刺世疾邪賦》、禰衡《鸚鵡賦》、王粲《登樓賦》之類，實際上也已經駢化。駢賦的出現，標誌著「古文」中文學類創作率先向駢文挺進。

應用類文體中的文學性較強的文體如銘、頌很早就向賦靠攏，有賦化的特徵。班固《燕然銘》，近賦而多對句；張載《劍閣銘》，不惟近賦，更類駢體。屈原《橘頌》，本來屬賦，後來作頌者，如王褒《聖主得賢臣頌》、馬融《廣成》、蔡邕《京兆樊惠渠頌》等，皆以賦體為之。故劉勰論頌：「原夫頌惟典雅，辭必清鑠。敷寫似賦，而不入華侈之區。」〔註9〕書、序、章、表、史論等文體因主體性較強，可以發揮才情的空間較大，在應用類文體中駢化最早。李斯《諫逐客書》被《駢體文鈔》尊為「駢體初祖」，司馬遷、鄒陽、楊惲等人的書信，都有相當的駢語間雜其中。曹氏兄弟及「建安」七子的部分書信、章表、論說已可視為駢文〔註10〕。陸機的《弔魏武帝文》、《豪士賦序》等更具駢文特質。西晉時陳壽《三國志》的史論已經趨駢，到范曄《後漢書》的史論則基本駢化。南朝特別是齊梁時代，幾乎所有的應用文體都被駢化，這已是公認的事實，毋庸舉例說明。

南朝應用文體的全面駢化，意味著應用類文體被文學類文體的全面同化。

〔註8〕曾燠《國朝駢體正宗序》，《續修四庫全書》集部類第 1668 冊，上海古籍出版社 2013 年版，第 2 頁。

〔註9〕王運熙、周鋒《文心雕龍譯注》，上海古籍出版社 2010 年版，第 38 頁。

〔註10〕於景祥認為駢文在建安曹魏時期已經形成，並舉了曹植、曹丕、徐幹、應瑒、劉楨、吳質等人的作品為例，筆者贊同這一觀點。參見於景祥《駢文的形成與鼎盛》，載《文學評論》1996 年第 6 期。

這種同化容易導致文學與應用屬類不清，也容易導致華而不實文風的出現。但中唐前除了少數人對這種文風有所批評，絕大多數人都是以此為能的。應用文體的文學化所造成的凝練、典雅、富於韻致其實也有它符合王朝與時代審美需要的一面，故唐代的常科考律賦，特科及吏部試考應用文也多用駢體。中唐「古文」興盛之後，一般文學類作品向「古文」回歸，而應用文卻保留了駢文的地盤。連韓柳這樣的古文大家也用駢體寫應用文。謝伋說：「祭文，唐人多用四六，韓退之亦然。」〔註11〕柳宗元的表、啟也多用駢體。宋代的古文家歐陽修不喜駢文，但為了應付科舉也不得不學習寫作駢文。楊囷道說：「本朝四六，以劉筠、楊大年為體必謹四字六字律，故曰四六。然其弊類俳，歐陽公深嫉之曰：『今世人所謂四六者，非修所好，少為進士不免作。自及第，遂棄不作。』」〔註12〕宋代很多儒學大師也習駢體。謝伋說：「程門高弟如道遙公（謝良佐）、楊中立、游定夫，皆工四六。後之學者，乃謂談經者不習此，豈其然乎？」〔註13〕當然，應用類文章的文學化也需要改造才能符合政教與文體本身的要求，所以宋代像蘇軾、王安石這樣的古文家也著力於駢體的改造。其改造的路徑，一是由以情采為主變為以事理為主，使之更適合於應用類文體的寫作要求；一是以古文句式（長句）來改變工穩、精巧的駢文特質，使之更能適應應用文體表達事理的需求。

從寫作實踐的角度說，無論「古文」還是駢文，都需「辨體」。這裡所謂「體」，指體裁，又稱體式、體制。駢文與「古文」都只是句格、語言修辭及風格不同，不具備單獨的體式意義。它們都包涵諸多文章體式。六朝人論文體分文、筆，文屬韻文，筆屬散體。駢體可以是韻文（駢賦），也可以是散體，故不特立一體；筆則既可以是散體，也可以是無韻之駢體，故也不特立一體。文與筆，都只是表達形式，而非文章體裁。《文心雕龍》有《麗辭》一篇，講的是對偶，而非專講駢文，這是因為對偶駢文、「古文」都可用，只是句格與修辭手法而已，不能獨立成體。

作文之關鍵乃在於體式。體式的決定因素是文章的表達對象與目的。所

〔註11〕謝伋《四六談麈》，王水照《歷代文話》（第 1 冊），復旦大學出版社 2007 年版，第 36 頁。

〔註12〕楊囷道《雲莊四六餘話》，王水照《歷代文話》（第 1 冊），復旦大學出版社 2007 年版，第 118 頁。

〔註13〕謝伋《四六談麈》，王水照《歷代文話》（第 1 冊），復旦大學出版社 2007 年版，第 39 頁。

以就文體功能而言，駢文、「古文」兩者是交叉關係而非對立關係。正因為交叉，故可以互滲互融，駢文中用點「古文」句格、「古文」中用些駢文句格的文章在歷史上所在多有。

古人作文，特重辨體，論體式一般不分今（駢）、古（散）。為什麼不分駢、散？這是因為無論駢、散都必須遵循同樣的體式要求。曹丕論文，已分出奏議、書論、銘誄、詩賦四類八種，陸機則分出詩、賦、碑、誄、銘、箴、頌、論、奏、說十種，摯虞《文章流別志論》分類更細。但這些人分類多關注風格而不完全是文章體式。直到劉勰才真正對各種文體的體裁要求作出明確的界定。他論文體，一辨源流演變，二辨功用目的，三辨寫作要求，四辨語言風格，論述已相當具體。如論詔策，「漢初定儀則，則命有四品：一曰策書，二曰制書，三曰詔書，四曰戒敕。敕戒州部，詔誥百官，制施赦命，策封王侯。策者，簡也。制者，裁也。詔者，告也。敕者，正也」，這是辨詔策的源流演變與功用目的；「夫王言崇秘，大觀在上，所以百辟其刑，萬邦作孚。故授官選賢，則義炳重離之輝；優文封策，則氣含風雨之潤；敕戒恒誥，則筆吐星漢之華；治戎燮伐，則聲有洊雷之威；眚災肆赦，則文有春露之滋；明罰敕法，則辭有秋霜之烈：此詔策之大略也」〔註14〕，這是辨寫作要求與語言風格。他還指出歷史上一些作者因過分追求文學性而忽略文體本身要求，導致寫作不符合文體規範的弊端。例如箴這種文體，有官、私兩種，都要求有所針砭警醒，於人於己有所戒示，要求「文資確切」，過分追求文學性會導致「不得體」。他舉例說：「潘勗《符節》，要而失淺；溫嶠《侍臣》，博而患繁；王濟《國子》，引多而事寡；潘尼《乘輿》，義正體蕪：凡斯繼作，鮮有克衷。至於王朗《雜箴》，乃置巾履，得其戒慎，而失其所施；觀其約文舉要，憲章武銘，而水火井灶，繁辭不已，志有偏也。」〔註15〕在他看來，這些作品的主要偏失之一是「繁辭不已」，即過於追求文學性而忽略了文體本身要求。

因「古文」、駢文都只是一個內涵與外延都非常寬泛的大概念而不是某種具體文體，故後世無論推崇「古文」者還是推崇駢文者，都重視辨體，也就是區分具體文體。如宋人王應麟《詞學指南》引倪正父說：「文章以體制為先，精工次之。失其體制，雖浮聲切響，抽黃對白，極其精工，不可謂之文矣。凡

〔註14〕王運熙、周鋒《文心雕龍譯注》，上海古籍出版社 2010 年版，第 94～95 頁。
〔註15〕王運熙、周鋒《文心雕龍譯注》，上海古籍出版社 2010 年版，第 48 頁。

文皆然，而王言尤不可以不知體制。」〔註16〕這是說寫作駢文也當以體制為先，詔誥之類的「王言」尤須符合體制。體制有失，雖駢對工穩，極其精工，也不算好文章。元人楊植翁說：「文章先體制，而後論其工拙。體制不明，雖操觚弄翰於當時猶不可，況其勒於金石者乎？」〔註17〕潘昂霄也說：「學力既到，體制亦不可不知，如記、贊、銘、頌、序、跋，各有其體。不知其體，則喻人無儀容，雖有實行，識者幾人哉？體制既熟，一篇之中，起頭結尾，繳換曲折，反覆難應，關鎖血脈，其妙不可以言盡，要須自得於古人。」〔註18〕這是說記、贊、銘、頌諸體都各有體制要求，體制不對，有如人失去儀容，難以自立。明人吳訥論文主張「文辭以體制為先」〔註19〕。徐師曾《文體明辨序說·文章綱領》引明人陳洪謨說：「文章先於辨體，體正然後意以經之，氣以貫之，辭以飾之。體者，文之幹也；意者，文之帥也；氣者，文之翼也；辭者，文之華之也。體弗慎則文龐，意弗立則文舛，氣弗昌則文萎，辭弗修則文蕪。四者，文之病也。是故四病去，而文斯工矣。」徐氏本人也說：「夫文章之有體裁，猶宮室之有制度，器皿之有法式也。……苟舍制度法式，而率意為之，其不見笑於識者鮮矣，況文章乎？」〔註20〕

　　古人選文，無論今古駢散，率多以《文選》為楷模。《文選》所選39類，後人多有損益，也有人批評《文選》，但於文章體式則不能不辨。如宋真德秀《文章正宗》批評《文選》，分文體為辭令、議論、敘事、詩歌四大類，而各大類之下，仍包括諸多小類。如辭令一項，就包括誥、誓、命、璽書等「王言」體，與《文選》並無二致。明人王志堅《四六法海》，其實也隱含辨體立式之意。清代一些重要的駢文選本主駢、古同源，分辨體式亦細。如李兆洛的《駢體文鈔》上編列銘刻、頌、雜颺頌、箴、諡誄哀策、詔書、策命、告祭、教令、策對、奏事、駁議、勸進、賀慶、薦達、陳謝、檄移、彈劾等十八種體式，中編列書、論、序、雜頌讚箴銘、碑記、墓碑、誌狀、誄祭等八大類體式，下編列設辭、七、連珠、箋牘、雜文等五種體式，其序則稱：「文之體，

〔註16〕王應麟《辭學指南》，王水照《歷代文話》（第1冊），復旦大學出版社2007年版，第946頁。

〔註17〕楊植翁《金石例序》，王水照《歷代文話》（第2冊），復旦大學出版社2007年版，第1368頁。

〔註18〕潘昂霄《金石例》，王水照《歷代文話》（第2冊），復旦大學出版社2007年版，第1452～1453頁。

〔註19〕吳訥《文章辨體序說》，人民文學出版社1998年版，第9頁。

〔註20〕徐師曾《文章辨體序說》，人民文學出版社1962年版，第77頁。

至六代而其變盡矣。沿其流，極而溯之，以至乎其源，則其所出者一也。」〔註 21〕李氏所說之「體」，既是駢體之體，又兼指文章體式之「體」。王先謙的《駢文類纂》分論說、序跋、表奏、書啟、贈序、詔令、檄移、傳狀、碑誌、雜記、箴銘、頌讚、哀弔、雜文、辭賦等十五大類，而以論說居首，論說類又把《文心雕龍》全書置於首位，其中就包含著辨體之深意。於每種文章體式之源流、功用、要求等，王氏也在序例中略加陳說。如序跋，「史家類傳，乃有序文，所以領厥宏綱，陳其命意……若尋常詩文序跋，亦分兩事：一曰酬應之作……一曰揚張之作」〔註 22〕。如表奏，「敷奏始於《尚書》，上書沿於戰國。秦並區宇，列為四品，表以陳事，章用謝恩，劾驗政事曰奏，推覆平論曰駁」〔註 23〕，等等。

辨體的意義在於不同的文體必須選擇不同的表述方式，呈現不同的風格。無論駢、「古」，都必須遵循體式寫作，特別是那些帶有應用性質的文體，如果「不得體」，文字再好，駢偶再精工，都不能稱為合格的文章。從這點說，駢文、古文，實本同末異而已。

二、駢文句格在不同體式中的不同運用

駢文的句格，無非就是對偶，莫道才先生從總體與一般出發概括為字數的基本對等、意義的基本對舉、詞性的基本對稱、結構的基本對應四個方面，從駢句的一般特徵來說，這無疑是正確的。然而，僅知對偶的一般規則並不意味著就能寫出駢文。駢文是「文」，「文」必須有組織、結構，必得由眾多駢句搭配、組合而成。就駢文的創作實踐來看，不同的文章體制在句格的選擇、搭配與運用是很不相同的。

六朝時，駢文大盛，除史傳（不包括史論）外駢文的觸角無所不及。中唐「古文」興盛之後，駢文雖未廢棄，但使用空間大為壓縮，主要集中在應用文體中使用。據王應麟《辭學指南序》，北宋哲宗紹聖初（1094）始立宏辭科，搜求以文辭見長的人才。禮部初立試格十條，所試文體為章表、賦、頌、箴、銘、誡諭、露布、檄書、序、記十種。除詔誥赦勅不試，又再立試格九條。章表、露布、檄書要求用四六體，頌、箴、銘、誡諭、序、記依古今體，亦得用

〔註 21〕李兆洛《駢體文鈔》，上海書店 1988 年版。
〔註 22〕王先謙《駢文類纂》，浙江古籍出版社 1998 年版，第 4 頁。
〔註 23〕王先謙《駢文類纂》，浙江古籍出版社 1998 年版，第 7 頁。

四六。南宋高宗紹興三年，所試制、誥、詔書、表、露布、檄、箴、銘、記、贊、頌、序十二種文體，都是古今雜出，即既有古文，又有四六，總的走向是四六越來越拘限於應用類。

謝伋認為應用類文體之所以採用四六，主要是為了便於宣讀：「三代兩漢以前，訓誥、誓命、詔策、書疏，無駢儷黏綴，溫潤爾雅。先唐以還，四六始盛，大概取便於宣讀。」〔註24〕因為駢文（四六）多用於應用文體，故宋代論駢文者多從應用文體的角度論句格、寫法。四六句格並不只是四字句與六字句的簡單聯綴、疊加，而是要求句子之間形成關聯。王銍認為，四六句格之間應形成映襯，每聯前四字須召喚下六字，形成照應關係，才算工巧入微：「四六格句，須襯者相稱，乃有工，方為造微。蓋上四字以喚下六字也，此四六格也。」〔註25〕劉勰《文心雕龍·麗辭》曾指出對偶有字字相銜、句句相儷、宛轉相承、隔行懸合四種情況，楊明對「宛轉相承」作了細緻分析，認為這實際上是多層對偶相連續，使每層對偶的上下聯分別依次相承接、相對應，以造成文章形成層層遞進深入的效果〔註26〕。元代陳繹曾也對四六的段落構成有較為明細的論述：

> 每一段中，以一隔聯，包括其意，前後隨宜；以四字六字散聯，彌縫其闕。所以然者，事約則明，既以約事分章取之矣。意分則朗，故以明意，屬辭取之也。凡意或有首尾，或有主客，或有待對。混而言之，則昏晦；分而言之，則明朗。故四六屬辭之法，必分事、意為兩壁，而以對偶明之也。又一意之中，必分主從。從者常多而意短，主者常少而意長。若不為法而明之，則主從混淆，而輕重不分矣。故少其隔聯以明主意；多其散聯，以明從意，此四六屬辭用四六限段節、拘對偶、分散聯之本意也。欲讀者便於音聲，故切以平仄；欲聽者不至迷誤，故平易其辭。此又四六屬辭所以定黏律、明句讀文辭之本意也。但明此旨，則四六之作自然合轍矣。〔註27〕

〔註24〕 謝伋《四六談麈》，王水照《歷代文話》（第1冊），復旦大學出版社2007年版，第34頁。

〔註25〕 王銍《四六話》，王水照《歷代文話》（第1冊），復旦大學出版社2007年版，第23頁。

〔註26〕 楊明《宛轉相承：駢文文句一種接續方式》，《文史哲》2007年第1期。

〔註27〕 陳繹曾《四六附說》，王水照《歷代文話》（第2冊），復旦大學出版社2007年版，第1267頁。

這裡所謂「隔聯」，筆者的理解就是區隔文章的對偶句格。它必須能概括段意（即一段之中心思想），對段落中其他聯語起統率、帶動作用。所謂「散聯」，就是連綴本段文字的其他聯語，多為敘事句或議論句。「隔聯」標舉本段之意，「散聯」則以事充實、展開本段之意。這樣才能做到通段有意有事，事約而意明。標舉段意的是主聯，其他敘述句、議論句為從聯，前者重而後者輕，前者語少而後者語多，以少統多，可以起到一以馭萬之作用。

從現代文章學角度說，句格通常可分四類，即敘述（事）句格、描寫句格、抒情句格、議論句格，無論駢、古都是如此。

前人對句格的這種區分有所認識但不甚深入，有所論述也往往比較籠統。如敘述（事）句，程杲就有論述：「四六序事之法，有挨序格，若一事自始至終，一人自少至老，遞詳其實是也。有類序格，若德行、文章、勳業以及世望、後裔，各標其目是也。有分序格，若雙壽之夫妻，聯芳之兄弟，以及累葉親賢、同堂友哲，各揚其美是也。有合序格，若前項諸類而以錯綜分配舉之是也。」〔註28〕程杲對序事句的分析，似乎僅限於行狀、碑記、賀詞之類的文體。實際上，駢偶敘事句並不限於這些文體。只是用駢偶敘事往往需要提煉、概括，敘事文體通篇用駢句是很困難的，因而敘事文體特別是史傳正文不適合通篇用駢句來寫。清人姚文田對此有所認識，說：「文體自東漢之季，往往排比經言，惟以文辭相尚。比例則常嫌於過實，敘述則又病於不明。六朝更為駢麗之詞，遂使記事記言必先覽者旁置史傳，然後本末乃可詳考。」〔註29〕駢文短於敘事，這已是駢文創作與研究界的共識。但任何文體又都少不了敘事，故敘事句的運用仍然是非常廣泛的，只是不同文體敘事句的運用有多寡之別而已。大致而言，敘事因素較多的如記、序、碑、誌之類，敘事句的數量相對較多。

描寫句最適合用於描寫山水、建築、場面、氛圍、人物形貌等，是駢文文學類作品如賦、七、對問、連珠或文學性較強的應用文如贊、頌、箴、銘、弔、哀祭等文體的常用句格。明代有所謂駢儷派戲文，晚清有所謂駢體小說，都大量使用描寫句格，以求語言的婉轉尖新。駢文長於寫景、狀物，主要指其中的文學性文體而言。描寫句是易於吸附各種修辭格的重要句型，駢文的

〔註28〕孫梅《四六叢話》，人民文學出版社 2010 年版，第 7 頁。
〔註29〕王葆心《古文詞通義》，王水照《歷代文話》（第 8 冊），復旦大學出版社 2007
　　　年版，第 7080 頁。

華美、綺麗，往往與描寫句吸附各種修辭手法密切相關。

前人或認為駢句最適合於抒情與議論，如王蔣蘭就有「意雙則陳理易達，句耦則言情易深」〔註30〕之說。王氏之說有符合事實的一面，駢句組構抒情句、議論句確實比較方便，也易於出彩。但王氏之說也有過於籠統的一面。就這兩種句格的運用而言，卻各有自己的文體領域，也各有自己的侷限性。

抒情句最適合用於文學類駢文之中。它常跟描寫、敘事搭配來用，這樣容易使文章情文並茂，情景交融。應用類中有些文體如贊、頌、箴、銘、章表、書信、記序等可自由抒情者，也往往較多運用抒情句。但公文類文體卻不宜過多地使用抒情句，抒情句過多容易濫情傷理，有失客觀公允，導致「不得體」。

議論句可用文學類駢文中，但不可多用，議論過多會影響文章的形象性，造成理過其辭的弊端。優秀的文學類駢文只是以警策的議論句來畫龍點睛。文學類駢文中也有以議論為主的，如律賦就有很多作品是從儒道經典取題，需要大量運用議論句。一些文章高手常常想方設法沖淡議論過多的缺點，盡量化議論為描寫、抒情，以回歸賦的文學本位。有些題目實在沒有辦法回歸文學性，就只能依照題目要求選擇體式句格。李調元說：「辭貴體要，總貴稱題。如圓丘、祀天、籍田、獻繭等題，能援據精詳，簡古肅穆，便是第一義矣。若徒句雕字琢，刻意求新，則是錯朱紫於袞衣，奏鄭衛於清廟，非特大乖體制，轉開不學人省力法門。」〔註31〕所以議論不是賦的常態，但涉及議論為主時，也只能按賦題要求寫作。議論句可大量運用於應用類文體中，宋代四六多表現為議論色彩濃厚，主要是因為宋代的駢文以應用類文體為主，議論句正好有發揮自身作用的空間。

總之，這四種句格在不同的文章體制中搭配比例、組合方式是很有講究的。一般說來，夾敘述夾描寫夾抒情是文學類駢文的常見手法。議論句則最適合用於應用類駢文，特別是具有公文性質的文體。敘述、抒情、議論是應用文體的常用句格，經常互相搭配，使議論與事實的陳說、情感的抒發相互為用，相得益彰。當然，這也只是大致而言。如上所言，應用類駢文當中也包含諸多體式，有些體式文學性較強，就可多用描寫、抒情句格。但多數應用

〔註30〕王蔣蘭《復莊駢儷文榷二編序》，《續修四庫全書》集部第 1533 冊，上海古籍出版社 2013 年版，第 437 頁。

〔註31〕李調元《賦話》，中華書局 1985 年版，第 33 頁。

類文體特別是公文，是不宜多用描寫句的。描寫過多常常會沖淡議題，甚至使文章荒腔走板。王銍《四六話》卷下說：

> 四六貴出新意，然用景太多，而氣格低弱，則類俳矣。唯用景而不失朝廷氣象，語劇豪壯而不怒張，得從容中和之道，然後為工。王岐公作《慈聖皇后山陵使掩壙慰表》云：「雁飛銀漢，雖閱景於千齡；龍繞青山，終儲祥於百世。」滕元發《乞致仕表》：「雲霄鴻去，勉懼矰繳之施；野渡舟橫，無復風波之懼。」呂太尉《謝賜神宗御集表》云：「鳳生而五色，悵丹穴之已遐；龍藏乎九淵，驚驪珠之忽得。」凡此之類，皆以氣勝與語勝也。〔註32〕

王氏所謂「用景太多」，主要指寫應用類文體描寫句用得太多。他舉的比較符合文體要求的三篇範例都是表文。表文中也可以用描寫句，但必須寫出「朝廷氣象」，符合表文特有的句格要求。如果用一般寫文學類駢文的方式來寫應用類駢文，就會顯得不倫不類，因「氣格低弱」而「類俳」。

張鷟是初唐著名駢文高手，其小說《遊仙窟》描寫部分就大量用駢。張氏用駢體寫的判書集《龍筋鳳髓判》，被作為範文傳世。但在宋代卻受到了洪邁的批評：「唐史稱張鷟早惠絕倫，以文章瑞朝廷，屬文下筆輒成，八應制舉皆甲科。今其書傳於世者，《朝野僉載》、《龍筋鳳髓判》也。《僉載》紀事，皆瑣尾摘裂，且多媟語。百判純是當時文格，全類俳體，但知堆垛故事，而於蔽罪議法處不能深切，殆是無一篇可讀、一聯可味。」〔註33〕判是一種公文文體。《文心雕龍·書記》：「券者，束也。明白約束，以備情偽，字形半分，故周稱判書。」判書相當於合同或司法裁定書，應按合同或司法裁定的要求來寫，張氏用的是駢體，又按寫文學類駢文的方式來選擇句格，堆砌典故，華而不實，不符合文體要求。大概是唐初文尚華麗，對公文的要求尚不嚴格，所以張氏不合規範的公文反被叫好。中唐以後公文逐漸規範，到宋代要求更為明確，故洪邁的認識與唐初人大相徑庭。他總結應用性四六的要求說：「四六駢儷，於文章家為至淺，然上自朝廷命令、詔冊，下而縉紳之間箋書、祝疏，無所不用。然則屬詞比事，固宜警策精切，讀之使人激印，諷味不厭，乃

〔註32〕王銍《四六話》，王水照《歷代文話》（第 1 冊），復旦大學出版社 2007 年版，第 18 頁。

〔註33〕洪邁《容齋四六叢談》，王水照《歷代文話》（第 1 冊），復旦大學出版社 2007 年版，第 56 頁。

為得體。」〔註34〕「警策精切」是針對議論句的運用而言,「使人激卬」則是指議論與抒情相結合。

句格的不同也直接影響到修辭手法的不同。文學類駢文的句格與詩賦同格,凡詩賦所能用之修辭基本上都能用,表現出文學作品常有的尖新。應用類以實用為主,以議論句格為多,其修辭手法受文體本身的嚴格制約。應用文體當中的不同文體也有不同要求。如詔書,這是代表王朝發言的文體,就比章表一類要求嚴格。呂祖謙說:「詔書或用散文,或用四六,皆得。唯四六者下語須渾全,不可如表,求新奇之對而失大體。但觀前人之詔自可見。」〔註35〕這是說,相對於詔書,章表可有「新奇之對」,而詔書不可追求新奇。然而,章表也是應用文體,相對文學文體它應有所克制:「大抵表文以簡潔精緻為先,用事不要深僻,造語不可尖新,鋪敘不要繁冗,此表之大綱也。」〔註36〕所以不同的文體要用不同的句格和修辭方法,不能隨意。記序之類的文體在應用文體中相對比較自由,但同文學類文體相比又有所拘限,故有「記序以簡重嚴整為主,而忌堆疊窒塞;以清新華潤為工,而忌浮靡纖麗」之說〔註37〕。

宋代的四六主要是應用文體,尤重在公文,故四六論者多從應用文體或公文角度論修辭。應用類駢文和文學類駢文句格修辭的最大不同是,應用類特別是公文語言的新穎性大受限制,難以自創偉詞,為了追求典雅精嚴,只能採取兩個最主要的辦法。一是變化傳統駢文句格,採用類似古文的相對自由的對偶句格,多用長句,以避免清一色四六句造成的板滯、僵硬。「宣和間,多用全文長句為對,習尚之久,至今未能全變。前輩無此體也。」〔註38〕二是融鑄經史,巧用成句,以造成典雅精警之風格。有「四六經語對經語,史語對史語,時語對時語,方妥帖」、「四六之工,在於剪裁,若全句對全句,亦何

〔註34〕洪邁《容齋四六叢談》,王水照《歷代文話》(第1冊),復旦大學出版社2007年版,第49頁。

〔註35〕王應麟《辭學指南》,王水照《歷代文話》(第1冊),復旦大學出版社2007年版,第958頁。

〔註36〕王應麟《辭學指南》,王水照《歷代文話》(第1冊),復旦大學出版社2007年版,第971頁。

〔註37〕王應麟《辭學指南》,王水照《歷代文話》(第1冊),復旦大學出版社2007年版,第1007頁。

〔註38〕謝伋《四六談麈》,王水照《歷代文話》(第1冊),復旦大學出版社2007年版,第34頁。

以見工」〔註39〕、「四六有伐山語，有伐材語。伐材語者，如已成之柱桷，略加繩削而已；伐山語者，則搜山（一作「披山」）開荒，自我取之。伐材，謂熟事也；伐山，謂生事也。生事必對熟事，熟事必對生事。若兩聯皆生事，則傷於奧澀；若兩聯皆熟事，則無工。蓋生事皆用熟事對出也」〔註40〕等等說法，都是針對運用經史語技巧歸納出來的造句原則。

三、不同駢文體式有不同風格追求

　　總體來說，駢文是美文，其風格比「古文」華美，前人用「沉博絕麗」形容之，不無道理，但未必準確。筆者在上文反覆提到，駢文本身是一種並包眾體的文體，不同體式不僅寫法有不同要求，風格也會有明顯的差異。從這個意義說，體式對風格有決定作用。

　　文學類駢文用「沉博絕麗」來形容比較合適。應用類駢文就未必。曹丕論文，粗分四科，認為四科風格不同：「奏議宜雅，書論宜理，銘誄尚實，詩賦欲麗。」前三類屬應用類，後一種是文學類。陸機論文，增至十類：「詩緣情而綺靡，賦體物而瀏亮。碑披文以相質，誄纏綿而悽愴。銘博約而溫潤，箴頓挫而清壯。頌優游以彬蔚，論精微而朗暢。奏平徹以閒雅，說煒曄而譎誑。」值得注意的是，陸氏已把屬文學類的詩賦提到了前面，把其他八種應用類文章放到了後面。他對文體的理解繼承了曹丕，但比曹丕深入細緻。劉勰《文心雕龍・定勢》論文體風格，指出風格與體式之關係，是「因情立體，即體成勢」。他認識到不同文體的風格與「情」、「體」有關，比曹、陸又更為深入。他論文體風格，也是分而論之：「章表奏議，則準的乎典雅；賦頌歌詩，則羽儀乎清麗；符檄書移，則楷式於明斷；史論序注，則師範於核要；箴銘碑誄，則體制於宏深；連珠七辭，則從事於巧豔：此循體而成勢，隨變而立功者也。」〔註41〕後世之論文體風格者，多宗劉勰之說，只是對各種文體的風格差異認識更為細緻、深入、具體罷了。

　　說體式對風格有決定作用並不是說同樣的體式只能寫出同一種風格，而是說體式對風格有重要制約作用。經過創作者的努力，即使是同一種文體也

〔註39〕謝伋《四六談麈》，王水照《歷代文話》（第1冊），復旦大學出版社2007年版，第34頁。

〔註40〕王銍《四六話》，王水照《歷代文話》（第1冊），復旦大學出版社2007年版，第8頁。

〔註41〕王運熙、周鋒《文心雕龍譯注》，上海古籍出版社2010年版，第148～149頁。

能寫出時代與個人的風格差異。後人多說駢體從六朝、唐、宋有三變，是說駢文也一代有一代之風格。一些駢文大家總能寫出自己的風格來：「皇朝四六，荊公謹守法度，東坡雄深浩博，出於準繩之外，由是分為兩派。近時汪浮溪、周益公諸人類荊公，孫仲益、楊誠齋諸人類東坡。大抵制誥箋表貴乎謹嚴，啟疏雜著不妨宏肆，自各有體，非名世大手筆不能兼之。」〔註42〕「藏曲折於排蕩之中者，眉山也；標精理於簡嚴之內者，金陵也。」〔註43〕清代駢文名家眾多，而且駢文也以應用文體為主，但大家高手仍能寫出自己的風格來。清代「八家」（袁枚、邵齊燾、劉星煒、孔廣森、孫星衍、洪亮吉、吳錫麒、曾燠）、「後八家」（張惠言、樂鈞、王曇、王衍梅、劉開、董祐誠、李兆洛、金應麟）以及未入「八家」的彭兆蓀、吳鼎、方履籛等，「十家」（劉開、梅曾亮、王闓運、李慈銘、方履籛、周壽昌、董誠基、董祐誠、趙銘、傅桐）之目，都各有自己的風格。這說明文體本身並不是決定風格的唯一因素，任何一文體，只要人們用心鑽研，就能出自己的獨特風格。相反，一味因循模仿，就會出這樣那樣的問題。王志堅批評明代的駢文說：「大抵四六與詩相似，唐以前作者韻動聲中，神流象外；自宋而後必求議論之工，證據之確，所以去古漸遠。然矩矱森然，差可循習。至其末流，乃有諢語如憂，俚語如市，媚語如倡，祝語如巫，或強用硬語，或多用助語，直用成語而不切，迭用冗語而不裁。四六至此，直是魔胃，所當亟為澄汰不留一字者也。」〔註44〕《四庫全書總目提要》也說：「（駢文）降而愈壞，一濫於宋人之啟札，再濫於明人之表判，剿襲皮毛，轉相販鬻，或塗飾而掩情，或堆砌而傷氣，或雕鏤纖巧而傷雅，四六遂為作者所詬厲。」〔註45〕

清代駢體號為中興，但仍主要限於應用類，雖不乏名家名作，寫得好的是那些易於發揮個人才情、文學性較強的文體，如哀、銘、頌、書、箋、記、序等體式（如汪中的《廣陵對》、《哀鹽船文》、《經舊苑弔馬守貞文》、《弔黃祖文》，洪亮吉的《與孫季逑書》、《戒子書》、《出關與畢侍郎箋》、《遊天台山記》、《城東兩壙記》，王闓運的《桂頌》、《秋醒詞序》，李慈銘的《弔包村文》、《與柯山親友書》等），那些應用性過強、特別是公文雖也有聞名當時之作，但由

〔註42〕楊囷道《雲莊四六餘話》，王水照《歷代文話》（第 1 冊），復旦大學出版社2007 年版，第 119 頁。
〔註43〕王志堅《四六法海序》，文淵閣《四庫全書》本。
〔註44〕王志堅《四六法海序》，文淵閣《四庫全書》本。
〔註45〕永瑢等《四庫全書總目提要》，中華書局 1987 年版，第 1719 頁。

於時代侷限太大，很難傳世。清王朝滅亡，許多應用體式特別是公文文體也宣告終結，不再使用。雖然晚清還有許多駢文高手，甚至有人以駢體寫小說，然而駢文的總體需求與影響與日俱減，除了少數文學類名作仍能流傳，其他都塵封在庋藏中，等待研究者去發掘它們的歷史文獻價值了。

原載《廣西師範大學學報》哲學社會科學版 2017 年第 5 期

「天人感應」與古代文學

　　「天人合一」及其對文學的影響問題，學術界已討論很多，但仍有可以進一步探討的餘地。我認為，古人所說的「天人合一」有三種模式：即「天人感應」、「天人合德」和「天人一體」。它們相互間有一定關聯，但區別也是很大的，不能混為一談；就它們對文學的影響說，差別也很大，不宜籠統言之。現僅就「天人感應」問題詳陳於下。

一

　　「天人感應」的含義是：天人之間存在著交感關係，即天以某種神秘的力量對人加以制約，而人也可以憑自己的精神、行為使天產生相應的反應。這種反應往往以某些天象或某些自然物發生變異作為標誌。由於「天人感應」強調天人之間的神秘交感，因而它的表現形態也就往往具有某種神秘性和虛幻性。

　　學術界對「天人感應」思想的起源探究尚不充分。我認為「天人感應」思想主要起源於占星術。顧炎武在《日知錄》中說：「三代以上，人人皆知天文。」所謂三代以上，指遠古原始時代。那時候靠觀象授時，天文觀測不僅僅是天文學家的事情，普通人也因生產生活的需要而關心這一事務。在天文觀測中，人們一方面獲得了相應的天文知識，另一方面，由於對某些天文現象的不理解，從而也對某些天象和自然物產生了敬畏和崇拜心理，直至把自身對象化到天和自然物身上，由此產生了以上帝崇拜為中心內容的原始宗教。占星術以觀測星象的變化判斷吉凶禍福，是這種原始宗教的一個重要組成部分。《尚書・呂刑》和《國語・楚語》都曾談到過顓頊命重、黎絕地天通的問題。《國語・楚語》說少皞氏時，「九黎亂德，民神雜糅，不可方物，夫（人）

－325－

作享，家為巫史，無有要質……神狎民則，不蠲其為。嘉生不降，無物以享，禍災薦臻，莫盡其氣」。少皞氏時代屬原始時代，這時就有了專門從事溝通天人關係的神職人員（巫覡），而且人人都認為自己可以溝通天人關係，可見占星術和與之相伴而生的「天人感應」觀念起源之早。

占星術的發展在我國古代源遠流長，出現了許多有名的占星家。司馬遷在《史記·天官書》中系統地述敘了這一傳統：「昔之傳天數者：高辛之前重、黎；於唐、虞，羲和；有夏，昆吾；殷商，巫咸；周室，史佚、萇弘；於宋，子韋；鄭則裨灶；在齊，甘公（德）；楚，唐昧；趙，尹皋；魏，石申。」可知占星術在漢代之前已相當發達。

天人之間何以能相互感應，這種感應的媒介是什麼，在早期可能並不清楚。直到西周末年，人們總結出了「陰陽」和「氣」來說明天地萬物的構成，才漸漸明確起來。《國語·周語上》所載伯陽父論地震，認為「陽伏而不能出，陰迫而不能蒸，於是有地震」，且以此作為周朝滅亡徵兆的根據：「夫國必依山川，山崩川竭，亡之徵也。川竭山必崩。若國亡不過十年，數之紀也。夫天之所棄，不過其紀。」這可能是最早用「氣」和「陰陽」作為「天人感應」媒介的言論。

五行說至少在春秋時代就已形成〔註1〕。到戰國時代，「五行」與「陰陽」、「氣」成了「天人感應」的重要媒介。「五行」即金、木、水、火、土，本是五種自然物，占星家把它們與「陰陽」和「氣」聯繫在一起，用以說明客觀世界的千差萬別。按他們的看法，地上各類事物皆由「陰陽」、「五行」、「氣」構成，因而與天上的五星具有感應關係，其感應方式乃是「以類相從」。《開元占經》卷十八所列石氏《五星占》云：「五星更出司不祥，應節守道不為殃。月滿不入其事興，過時不出陰陽行。以星所守占其方，芒角變動非其常，各以事類知其殃。」「各以事類知其殃」，就是指將天上的五星變化與人間的禍福聯繫起來，分類相從，以占吉凶。

五星之外，還有天上眾多的星宿，也與人間禍福具有感應關係。這種感

<hr>

〔註1〕《尚書·洪範》已把「五行」與「五事」聯繫起來，但學術界對此篇產生的時代尚有爭論，姑從疑。《左傳》昭公二十九年云：「故有五行之官，是謂五官，實列受氏姓，封為上公，祀為貴神。社稷五祀，是尊是奉。木正曰勾芒，火正曰祝融，金正曰蓐收，水正曰玄冥，土正曰后土。」《左傳》襄公二十七年、昭公十一年都提到「五材」，《國語·魯語上》提到「地之五行」，都證明至遲春秋時已有「五行」之說，且已被神秘化。

應關係是根據分野來確定的。分野說早在春秋時代就已萌芽，到戰國時代臻於大備。司馬遷作《天官書》，就是用的戰國以來的分野說。戰國時代關於陰陽、氣、五行的分類、關係也越來越精密，「天人感應」說變得更加複雜。

占星術的發展其實也就是我國古代天文學的發展。但它是科學與迷信的混血兒，其中有許多標誌我國古代科學成就的東西，也有許多謬說。其錯誤在於將某些具有科學內涵的東西普遍化、神秘化。例如，《呂氏春秋‧有始覽》講「類固相召，氣同則合，聲比則應，鼓宮而宮動，鼓角而角動」。《周易‧乾卦‧文言》稱：「同聲相應，同氣相求，水流濕，火就燥，雲從龍，風從虎，聖人作而萬物睹，本乎天者係上，本乎地者親下，則各從其類也。」就其科學性而言，其中包含著人們對自然現象的正確思考，但它把某些特殊現象（如共鳴現象）類比為普遍原理，就導向了謬誤。

先秦時代「天人感應」理論的運用是非常廣泛的。從今存史料來看，它首先應用於政治，其次是軍事，再其次是日常生活的方方面面。據《史記‧天官書》、《漢書‧天文志》統計，春秋二百四十二年間，日食三十六，彗星三次出現，夜間常星不見、半夜星隕如雨者各一次，因而周室衰微，上下交怨，弒君三十六，亡國五十二，諸侯出奔逃亡不能保其社稷者不知凡幾。秦始皇時，十五年間彗星出現四次，久的達八十餘日，長的劃破天空，因而天下大亂，殺人如麻。《漢書‧藝文志》所列的「兵家」、「天文」、「曆譜」、「五行」、「蓍龜」、「雜占」、「形法」、「術數」等類，很多從書名或提示就可以看出其中包含著「天人感應」的內容。連《黃帝內經》等醫藥著作，也充滿了「天人感應」之說。

董仲舒是「天人感應」說的集大成者，他以現實需要為根基，以儒家思想為指導，吸收了先秦以來有關陰陽、五行、氣的理論，特別是占星術，形成了自己獨特的「天人感應」學說。他的「天人感應」學說主要包括人副天數、天人交感、同類相動、五行生剋、王道通三、陽德陰刑等五個方面，而目的則是為了抑民而伸君，屈君而伸天。他認為天有意志、有人格，人間君主的一言一動，都與之相應。他之所以如此，無非因為一方面想維護中央集權，另一方面又想借天意控制個人獨裁。

董仲舒的學說在西漢後期逐漸發展成讖緯學。從今存的大量讖緯佚文看〔註2〕，讖緯學的核心就是占星術。其特點是以妖異預卜吉凶，把一切反常的

〔註2〕明清至近人所輯讖緯佚文甚多，本世紀 70 年代日本學者安居香山、中村璋八等合編的《緯書集成》，最為完備。

自然現象都同現實政治掛起鉤來。劉向、劉歆、眭孟、夏侯勝、京房、谷永、李尋等都是讖緯學的代表人物，他們陳說災異各有不同，主要觀點都匯總在《漢書‧五行志》中。《五行志》上篇主要據五星講天變，中、下篇則講妖、孽、禍、痾、眚、祥、沴諸現象。它對妖孽的解釋是：「凡草木之類謂之妖，妖猶夭胎，言尚微；蟲豸之類謂之孽，孽則牙孽矣；及六畜謂之禍，言其著也；及人謂之痾，痾，病貌，言浸深也；甚則異物生，謂之眚；自外來謂之祥，祥猶禎也；氣相傷謂之沴，沴猶臨莅，不和意也。每一事云『時則』以絕之，言非必俱至，或有或亡，或在前或在後也。」〔註3〕漢以後的許多史書都在《天文志》或《天象志》外設《五行志》和《瑞徵志》等，專記各種災變或祥瑞。唐代瞿曇悉達等所編的《開元占經》，多達 120 卷，可謂集前代讖緯、占星之大成。

東漢王充曾批判過災異說，卻並沒有完全否定「天人感應」。相反地，他也承認「天人感應」有其合理性。《論衡‧變動篇》說：「天氣變於上，人物應於下矣。故天且雨，商羊起舞；使天雨也，商羊者，知雨之物也，天且雨，屈其一足起舞矣。故天且雨，螻蟻徙，丘（蚯）蚓出，琴弦緩，固疾發。」這是肯定「天人感應」說中的合理內容。不僅如此，他對「天人感應」說中的一些不合理的內容也給予了肯定，並且將道家的自然氣化說、他自己所主張的稟氣說和骨相說也運用於解釋「天人感應」。例如，他在《吉驗》、《指瑞》、《初稟》、《奇怪》、《訂鬼》等篇目中，都肯定了瑞應出現的可能性：「凡人稟貴命於天，必有吉驗於地。」這種吉驗，「或以人物，或以禎祥，或以光氣」（《論衡‧吉驗》）。從這個理論出發，他相信「文王當興，赤雀適來；魚躍鳥飛，武王偶見」（《論衡‧初稟》）、「光武皇帝產於濟陽宮，鳳凰集於地，嘉禾生於屋，聖人之生，奇鳥吉物之為瑞應」（《論衡‧奇怪》）之類的神話。正因為如此，他大力批判鬼，卻認為妖是自然現象，且對人事具有感應關係：「天地之間，妖怪非一，言有妖，聲有妖，文有妖。或妖氣象人之形，或人含氣為妖。象人之形，諸所見鬼是也；人含氣為妖，巫之類是也。」「天地之道，人將亡，凶亦出；國將亡，妖亦見。猶人且吉，吉祥至；國且昌，昌瑞到矣。故夫瑞應妖祥，其實一也。」（《論衡‧奇怪》）這實際上是將「天人感應」說導向了另一神秘境地。

除占星、讖緯家外，道教和佛教也講「感應」。相對於讖緯、占星學，道、

〔註3〕班固《漢書‧五行志》，中華書局 1962 年版，第 1353 頁。

佛二教對「感應說」又有了很大的發展。主要表現在：從範圍說，它不僅僅侷限於天國與人君、國政之間，而是擴大到整個神靈世界與整個人間社會之間。感應的媒介則以神、仙、鬼、佛為主。到後來，儒、釋、道三家的感應說逐漸有合流的趨勢。這一點，只要翻一翻道教經典《太上感應篇》〔註4〕，就可以知道。此書成於北宋末年，雖為道教經典，但經過李昌齡廣引儒、釋、道三教為之作注，便成了三教「天人感應」說的集大成之作，且流佈極廣，影響及於近代。

除儒、釋、道三教外，古代的所有方術，包括醫學、煉丹、服氣、巫術、占卜、風水、相面等，也無不以「天人感應」為其理論基礎。總之，「天人感應」說在古代是十分盛行的，其影響幾乎無所不在。

二

「天人感應」對文學的影響極為廣泛、深刻。

首先是對神話產生、發展的影響。從內在精神說，我國古代神話體現的是一種相互投射、相互滲透的天人關係。在這種天人關係中，天（或具體的自然物）被賦予人的情感或理性，人則被賦予天（自然）的屬性和力量（有時也是超自然的力量）。其基本原理是天人同構。

古代神話的核心是神靈及其活動。而一切神靈的活動無不以天國世界為背景。這種天國世界的完善在中國古代經歷了一個漫長的過程，而它的每一步發展，都與「天人感應」的觀念關係密切。在殷、周時代，由於「天人感應」觀念尚比較粗糙，因而關於天國的想像也比較粗廓。天國世界尚顯得十分空泛而抽象。比較具體、系統的天國世界的確立，當在春秋戰國占星術得到更為充分的發展之後，《呂氏春秋》和屈原所作辭賦以及董仲舒《春秋繁露》中都有某些關於天國的描述。但最早從理論上加以總結的，是《史記‧天官書》：

> 自初生民以來，世主曷嘗不曆日月星辰？及至五家（指日、月、
> 星、辰、歷、數）、三代，紹而明之，內冠帶，外夷狄，分中國為十
> 有二州，仰則觀象於天，俯則法類於地。天則有日月，地則有陰陽；
> 天有五星，地有五行；天則有列宿，地則有州域。三光者，陰陽之
> 精，氣本在地，而聖人理之。

〔註4〕胡道靜《道藏要籍選刊》（第4冊），上海古籍出版社1989年影印本，第691頁。

這裡，司馬遷講得非常清楚，天國世界完全是根據人間已有的社會秩序建立起來的，天國秩序完全是人間社會的投影；而建立天國的理論基礎，也就是「天人感應」。隨著「天人感應」觀念的深化，到東漢，張衡在《靈憲》中又對這一理論作了進一步總結：

> 凡至大者莫如天，至厚者莫若地，至質者曰地而已。至多莫若水，水精為漢，漢周於天而無列焉，思次質也。地有山嶽，以宣其氣，精鍾為星。星也者，體生於地，精成於天，列居錯跱，各有迫屬。紫宮為皇極之居，太微為五帝之廷。明堂之房，大角有席，天市有座。蒼龍連蜷於左，白虎猛據於右，朱雀奮翼於前，靈龜圈首於後，黃神軒轅於中。六擾既畜，而狼蚖魚鱉周有不具。在野象物，在朝象官，在人象事，於是備矣。

「在野象物，在朝象官，在人象事」，是天國世界構想的最完備的理論。在《思玄賦》中，張衡想像自己這樣在天國中遨遊：

> 既防溢而靜志兮，迨我暇以翱翔。出紫宮之肅肅兮，集太微之閬閬。命王良掌策駟兮，逾高閣之鏘鏘。建罔車之幕幕兮，獵青林之芒芒。拔威弧之撥剌兮，射嶋冢之封狼。觀壁壘於北落兮，伐河鼓之磅硠。乘天潢之泛泛兮，浮雲漢之湯湯。

北魏道士、天文學家張淵所作的《觀象賦》，隋代道士、天文學家李播所作的《天文大象賦》所描繪的天國世界都比張衡更為具體。這裡以《觀象賦》為例：

> 陟秀峰以遐眺，望靈象於九霄。睹紫宮之環周，嘉帝坐之獨標。瞻華蓋之蔭藹，何虛中之迢迢。觀閣道之穹隆，想靈駕之電飄。……織女朗列於河湄，牽牛煥然而舒光。灼灼群位，落落幽紀，設官分職，罔不悉置。儲貳副天，庭延三吏。論道納言，各有攸司。將相次序以衛守，九卿珠連而內侍。天街列中外之境，四七列九土之異。

在這裡，天國世界已變得十分清晰可感了。後來人們在這個基本思路上，以世俗的王朝政治為中心，融之以道教的三清境界和佛教的天竺靈山，再加上作家在創作時的恣意想像，天國世界就變得越來越豐富多彩，瑰麗奇譎。古代眾多的遊仙詩、神話小說和神仙劇中的天國世界，都是由此而來。

中國古代神靈隊伍之龐大複雜，恐怕是舉世無雙的。神靈的來源十分複雜，形成的原因也很多。其中有傳統的占星術所造，更多的則來自後起的道

佛二教。來自占星術的如著名的牛郎、織女。這兩個神靈在《詩經·小雅·大東》中已經詠及〔註5〕，但並未把它們看成一對夫妻。到戰國時，織女便開始與扶筐星結緣。《開元占經》卷六十五引石氏星占曰：「織女，主絲帛之事，與扶筐為妃，其足常向扶筐即吉，不則絲帛有變，其一足亡也，女病，或曰兵起。」到西漢時，織女則改配了牛郎，相傳漢武帝鑿昆明池，便以牛郎織女石像置於池側。班固《西都賦》有「臨乎昆明之池，左牽牛而右織女」之句，即據此傳說。產生於東漢末的《古詩十九首》也有「迢迢牽牛星」一首。但直至東漢末，在占星家那裡，織女仍在扶筐和牛郎之間徘徊。劉表命武陵太守劉睿所作的《荊州占》中說：「織女一名天女，在牽牛西北，鼎足居。星足常向牽牛、扶筐，牽牛、扶筐亦常向織女之足。不如其故，布帛倍其價，若有喪。」大約因文人多贊成織女同牛郎匹配，到魏晉以後，她才完全同扶筐脫離婚姻關係，專屬意於牛郎〔註6〕。

　　道、佛二教中，道教造神最多。到目前為止還沒有人統計出道教究竟有多少神靈。道教神靈的形成途徑也很多，其中相當一部分來源於與「天人感應」觀念密切相關的天神、星宿崇拜。道教還常常為了適應世俗王權的需要而造神。特別是北宋以後，道教神系與世俗王權的關係越來越密切。著名的道士張守真依照「天人感應」原理，以天神、星宿崇拜為主，為宋太宗造出了許多神靈。如玉皇、三十二天大帝、歲星、辰星、天蓬、九曜、東斗、西斗、南斗、天曹等等。從此以後，以玉皇大帝為中心的天國神靈系統基本上確定了下來。除了天上以外，道教徒還力圖把地上的神也納入其中，以便使天上地下構成一個整體，使天國世界與世俗社會更為接近。例如北宋道士賈善翔在《太上出家傳度儀》中所列的神靈除三清上聖十極高真這一道教最高神外，主要的就是玉皇大天帝、紫微天皇大帝、紫微北極大帝、后土皇帝祇、聖祖天尊大帝、元天大聖後、三十二天帝君、十神太乙神君、十一曜星官、天地水三官、南北二斗星官、四方二十八宿星官、七十二福地、三十六靖廬、二十四化仙官及四瀆源王、四海九江水帝、龍王地府、酆都北帝等天上地下尊神。這些神靈，就是後來小說家、戲劇家、說唱家創作神話的主要依據。而文學家為了創作的需要，也常本著「天人感應」的原則來造神。最典型的莫過於

〔註5〕《詩經·小雅·大東》詠牽牛星：「睆彼牽牛，不以服箱。」詠織女星：「跂彼織女，終日七襄，雖則七襄，不成報章。」
〔註6〕李生龍《占星術》，海南出版社1993年版，第62頁。

《水滸傳》。《水滸傳》所列一百零八將，分別與天上的三十六天罡、七十二
地煞相對應，使天上地下形成一種鮮明的對應關係，是人們非常熟悉的例子。

與神靈相關的是妖怪。妖怪的產生同「天人感應」觀念有關，這一點我
們已在上文提到。正因為人們相信有妖怪的存在，才有六朝以後諸如《列異
傳》、《志怪》、《靈鬼志》、《述異記》、《搜神記》、《酉陽雜俎》、《宣室志》、《聊
齋誌異》、《閱微草堂筆記》、《子不語》之類的大量志怪小說出現。這裡要提
一下的是，在《漢書‧五行志》裏，「妖怪」是作為「天譴」的跡象而出現的。
到魏晉以後，人們再不把它看作「天譴」，而是把它看作一種自然變異現象。
儘管如此，氣稟說、同類相感說和氣化說仍然是妖怪產生的理論根據。干寶
在《搜神記》卷六論「妖怪」云：「妖怪者，蓋精氣之依物者也。氣亂於中，
物變於外。形神氣質，表裏之用也。本於五行，通於五事。雖消息升降，化動
萬端，其於休咎之徵，皆可得域而論矣。」卷十二則說：「天有五氣，萬物化
成，木清則仁，火清則禮，金清則義，水清則智，土清則思，五氣盡純，聖德
備也。木濁則弱，火濁則淫，金濁則暴，水濁則貪，土濁則頑，五氣盡濁，民
之下也。中土多聖人，和氣所交也，絕域多怪物，異氣所產也。……本乎天者
親上，本乎地者親下，本乎時者親旁：各從其類也。……應變而動，是為順
常；苟錯其方，則為妖眚。」在當時的歷史條件下，《搜神記》這些對「妖怪」
產生原因的解釋是非常符合理性的，因而志怪小說在當時乃至後世都能大行
其道。

由「天人感應」觀念孕育出來的奇奇幻幻的天國世界、林林總總的神靈
和形形色色的妖怪，豐富了我國古代小說、史傳、戲劇、詩歌、辭賦、講唱文
學的素材，提升了歷代作家的想像力，激發了他們的浪漫主義、理想主義情
愫，增加了我國古代文學奇譎詼詭、虛幻荒誕的一面，其文學和美學意義都
是十分明顯的。

「天人感應」雖然主要強調天與人的交感關係，然而這種交感並不是完
全對等的。當它強調「天」的作用的時候，除了借「天譴」警告統治階級有一
定的積極意義外，多數場合都因為貶低人的作用而顯出負面影響。在這種感
應觀指導下創作出來的作品，自然也就往往因為過分強調天意而貶低人為，
甚至貶低人的價值，把人們引入宿命論、神秘主義和感傷主義的境地。文學
史上許多宣揚人生無常、鼓吹迷信的作品就屬於這一類。統治階級也常利用
「天人感應」學說作為自己合理存在的理論依據，並要求文人創作為自己歌

功頌德的作品。二十四史記每代帝王受命，莫不陳說祥瑞；唐以來科舉、應制之作，常以賦為之，而祥瑞是其中的重要題材。唐代宗大曆四年所試《五星同色賦》，作者二十六人；德宗貞元十二年，試《日五色賦》，作者達三十人。由於祥瑞進入考試領域，作者甚多，以至於《文苑英華》和《歷代賦彙》專門列出「禎祥」一類。

但是，當人們在天人關係中強調人的作用的時候，「天人感應」則往往變成一種「人定勝天」，或使「天」屈尊俯就於人。這時人們所強調的主要是人的道德、意志、精神的力量，譜寫的往往是道德、意志或精神的動人讚歌。這類作品在文學史上也極多。《戰國策·魏策》記唐雎為安陵君使秦王，就有「夫專諸之刺王僚也，彗星襲月；聶政之刺韓傀也，白虹貫日；要離之刺慶忌也，倉（蒼）鷹擊於殿上，此三子者，皆布衣之士也，懷怒未發，休祲降於天」之語，高度地讚揚了反強暴的鬥爭；《列子·湯問》中的寓言「愚公移山」，歌頌的則是改造自然的頑強意志；《搜神記》所記之董永遇天仙的故事、韓憑夫婦化為相思樹的故事、東海孝婦周青的故事、王祥臥冰的故事、範式同友人張劭的故事，或歌頌不計較等級地位的真摯愛情，或讚揚犧牲自我成全親人的倫理境界，或肯定生死不渝的純真友誼，成為後世戲劇不斷加以改編、深化的素材。經關漢卿根據東海孝婦故事改編而成的《竇娥冤》，還成了千古不朽的名著〔註7〕。

「天人感應」說對古代文論也有極深的影響。例如，有人就曾從「天人合一」的高度來探討詩歌的本質。如《詩緯·含神霧》稱「詩者，天地之心」，就是如此。這一觀點還得到了後世許多評論家的贊同。劉勰《文心雕龍·原道》稱：「故兩儀既生矣，惟人參之，性靈所鍾，是謂三才，為五行之秀，實天地之心。心生而言立，言立而文明，自然之道也。」劉熙載《詩概》也說：「《詩含神霧》曰：『詩者，天地之心。』文中子曰：『詩者，民之性情也。』此可見詩為天人之合。」許多文學評論家都把「感應」作為文學創作的動因之一。如鍾嶸《詩品序》云：「若乃春風春鳥，夏雲暑雨，冬月祁寒，斯四候之感諸詩者也。嘉會寄詩以親，離群託詩以怨。至於楚臣去境，漢妾辭宮，或骨橫朔野，或魂逐飛蓬；或負戈外戍，殺氣雄邊；塞客單衣，孀閨淚盡；又士有解佩出朝，一去忘返；女有揚娥入寵，再盼傾國。凡斯種種，感蕩心靈，非

〔註7〕周青的故事最早見於《說苑·貴德》、《漢書·于定國傳》，後被干寶收入《搜神記》。

陳詩何以展其義，非長歌何以騁其情？」許多文學描寫手法也有「天人感應」
的影子。如寫人憂鬱苦悶，則以天氣陰沉、雨雪霏霏襯托；寫人心情愉悅，則
陽光燦爛，春氣氤氳，遇到災難則雷電交加，心潮起伏則海濤洶湧⋯⋯這些
都是發揮了「天人感應」說的合理內核，因而有一定的理論價值或實際效應。

原載《湖南師範大學社會科學學報》2001 年第 4 期

「三不朽」人生價值觀
對古代作家文學觀之影響

　　儒家的「三不朽」，一般研究者只注意它對古代作家人生觀的影響，而未能看到它對古代作家的文學觀也有著十分深刻的影響。本文對這一問題加以探討，希望能揭示儒家的人生觀與文學觀之間的複雜關係。

　　《左傳》魯襄公二十四年載魯大夫叔孫豹說：「大上有立德，其次有立功，其次有立言，雖久不廢，此之謂不朽。若夫保姓受氏，以守宗祊，世不絕祀，無國無之，祿之大者，不可謂不朽。」這就是盡人皆知的「三不朽」理論。它否定了自私的世卿世祿永不絕祀的貴族「不朽」觀，而以符合社會利益的道德、事業、言論的延伸作為個體精神價值延伸的標誌，具有鮮明的重社會價值而輕私家勢利的傾向。

　　叔孫豹說這話時孔子才兩三歲〔註1〕，這時儒家學說還沒有創立。然而，這番話對孔子有直接影響，並經孔子的闡發而成為儒家價值觀的核心。從《論語》中我們可以看出，孔子就是以立德、立功、立言作為人生追求的。「天生德於予」（《論語·述而》）、「博施於民而能濟世眾」（《雍也》）、「老者安之，朋友信之，少者懷之」（《公冶長》）、「主忠信、徙義、崇德」（《顏淵》）等等，都表現了明顯的重德重功的傾向。「有德者必有言，有言者不必有德」（《憲問》），這是把「立言」與立德聯繫起來。叔孫豹將立德放在第一位，立功放在第二位，立言放到第三位，有鮮明的重踐行而輕言說的傾向。孔子也是這樣，「行

〔註1〕孔子出生的時間有兩說，一說為魯襄公二十一年（《公羊傳》、《穀梁傳》），一說為魯襄公二十二年（《史記·孔子世家》）。

有餘力，則以學文」（《學而》），「君子欲訥於言而敏於行」（《里仁》），「其言之不怍，則為之也難」，「君子恥其言而過其行」（《憲問》），「文，莫吾猶人也，躬行君子，則吾未之有得」（《述而》）等等，都體現了這種傾向。他還認為好的言論，一言可以興邦；不好的言論，一言可以喪邦（《子路》），只有有德者才能「立言」，因而對「立言」十分慎重。他一生發表過很多有價值的言論，並曾編撰《春秋》，卻從不以「立言」自許，而只謙虛地稱自己是「述而不作，信而好古」，即只是傳述前人的言論，而不是自創新說。可見他對「立言」的要求是很高的。

立德、立功、立言歸結起來便是「立名」。所以孔子又說：「君子去仁，惡乎成名」（《述而》），「君子疾沒世而名不稱焉」（《衛靈公》）。個體在生之日能自立於世，百年之後尚能「不朽」，憑藉的就是這個「名」。名，是社會對個體的良性評價，包含著社會對個體價值的肯定。

尋繹起來，儒家「三不朽」對後世文人的人生觀與文學觀有如下幾個方面的影響：

第一，按照「三不朽」的價值觀，個體必須通過服務於群體、社會來展現自我存在的意義。為君、為臣、為民、為物、為事，為他人而活著而奮鬥而犧牲，是人生的最高境界。古代許多文人都把這樣的境界作為人生的最高目標與文學創作的最高追求。用歷史的眼光看，這當然有值得商榷的地方。因為高境界的個體需要高境界的群體，而在階級社會裏，不可能人人都是高境界的，口口聲聲宣稱自己濟民利物的聖人反而往往是偏狹自私的齷齪小人，他們最擅長的就是怎樣利用別人的利他主義來成全自己的利己主義。在這樣的文化語境中提倡個體的高境界，就極有可能把個體的奉獻變成富於諷刺意味的無謂犧牲。這一點，早在戰國時代的莊子就已明確指出：「天下之善人少而不善人多，則聖人之利天下也少而害天下也多。」（《莊子·胠篋》）在封建社會裏，無數不忘在溝壑的志士、不忘喪其元的仁人反而總是陷入孤立無援的悲劇局面，手不停披於百家之編，口不絕吟於六藝之文的「立志」者也總是面臨「文籍雖滿腹，不如一囊錢」（趙壹《刺世疾邪賦》）、「吟詩作賦北窗下，萬言不直一杯水」（李白《答王十二寒夜獨酌有懷》）的尷尬處境，就有力地證明了這一論斷的正確。然而，自有人類以來，就有了為同類奮鬥、為同類奉獻、為同類犧牲的需要，孔子的思想正是建立在這種類意識之上的。「鳥獸不可與同群，吾非斯人之徒與而誰與天下有道，丘不與易也」（《微子》），

就是這種類意識的明確表述。個體實有賴於群體才能生存，為群體奉獻實際也符合個體的利益。因此，將個體價值與群體價值聯繫起來，並要求個體為群體奉獻，是符合人類的共同要求和長遠利益的，是人類的社會性戰勝自身生物性的表現，也是只有人類發展到高級階段才有的思想境界。「三不朽」的價值就在於它包含了可貴的類意識價值。至於每個個體的奉獻程度不一，甚至一類人的利他主義被另一類人用作成全利己主義，志士仁人陷入悲劇，「立言」之士面臨尷尬，並不能說明「三不朽」本身有錯誤，而只能說明這種理論的難能可貴。為公眾利益、人類利益而犧牲的人，公眾、人類會永遠記住他們，以「留名青史」的形式紀念他們，這在全世界各個民族都是如此。這也說明儒家的「三不朽」具有公德、通則的性質。正因為如此，所以孔子才提倡「知其不可而為之」(《微子》)，歷史上的志士仁人才明知「徒把金戈挽落暉」而不辭，立言之士也明知「垂空文於而後世」(司馬遷《報任安書》)而繼續筆耕不輟。總之，「三不朽」是推動志士仁人為群體、社會摩頂放踵，推動「立言」之士為人類貢獻才智的強大精神動力。

第二，由於「三不朽」把立德放在立言之先，因而古人在評價作家的成就時，總是將人品放在作品之上，先道德而後文章。孔子說：「有德者必有言，有言者不必有德」(《憲問》)，就包含這樣的意思。揚雄說：「故言，心聲也；書，心畫也，心畫形，君子小人見矣。聲畫者，君子小人之所以動情乎！」(《法言·問神》)言為心聲，根據言可以區分君子小人，可見言同德的關係多麼密切。其實，在現實生活裏，道德與文章並非總能很好統一起來。孔子說：「有德者必有言」，事實上未必如此。德行高未必文章好，文章好也未必道德高，這兩種情況在歷史上都大有人在，而「文人無行」、「文不掩行」的現象在文學史上更是屢見不鮮。於是有人主張把德與文分別看待，如蕭綱就曾提出過「立身之道與文章異，立身先須謹重，文章且須放蕩」(《與當陽公大心書》)的主張。當然，有這樣的主張未必就意味著古人認同作家可以不修德也可以寫出好文章來。就是蕭綱本人，也並未反對立身的謹重。他所說的「文章且須放蕩」，只不過是說寫文章時應放縱才情，不宜過分拘謹而已。總的說來，要求立德與立言統一是古代文人普遍認同的最高準則，「文人無行」、「文不掩行」者則常常遭到評論家的批評，甚至連他們的佳作也常常遭到抵制或貶低。

第三，由於追求「立言」的「不朽」，追求把「立言」同個體精神的延伸

聯繫起來，學者、作家們在著書立說、從事文學創作時不僅考慮是否符合當今需要，還要考慮未來人們是否認同，希望能同子孫後代對上話，所謂「述往事，思來者」者即是。有了這麼一種希望作品傳世的理念，學者、作家對「立言」就會採取十分嚴肅、認真、慎重、負責的態度。言不空發，文不苟作，苦煉內功，厚積薄發，精心結撰，慘淡經營，千錘百鍊，精益求精，刻意創新，成一家之言，建萬世之功，是古代許多作家的共同態度。這樣不僅避免了浮躁、草率、輕肆、不講質量等不良作風，有利於出大家，出佳作、出精品，而且也有利於培養一代又一代的優良的學術風氣和創作風氣。「文章千古事，得失寸心知」（杜甫《偶題》）、「一卷疏蕪一百篇，名成未敢暫忘筌。何如海日生殘夜，一句能令萬古傳」（鄭谷《卷末偶題》）、「六十餘年妄學詩，工夫深處獨心知。夜來一笑寒燈下，始是金丹換骨時」（陸游《夜吟》）等詩句，都表白著這樣的創作態度。為了能保證傳世的都是精品，許多作家在生時就不斷篩選作品，把自己認為不合格的作品淘汰掉，甚至付之一炬。有些人年輕時的作品已產生影響，但一直到老年時還在不斷修改，一直改到自己滿意為止。這樣的寫作態度，同我們今天某些人只追求作品的一次性消費、追求快餐式創作，講數量不講質量等創作態度相比，豈不發人深省！

第四，就「三不朽」的層次而言，德、功、言的次序標示著各自價值的高低輕重：立德價值最高，立功次之，立言為下。把立言放到最次，顯然是一種尊德性而重事功、輕言說而重踐履的價值觀。這樣的價值觀引申開去，可引申出把立言看成未事的價值判斷。古代作家幾乎都把立德、立功放在人生的首位，而把「立言」看作退而求其次、不得已而為之的事情。例如司馬遷寫出了堪與日月爭光的《史記》，卻並不以為然，反而說自己：「上之不能納忠效信，有奇策才力之譽，自結明主；次之，又不能拾遺補闕，招賢進能，顯岩穴之士；外之，不能備行伍，攻城野戰，有斬將搴旗之功；下之，不能累日積勞，取尊官厚祿，以為宗族交遊光寵。四者無一遂，苟合取容，無所短長之效，可見於此矣。」由此他又斷定，文王演《周易》，孔子作《春秋》，屈原賦《離騷》，左丘明著《國語》，孫子修《兵法》，呂不韋編《呂覽》，韓非撰《說難》、《孤憤》，《詩》三百篇的作者創作詩歌等等，都是因為「終不可用」，才「思垂空文以自見」（《報任安書》）。把自己同古人的文章統統稱為「空文」，重立德、立功而輕立言的傾向顯而易見。同是史學家的班固也是如此，《答賓戲》說：「蓋聞聖人有一定之論，烈士有不易之分，亦云名而已矣。故太上有

立德，其次有立功。夫德不得後身而特盛，功不得背時而獨彰。是以聖哲之治，栖栖遑遑。孔席不暖，墨突不黔。由此言之，取捨者，昔人之上務；著作者，前列之餘事耳。」重立德、立功而輕立言的傾向比司馬遷更為明確。在儒家思想占主導地位的整個封建時代，士大夫都是把修身立德或建功立業當作首務，而把「立言」當作不得已退而求其次之事。劉勰說：「君子藏器，待時而動，發揮事業，固宜蓄素以弸中，散采以彪外；楩楠其質，豫章其幹；摛文必在緯軍國，負重必在任棟樑；窮則獨善以垂文，達則奉時以騁績。」（《文心雕龍·程器》）就指出了這種普遍傾向。在這種價值觀指導下，自然不斷有人貶低文學創作的意義，甚至連文人本身也不把自己的創作事業當成一回事。歷史上許多文人政治上不得志，不但不以能文自慰，反以能文自嘲，原因即在於此。「寧為百夫長，勝做一書生」（楊炯《從軍行》）、「君不能學哥舒橫行青海夜帶刀，西屠石堡取紫袍，吟詩作賦北窗裏，萬言不值一杯水」（李白《答王十二寒夜獨酌有懷》）、「請君暫上凌煙閣，若個書生萬戶侯」（李賀《南園》）、「此身合是詩人未，細雨騎驢入劍門」（陸游《劍門道中遇微雨》）、「汝輩何知吾自悔，枉拋心力作詩人」（黃景仁《癸巳除夕偶成》）等等，都不能簡單地看作激憤之語，而應理解為他們潛在的功利主義價值觀支配著自己的文學價值觀。

第五，由於立言同立德、立功相聯繫，因而同是立言，也必然受功利目的的制約。同是立志，價值也就不同：經、子、史與治國平天下關係密切，其價值自然高於辭賦等純文學作品。揚雄是辭賦大師，晚年認為賦是童子雕蟲篆刻，壯夫不為而致力於作《太玄》（經）、《法言》（子），就是本著這樣的認識：「君子事之為尚，事勝則辭尬，辭勝事則賦，事事稱辭則經。」（《法言·吾子》）王充時，有世儒與文儒之分，世儒是經師，文儒是文章之士，也就是創作子書的儒者，人們普遍認為文儒不如世儒，而把文儒創作的子書比之為叢殘、玉屑（《論衡·書解》）。王充所作《論衡》屬子書，為了證明子書的價值，他還專門寫了《書解》、《案書》、《對作》等文章為文儒（也為自己）辯護。然而，像揚雄一樣，王充也否定辭賦等純文學創作的價值，認為辭賦文麗而用寡。《定賢篇》說：「以敏於辭賦，以弘麗之文為賢乎？則司馬長卿、揚子云是也。文麗而務巨，言眇而趨深，然而不能處定是非、辯然否之實，雖文如錦繡，深如河漢，民不覺是非之分，無益於彌為崇實之化。」曹植《與楊德祖書》中說：「辭賦小道，固未足以揄揚大義，彰示來世也。揚子雲先朝執戟

之臣耳，猶稱壯夫不為也。吾雖德薄，位為蕃侯，猶庶幾戮力上國，流惠下民，建永世之業，留金石之功，豈徒以翰墨為勳績，辭賦為君子哉！若吾志未果，吾道不行，則將採庶官之實錄，辯時俗之得失，定仁義之衷，成一家之言，雖未能藏之名山，將以傳之於同好。」這是把「戮力上國、流惠下民，建永世之業，留金石之功」定為最高層次，而把「採庶官之實錄，辯時俗之得失，成一家之言」，即寫作史書和子書放在第二層次，把純文學的辭賦創作看作「小道」，認為它「未足以揄揚大義，彰示來世」。主張「文章者經世之大業，不朽之盛事」（《典論·論文》）的曹丕也持這樣的觀點。他於「建安七子」中，獨獨讚揚曾著《中論》的徐幹，說：「觀古今文人，類不護細行，鮮能以名節自立，而偉長獨懷文抱質，恬淡寡欲，有箕山之志，可謂彬彬君子者矣。著《中論》二十餘篇，成一家之言，辭義典雅，足傳於後，此子為不朽矣。」（《與吳質書》）可見曹丕最看重的是名節（德），其次是功業，其次是子書（他本人所作《典論》也是子書），再其次才是辭賦等純文學創作。葛洪既推崇道教又推崇儒家，他在《抱朴子·外篇·自敘》中說：「洪年二十餘，乃計作細碎小文妨棄功日，未若立一家之言，乃草創子書。會遇兵亂，游離播越，有所亡失，連在道路，不復投筆十餘年，至建武中乃定。凡著內篇二十卷，外篇五十卷。……外篇言人間得失，世事臧否，屬儒家。」所謂「細碎小文」，從上文看，指的就是「十五六時所作詩賦雜文」。這也是重子書而輕純文學創作的例證。

　　由於魏晉南北朝時代人們對純文學的價值逐漸有所認識，至蕭統編《文選》，把各種文體比作「陶匏異器，並為入耳之娛；黼黻不同俱為悅目之玩」（《文選·序》），所編《文選》又以賦居首，以詩次之，人們才開始把純文學作品納入到與子、史同等地位。這從孔穎達的解釋可見一斑：

> 立志謂言得其要，理足可傳記。《傳》稱「史逸有言」、《論語》稱「周任有言」及此（指《左傳》）。「臧文仲既沒，其言存立於世」，皆其身既沒，其言尚存，故服（虔）、杜（預）皆以史佚、周任、臧文仲當之，言如此之類，皆是立言也。老莊荀孟管晏楊墨孫吳之徒製作子書，屈原、宋玉、賈逵、揚雄、（司）馬遷、班固以後，撰集史傳及製作文章，使後世學習，皆是立言者也。（《春秋左傳正義》）

按照這個解釋，立言的範圍是很廣的，而且各種「言」都是等值的：它既包括史佚、周任、臧文仲等人所發表的有份量、有影響的隻言片語，也包括賈逵

的注解經籍，老莊孟荀管晏楊墨孫吳揚雄的創作子書，司馬遷、班固等人的創作史書，還包括屈原、宋玉等所創作的辭賦，凡能使後世學習的東西，都在立言之列。孔穎達是著名儒家人物，他的意見，代表著儒家本身對傳統文學觀的重大修改。

然而，這並不就意味著，從此之後純文學創作就已經完全同經學家、史學家地位相等。事實是，在經學家、史學家心目中，文學家的事業不如他們的事業有價值，而文學家也常想作注經作子、史來提高自己的地位。唐以後仍有許多文人都曾注經、作子、史，原因即在於此。

原載《衡陽師範學院學報》2005 年第 2 期

中國古代天學對文論、
文學創作之影響

　　古代天學同古代文論和創作的關係十分複雜，前人僅關注天文意象，而未曾注意古代天學觀念對文論、審美、文學主題等方面的深刻影響。本文試圖就這些問題作一點梳理，希望為古代文學與古代文化關係的探討提供某些新的思路。

一、古代天學發展簡況與文人天文知識的獲取

　　從思想文化史的角度理解，中國古代天學的發展有三大重要特點：一是天象觀測、記錄與曆法制訂等雖然都曾取得過舉世矚目的成就〔註1〕，但始終同占星術密不可分；二是天學的宇宙論、宇宙構成論和宇宙規律論在唐以前已基本完成；三是由於天文星占結果對政治有重大影響，從南朝起統治者就開始壟斷天象觀測結果，到唐宋對司天臺天文專業人員管理日趨嚴格，宋代還不允許民間及釋道私習天文，此後一般談天者多憑思辨，宇宙觀一直沒有革命性的變化，直到晚明西方天文傳入，情況才有了一定的改變。由於天學本身專業性很強，一般人難以問津，故從魏晉以後，文人宇宙觀的確立與天文知識的獲取多經、史、子書，特別是類書。

　　1. 中國古代天學發展簡況

　　顧炎武曾說：「三代以上，人人皆知天文。『七月流火』，農夫之辭也；『三

〔註1〕關於中國古代天文方面的成就，拙著《占星術》（海南出版社 1993 年版）有較多論述，此從略。

星在天』，婦人之語也；『月離于畢』，戍卒之作也；『龍尾伏晨』，兒童之謠也。
後世文人學士，有問之而茫然不知者矣。若曆法，則古人不及近代之密。」
（《日知錄》卷三十）從顧氏所舉的例證看，他所說的「三代以上」，也就是今
天所說的先秦時代。先秦時代是天學長足發展的時代，也是一個天文知識大
普及的時代。這時從事天文工作的既有專業人士，也有非專業的學者，甚至
連一般普通人也關注天文。

專業人士如司馬遷所說：「昔之傳天數者：高辛之前，重、黎；於唐、虞，
羲、和；有夏，昆吾；殷商，巫咸；周室，史佚、萇弘；於宋，子韋；鄭則裨
灶；在齊，甘公；楚，唐昧；趙，尹皋；魏，石申。」（《史記·天官書》）這
些人的身份多為巫史，他們在國家的天文機構中從事具體的天文觀測和曆法
制訂工作，直接為國家的天文事業服務。

非天文專業的學者則比較關注天學所具有的統領各種知識的普遍意義。
他們特別注意提煉天學理論，致力於把天學理論哲學化，因而他們既是天學
理論家，也是哲學家、思想家。《易傳·繫辭下》說：「古者包犧氏之王天下
也，仰則觀象於天，俯則觀法於地，觀鳥獸之文與地之宜，近取諸身，遠取諸
物，於是始作八卦，以通神明之德，以類萬物之情。」指出了天學的統領知識
體系的價值。老子所說的「道生一，一生二，二生三，三生萬物，萬物負陰而
抱陽」（《老子》第 42 章），揭示了宇宙生成、構成（陰陽二氣）與演化的方
式，是我國古代天學的核心理論，對後世影響極為深遠，至今仍是一種天才
的宇宙猜想。《墨經》：「宇，彌異所也。」「久（即宙），彌異時也。」《莊子·
庚桑楚》：「有實而無乎處者，宇也。有長而無本剽者，宙也。」他們都從時空
的關聯性、廣延性來定義宇宙，構成了我國古代宇宙論的基本框架。名家惠
施從魏國跑到楚國去同一個叫黃繚的學者討論「天地所以不墜不陷，風雨雷
霆之故」的問題，他提出的二十一個邏輯命題，如「至大無外，至小無內」、
「天與地卑，山與澤平」、「日方中方睨」（《莊子·天下篇》）等，都涉及到天
體問題。陰陽家鄒衍「乃深觀陰陽消息而作怪迂之變……推而遠之，至天地
未生，窈冥不可考而原也」（《史記·孟子荀卿列傳》），也對宇宙起源問題作
過深入的思考。孟子、荀子等也都有過精彩的天學論述。如孟子講「天之高
也，星辰之遠也，苟求其故，千歲之日至，可坐而致也」（《孟子·離婁下》），
荀子講「天行有常」（《荀子·天論》），都從規律論的角度深化了我國古代的
天學理論。非專業的學者在天學理論方面造詣的深淺，同時也昭示著他們哲

學思想的深淺。

先秦時代普通人之所以關心天文,是因為這時天文觀測儀器尚比較簡單,制訂和矯正曆法、確定時間還得靠觀象授時。中國是一個農業大國,曆法與人們的勞動生產息息相關,因而普通人也關心天文現象。《列子‧天瑞》有「杞人憂天」的寓言,《湯問》有「二小兒向孔子問日」的寓言,都折射出普通人關心天文的情況。

秦漢以後,天學逐漸趨於專業化。從事天文專業的主要是史官和民間天學家。如漢武帝時改《顓頊曆》為《太初曆》,討論曆法的二十多人中唐都和落下閎都來自民間。漢代學者關注天學的極多,如董仲舒、劉安、揚雄、桓譚、王充以及眾多的讖緯學家,都是在對天文問題有深入研究的基礎上構建自己的思想體系。《淮南子‧天文訓》所提出的「清陽者薄靡而為天、重濁者凝滯而為地」、《易緯‧乾鑿度》提出宇宙分「太易」、「太初」、「泰始」、「太素」四個階段演化等命題,都常為後世許多天學家們所接受。

魏晉南北朝時期天學研究隊伍由三部分人所組成,一是國家專業人員,二是民間學者,三是釋老二教的學者。故天學仍呈繁榮發展景象。

然而,由於古代天學與占星術(包括圖讖)緊密相關,星占結果往往關係到朝政是非,對朝政不利的星占結果還會形成輿論,造成人心變動,因而東漢時張衡就主張嚴禁圖讖,宋明帝劉彧則禁止太史將天變外傳(《南齊書‧天文志》)。隋煬帝對圖讖禁令極嚴。到唐代,從事天文工作的都被集中到國家天文機構(初為太史局,唐肅宗乾元初改為司天臺),太史令掌管天文,「凡玄象器物、天文圖書,苟非其任,不得預焉。每季錄所見災祥,送門下中書省,入起居注。歲終總錄,封送史館,每年預造來年曆,頒於天下」(《舊唐書‧職官志二》)。國家完全控制了天文研究設備和天象資料、信息。《唐會要》卷四十五載:唐文宗開成五年十二月敕:「司天臺占候災祥,理宜秘密……自今以後,監司官吏,並不得更與朝官及諸色人等交通往來,仍委御史臺訪察。」這樣嚴格地控制天文工作,必然要造成天文事業的衰落。安史之亂以後,司天監官員多缺,朝廷只能從民間徵集天文工作人員。但嚴格的監管也極大地阻塞了民間學者的研究之途,所以中唐以後天學的發展便成頹勢。宋太宗太平興國三年,下令禁止民間私習天文,並要求各地將懂天文的送到司天臺考試,隱匿不報的要論死。第二年,全國各地送了一批懂天文的學者來,經過考試,被認為合格的留在司天臺任職,其餘的則被黥配海島。此後學士大夫

懂天文的就極少了。北宋雖仍有蘇頌、沈括等臻於精微的天學者，但到南宋時，就再也找不出有成就的天文學者了。宋代理學家往往喜論天文，然而他們的天文理論要麼來自道教，要麼出於純粹的思辨，對前代天學理論並無實質性的突破。

元代在曆法制訂方面有較大成就。明初又開始對研習天文加以屬禁，私下學習曆法的人要處以流放，私下造曆的要處以極刑。到明孝宗（弘治）以後，禁令才有所弛緩，但這時朝廷徵召民間通曉曆法之士，已無人應徵。直到明末，西方傳教士帶來西方的天文知識，情況才略有好轉。清代天文研究較自由，出了像王錫闡、梅文鼎、薛鳳祚等有成就的天學家，但這時人們的宇宙觀仍沒有革命性的改變。

2. 古代文人獲取天文知識的渠道

由於唐以後朝廷逐漸禁止司天臺以外的人學習天文，再加上天學本身就是一門非常深奧的學問，一般人不敢輕易問津，因而唐以後文人懂天文的極少，形成了顧炎武所講的「後世文人學士，有問之而茫然不知者」的尷尬局面。然而一般的天文知識仍然是需要的。文人創作中也必然要涉及天文知識。文人創作時所涉及的天文知識主要來自經、史、子書特別是類書。天學家也常用文學作品來傳播天文知識，如張淵的《觀象賦》、李播的《天文大象賦》、王希明的《丹元子步天歌》等等。這些也可能對文人產生影響。

類書是子書的一種。魏文帝曹丕命劉劭等撰《皇覽》，為大型類書之始。梁代劉杳等編《壽光書苑》、劉峻等所編《類苑》、徐勉等編《華林遍略》，北齊祖珽等編《修文殿御覽》，都是為了滿足君主和宮廷文人們積累文化知識和創作時用典使事的需要。雖然這些已難見全豹，但其中包含天文知識是毋庸置疑的。唐代除滿足帝王和宮廷文人需要外，還出現了為適應科舉考試而編的類書。前者如歐陽詢《藝文類聚》、徐堅《初學記》，後者如白居易《白孔六帖》，這些類書分成若干部類，都以天文居首。宋代印刷業發達，類書眾多，上自帝王下至士子都能通過類書來獲取各方面的知識。這時編入了天文知識的類書主要有：李昉等編《太平御覽》、陳元靚等編《新編纂圖增類群書事林廣記》、章如愚編《群書考索》、謝維新編《古今合璧事類備要》、林駉、黃履翁編《古今源流至論》、葉庭珪編《海錄碎事》、高承編《事物紀原》、任廣編《書敘指南》、王應麟編《玉海》、潘自牧編《記纂淵海》、祝穆編《古今事文類聚》、無名氏編《錦繡萬花谷》等等。為了便於記誦，吳淑還將這些知識串

聯起來,用賦的形式加以表述,編成《事類賦》三十卷,其中天文時序佔了五卷之多。元明清類書更多,如元劉應李編《事文類聚翰墨全書》、明鄭若庸編《類雋》、陳仁錫編《經世八編類纂》、徐炬編《新鐫古今事物原始全書》、王螢編《群書類編故事》、劉仲達編《劉氏鴻書》、黃道周編《博物典匯》,清黃希閔編《廣事類賦》、姚培謙、張雲卿編《類腋》、周魯編《類書纂要》、厲荃編《事物異名錄》、吳楚材所編《強志略》、無名氏編《群書通要》等等。這些類書輯集了大量的天文知識,像明人吳琯的《三才廣志》,王圻、王恩義的《三才圖會》所輯天文知識還相當豐富。類書中所輯集的天文知識大多來自唐以前的經、史、子(包括釋老二教)書,宋以後則加上一點理學家的易說。即使到清代,明末清初西方傳教士帶進來的天文知識在康熙時所編的大型類書《古今圖書集成》中雖有所反映,但主要的還是傳統的天學文獻。直到清末杞盧主人編的《時務通考》,才改變了這種狀況。

二、古代天學對文論的影響

中國古代天學對中國古代文藝理論的影響是多方面的,而以宇宙起源論、構成論與規律論影響最為廣泛深刻。

1. 古代宇宙起源論對文論的影響

中國古代論文學起源、演化的一個重要特點,就是把人文的起源、演化同宇宙的起源、演化聯繫在一起,從而構成人文(包括文藝)與宇宙同源的天人合一的宇宙觀和人文觀。這樣的觀念在《詩經・大雅・烝民》「天生烝民,有物有則,民之秉彝,好是懿德」的表述中已初露端倪。《老子》以「道」作為宇宙之起始,把萬物看作「道」不斷離析、演化,萬物得「道」才自成一體的思致,既是中國古代宇宙起源論、演化論的經典話題,也是人文起源論、演化論的經典話題。老子的這種宇宙觀,不僅影響到道家本身,也影響到儒家。《易傳》的作者就採納了這一思致。《繫辭》所說的「太極生兩儀,兩儀生四象,四象生八卦」,就源於老子的理論。與《易傳》相近的是《呂氏春秋・仲夏紀・大樂》對音樂起源的表述:「音樂之所由來者遠矣。生於度量,本於太一。太一出兩儀,兩儀出陰陽。陰陽變化,一上一下,合而成章。渾渾沌沌,離則復合,合則復離,是謂天常。」《老子》、《易傳》、《呂氏春秋》等奠定了中國古代人文與宇宙同源的基本理論。

漢代董仲舒將前代占星術所隱含的「天人感應」觀念系統化,把人提升

到天地之精、萬物之靈、「天地之性人為貴」的高度〔註2〕，認為人在與天地的交感過程中始終居於中心地位，確立了天地（實際上就是宇宙）有情感、有道德、有知性的宇宙價值觀。注重對宇宙人文精神價值的提煉會影響人們對宇宙物質結構的深入探討，因而先秦時就已萌生的蓋天說、渾天說以及漢人的宣夜說最終都未能演變成地球中心說、太陽中心說的理論，直到晚明西方天文學傳入之前，天圓地方、天尊地卑都是人們普遍相信的宇宙理論。如果從純自然科學的角度看，其荒謬性不言而喻。但如果從藝術的角度看，注重對宇宙人文精神的提煉又恰好體現了中國古代的人本主義藝術精神。緯書《詩緯‧含神霧》說「詩者，天地之心」，更進一步明確了這種精神。在這種理論指導之下，人們心目中的宇宙從來就不是一個冷漠無情的枯寂存在，而是一個體現著人文理想的有生命有情感的鮮活世界。用今天的生態倫理觀來觀照，它也許有著更為深刻的意義和價值。它對古代文藝理論的影響是非常深刻的。在古人心目中，文學藝術就是「天地之心」的體現。這種「天地之心」，既體現著自然的基本精神，也體現著人文的基本精神，是自然與人文精神的總和。

上述觀念，後來被劉勰以明晰的表述肯定了下來：「文之為德也大矣，與天地並生者何哉？夫玄黃色雜，方圓體分，日月疊璧，以垂麗天之象；山川煥綺，以鋪理地之形：此蓋道之文也。仰觀吐曜，俯察含章，高卑定位，故兩儀既生矣。惟人參之，性靈所鍾，是謂三才。為五行之秀，實天地之心，心生而言立，言立而文明，自然之道也。」「人文之元，肇自太極，幽贊神明，《易》象惟先」（《文心雕龍‧原道》）。這種天人合一理論，一直到清末還為詩文評論家們所信奉。例如朱庭珍《筱園詩話》卷一論山水詩創作：「作山水詩者，以人所心得，與山水所得於天者互證，而潛會默悟，凝神於無朕之宇，研慮於非想之天，以心體天地之心，以變窮造化之變。揚其異而表其奇，略其同而取其獨，造其奧以泄其秘，披其根以證其理，深入顯出以盡其神，肖陰相陽以全其天。必使山情水性，因繪聲繪色而曲得其真，務期天巧地靈，借人工人籟而畢傳其妙，則以人之性情通山水之性情，以人之精神合山水之精神，並與天地之性情、精神相通相合矣。」劉熙載《詩概》也說：「《詩緯‧含神霧》曰：『詩者，天地之心。』文中子曰：『詩者，民之性情也。』此可見詩為天人之合。」都是顯例。

〔註2〕詳見《春秋繁露‧人副天數》和《漢書‧董仲舒傳》等。

2. 古代宇宙構成論對文論的影響

古人關於宇宙構成的觀念也對文藝理論有重要影響。眾所周知，古人認為宇宙的基本構成元素就是「氣」。「氣」的理論很像古希臘的原子論。但我們的古人並不考慮「氣」的單個形狀、排列次序和運動方式等特點（如德謨克里特所說的那樣），而是考慮「氣」類別的多樣性和組合方式的複雜性，因而與古希臘的原子論有著不同的思致。按我們古人的思致，「氣」可分為陰陽兩大類，兩大類中又各有精粗清濁輕重不同之性質。例如輕清者上浮而為天，重濁者凝滯而為地，日為陽氣之精，月為陰氣之精，等等。陰陽二「氣」流動不居，可以通過「交通」來生成新的事物，所謂「二氣交通，生養萬物」（《周易正義·乾卦》）、「天地二氣，流行不息，合同氛氳，化生萬物」（《史記正義·樂書》）者即是。二氣交通的結果，同一事物便呈現出陽中有陰、陰中有陽的複雜形態，再加上五行家的五行之氣，事物的構成更為複雜。物質世界的多樣性均可由此得到解釋。「氣」雖有千差萬別，然而就整個宇宙來說，它又是統一的，所謂「通天下一氣也」（《莊子·知北遊》）、「太極元氣，函三（天地人）為一」（《漢書·律曆志上》）者即是。「氣」無形無象，「其細無內，其大無外」（《管子·內業》），既可以構成有形之物質，也可以構成無形之精神。所謂「凡物之精，此則為生，下生五穀，上為列星，流於天地之間謂之鬼神，藏於胸中，謂之聖人」（《管子·內業》）者即是。「氣」的變化還表現為因時因地而異，所謂「五運六氣」（「五運」指金木水火土五氣之運行，「六氣」指風暑濕火燥寒，見《黃帝內經素問》）者即是。「氣」還有地域特徵，不同的地方有不同的「氣」，《漢書·地理志下》說：「凡民函五常之性，而其剛柔緩急，音聲不同，係水土之風氣。故謂之風；好惡取捨，動靜亡常，隨君上之情慾，故謂之俗。」

總而言之，「氣」作為宇宙的基本構成物，它可以用於解釋宇宙內物質的、精神的一切現象，成了古代各種理論的「通用糧票」：天學家用它說明天地萬物之構造，地理學家用它解釋水土民風之成因，醫學家用它闡釋疾病醫藥之原理，煉丹家用它昭示爐火丹方之根據，歷史學家用它追尋盛衰興廢之緣起，道德家用它開啟心性修養之門徑，文論家用它揭櫫作家個性風格之根源。曹丕《典論·論文》說「文以氣為主，氣之清濁有體，不可力強而致」，《與吳質書》稱王粲「體弱」，劉楨有「逸氣」，都是如此。各家之間，因原理相通，故可互相借用。劉勰《文心雕龍·養氣》說「是以吐納文藝，務在節宣。清和其

心，調暢其氣」，是借用醫學家和煉丹家的說法；韓愈《答李翱書》認為「氣，水也；言，浮物也；水大則物之浮者大小畢浮。氣之言猶是也：氣盛則言之短長與聲之高下者皆宜」，則是融道德家和文學家的見解為一體。各家論「氣」看似千差萬別，追根溯源，實際上「氣」還是那個「氣」，並沒有什麼特別的不同。

3. 古代宇宙規律論對文論的影響

中國古代宇宙規律論的核心就是宇宙是一個矛盾統一體。《淮南子·天文訓》說：「道日規始於一，一而不生，故分而為陰陽，陰陽合和而萬物生。故曰『一生二，二生三，三生萬物。』」這是說，宇宙開始時是一個渾沌的統一體，但僅有統一產生不出萬物，所以要一分為二，二分為三。三是二的新的統一體。構成宇宙的基本對立物是陰陽。由陰陽可衍生出有無、盈虛、剛柔、浮沉、升降、動靜、進退、屈伸、顯微、興衰、生死等各種矛盾，這些矛盾互相作用，相互轉化，才構成了宇宙的生生不息，萬物的千差萬別。但是，在中國古人心目中，宇宙萬物無論怎樣矛盾，都是以和諧統一的形態存在著。張載的「氣本之虛則湛（本）無形，感而生則聚而有象。有象斯有對，對必反其為；有反斯有仇，仇必和而解」〔註3〕，是對古代宇宙規律論的全面總結。這一規律論既包含著矛盾論，也包含著和諧論。它同樣可用以解釋宇宙內的一切現象：天學家用以解釋宇宙萬物的運動與恒常，醫學家用以解釋病情藥理的生剋與調和，煉丹家用以解釋修煉的逆順與週期，政治家用以解釋施政的剛柔與協和，道德家用以解釋心性的衝突與平衡，文藝家則用以解釋風格的多樣與統一。動輒上升到宇宙普遍規律，這是中國古代文論家的一大特點。姚鼐《海愚詩鈔序》說：「吾嘗以謂文章之原，本乎天地。天地之道，陰陽剛柔而已，苟有得乎陰陽剛柔之精，皆可以為文章之美。陰陽剛柔，並行而不容偏廢。有其一端而絕亡其一，剛者至於僨強而拂戾，柔者至於頹廢而闇幽，則必無與於文者矣。然古君子稱為文章之至，雖兼具二者之用，亦不能無所偏優於其間，其故何哉？天地之道，協合以為體，而時發奇出以為用者，理固然也。」《答魯絜齋書》說：「鼐聞天地之道，陰陽剛柔而已。文者，天地之精英，而陰陽剛柔之發也。」都是基於這種宇宙規律論。

因為中國古代天文規律論特別強調和諧，所以古代文藝理論也特別重視

〔註3〕《張載集·正蒙》，中華書局 1985 年版，第 10 頁。

和諧。所謂和諧，就是宇宙內部的陰陽二氣平衡有序。一旦陰陽失調，就會發生災變。《國語‧周語上》載周幽王二年伯陽父論地震，就有「夫天地之氣，不失其序。若過其序，民亂之也，陽伏而不能出，陰迫而不能蒸，於是有地震」之說。他還把天地的失序同國家政治的失序聯繫起來，認為周朝將會滅亡。這一和諧理論，可用於解釋一切現象、處理一切關係的原則。細究起來，和諧包括三層含義：多元並舉，各種關係並存，此其一；多元平衡有序，符合整體目的，此其二；當出現不和諧時，通過調適使之和諧，此其三。《左傳》昭公二十年載晏嬰論和：「和如羹焉，水、火、醯、醢、鹽、梅以烹魚肉，燀之以薪，宰夫和之，齊之以味，濟其不及，以泄其過。君子食之，以平其心。君臣亦然。」說的就是這三層意思。他還由此推出音樂的和諧原理：「聲亦如味，一氣，二體，三類，四物，五聲，六律，七音，八風，九歌，以相成也。清濁、小大、短長、疾徐、哀樂、剛柔、遲速、高下、出入、周疏，以相濟也。君子聽之，以平其心。心平，德和。」其實，在晏嬰之前，吳公子季札到魯國觀樂，評論《周頌》時就提出了和諧的理論：「直而不倨，曲而不屈，邇而不逼，遠而不攜，遷而不淫，復而不厭，哀而不愁，樂而不荒，用而不匱，廣而不宣，施而不費，取而不貪，處而不底，行而不流，五聲和，八風平，節有度，守有序，盛德之所同也。」（《左傳》襄公二十九年）總的說來，和諧理論之所以成了古代文藝的核心理論，其根源也在於古代的宇宙規律論。

三、古代天學對文人創作的影響

古代天學對古代文人及其創作的影響也是多方面的，這裡主要從人生觀、想像力和天文典故的運用作一點梳理。

1. 古代時空觀與文人的人生悲劇情結

古代天學對古代文人影響最為深刻的是時空觀。如前所云，《墨經》和《莊子》都對「宇宙」一詞下過明確的定義。《三蒼》則進一步明確為「上下四方曰宇，往古來今曰宙」。上下四方指空間，往古來今指時間。古人理解的上下四方是以地面為參照系，故上下也就是天地，加上四方，也稱為「六合」。古人理解的上下四方具有無限拓展性，從而形成了空間無窮的觀念。時間具有一維性，但其始點和終點是無法推及的，因而也具有無窮性。這一點，在《莊子》中表述得最為明晰：「有長而無本剽者，宙也。」（《莊子‧庚桑楚》）所謂本，即開始；所謂剽，即是末稍，也即終點。「有長而無本剽」就是說時間是

無始無終的。宇宙的無窮性很容易促使人類對自我進行定位，從而得出空間無窮人生渺小，時間無窮人生短暫的結論。無窮與渺小、短暫的反差便構成了人生不可開解的悲劇情結。《莊子‧知北遊》說：「人生天地之間，若白駒之過隙，忽然而已。注然勃然，莫不出焉；油然漻然，莫不入焉。已化而生，又化而死。生物哀之，人類悲之。」《盜跖》：「天與地無窮，人死者有時。操有時之具而託於無窮之間，忽然無異騏驥之馳過隙也。」這一悲劇意蘊的揭示，對中國古代文學有著極為深刻的影響。文學史上幾乎所有的文人都自然而然地認同了這一人生悲劇意蘊，加上自然和社會的種種災禍挫折苦難失意，更不斷地強化著他們的悲劇意識，這使整個中國古代文學籠罩著十分濃厚的傷感情調。當然，人們也總是在力圖化解這種悲劇，展示生命的價值和意義。圍繞這一悲劇，古人大致有如下幾種態度：一是以虛無主義的態度對待人生。通觀文學史，純粹的虛無主義者很少的。對人生採取虛無主義態度，往往是在現實中遭遇挫折絕望之後。陶淵明《歸園田居》其四說「人生似幻化，終當歸空無」，大概算是人生虛無主義的最明確的表述。二是以享樂主義的態度對待人生。既然人生渺小短暫，作為生命體應該享受生活、享受快樂，享受人生，使生命體獲得應有之善待，這也是自然而然就有的合理態度。況且中國歷史上很多謳歌享樂主義的人實際上都是因為現實人生樂趣太少或根本就無樂趣可言，才反激出這樣的宣言。《莊子‧盜跖》說：「人上壽百歲，中壽八十，下壽六十，除病瘦死喪憂患，其中開口而笑者，一月之中不過四五日而已矣……不能說（悅）其志意，養其壽命者，皆非通道者也。」古人鼓吹人生應該享樂的作品、言詞可謂汗牛充棟。《古詩十九首》：「生年不滿百，常懷千歲憂。畫短苦夜長，何不秉燭遊。為樂當及時，何能待來茲。愚者愛惜費，但為後世嗤。仙人王子喬。難可與等期。」後來文人鼓吹人生應該享樂，大多從這首詩取法。三是以自然主義的態度對待人生。所謂自然主義，是指把個體看作自然的組成部分，人來自自然，也必然回歸自然，宇宙的無窮、永恆也就是個體生命的無窮與永恆。採取自然主義態度的人不是用一種敵對的態度對待自然，而是用一種和平主義的態度來同自然共處。他們面對自然感受到的是一種親切、溫馨、渾融、圓滿。這種親切、溫馨、渾融、圓滿使他們從心靈深處消解人生的渺小短暫所產生的卑微猥瑣感，並獲得人生與宇宙合而為一的豪壯之情。這種樂天委命的態度，也稱為達觀主義。達觀主義不可能真正消彌悲劇，但卻有可能把悲劇情懷掩藏得很深，使人從外表很難看出。持

自然主義態度的人往往還善於從周圍世界尋找替代品，以各種能愉悅心性的事物來開解悲劇情結。山水、田園、神話、美女、亭臺樓閣、花鳥草蟲……一切美好之物，他們與物為春，其樂融融。以自然主義態度創作出來的作品可以衍生出司空圖《二十四詩品》中所概括的許多種風格，如雄渾、沖淡、自然、含蓄、豪放、疏野、清奇、超詣、飄逸、曠達、流動等等。四是以功業主義的態度對待人生。從《左傳》叔孫豹論「三不朽」，一般士人就持這種人生態度。關於這個問題，拙文《「三不朽」人生價值觀對古代作家文學觀之影響》中有所論述〔註4〕，這裡不展開。要強調的是：追求建功立業之情雖然豪壯，急於建功立業的因出於人生短暫的思考，卻往往悲涼，豪壯與悲涼相伴，便形成文學創作中常見的悲涼慷慨風格。由於封建時代能夠實現建功立業理想的人實在不多，更多的是因為各種主客觀原因而壯志難酬。這時候他們往往會很傷感，甚至很激憤。這樣就容易形成豪壯深鬱的風格。事實上，越是功業意識強的人，對生命價值的體認就越深刻。但人生的失敗也很容易使人們轉向虛無主義、享樂主義或自然主義。

2. 古代天學對文學想像力的拓展

天文世界是一個永遠充滿魅力的神秘世界。古人在研究天文現象的時候，本身就需要借助想像力。這種想像力是神話產生的重要原因之一。由於中國古代的天學始終與占星術同步發展，而占星術又是與天人感應思想相關聯，因而神話大多都凝結著人文的內蘊。這種人文內蘊不僅使天文現象人文化，還使天文世界理想化，形成與人間世俗世界對立的理想世界。張衡《靈憲》曾這樣說明天象的命名：「凡至大者莫如天，至厚者莫如地，至質者曰地而已。至多莫如水，水精為漢，漢周於天而無列焉，思次質也。地有山嶽，以宣其氣，精鍾為星。星也者，體生於地，精成於天，列居錯跱，各有逌屬。紫宮為皇極之居，太微為五帝之廷。明堂之房，大角有席，天市有座。蒼龍連蜷於左，白虎猛據於右，朱雀奮翼於前，靈龜圈首於後，黃神軒轅於中。六擾既畜，而狼蚖魚鱉罔有不具。在野象物，在朝象官，在人象事，於是備矣。」這是以三垣中的紫徽、天市垣和四象二十八宿構築起來的天國世界。此後的天國世界都是在這一基礎上添加和具體化。概言之，中國古代所有天文世界的想像，都是本著「在野象物，在朝象官，在人象事」的原則建立起來的。它雖

〔註4〕見《衡陽師範學院院學報》2005年第2期。

以現實人間為模式構建而成，卻是一個跳脫必然王國的自由世界。因而每當文人們在人間沒有出路時，就情不自禁地神遊於天國。

3. 古代天學為古代文學提供了大量典故

古代有關天文方面的典故是非常之多的，它是文學譎怪瑰麗風格形成的重要源泉之一。前面提到的大量類書，主要就是為文人創作提供典故而編撰的。很多類書為了文人借鑒的方便，往往先把有關的理論文獻列出，然後羅列相關典故，再羅列前代運用這些典故的作品或詩賦文詞中的句子。如《初學記》、《藝文類聚》、《古今圖書集成》等都是如此。一些大型總集如《文苑精華》、《歷代賦彙》等將作品按題材分類，都列有天文類。

從文人創作的角度來說，有兩類典故是必須熟悉的。一類是天文神話、故事，如參、商（閼伯、實沈）、牛女、嫦娥、金烏、玉兔、吳剛、后羿、羲和等等。一類是被占星家賦予了特殊意義的星象。如天狼、弧矢、欃槍、北極、北斗、昴星（旄頭）、箕宿、三臺（泰階）、景星、老人星等等。因為某些星宿、天象具有祥瑞性質，唐代科舉考試還常常以之為題。如《歷代賦彙》中所收唐人李程、湛賁、崔護、張叔良、崔涵、姚逖、林益的《日五色賦》，裴度、闕名的《二氣合景星賦》，陶拱、李蘭的《天晴景星見賦》，韋展、盧士開、賈竦的《日月如合璧賦》等等，都是科舉考試的產物。據《北夢瑣言》卷七載：李程以《日五色賦》中狀元，很是得意。後來他以河南尹身份主考，有個叫浩虛舟的考生行卷中有《日五色賦》，李程大驚，生怕該考生超過自己，展開看時，佩服浩虛舟文詞的華美。但讀到末韻「侵晚水以芒動，俯寒山而秀發」兩句，卻發現有問題，於是高興地說：「李程賦且在，瑞日何為到夜秀發？」浩虛舟作為文人，只考慮文辭的華美，而忘忽了傍晚太陽已經下山，不可能出現日五色的天象。天文知識對文人創作之重要，由此也可見一斑。

原載《中國文學研究》2007 年第 4 期